A E
& I

Señoras bien

Autores Españoles e Iberoamericanos

Pilar Eyre

Señoras bien

Planeta

Diagonal, 662-664, 08034 Barcelona (España)
www.editorialplaneta.es
www.planetadelibros.com

Diseño de la colección: Compañía

Primera edición: abril de 2025
Depósito legal: B. 4.491-2025
ISBN: 978-84-08-30089-2
Composición: Realización Planeta
Impresión y encuadernación: Liberdúplex
Printed in Spain - Impreso en España

PEFC Certificat
Aquest llibre procedeix de boscos gestionats de forma sostenible
PEFC
PEFC/14-38-00305
www.pefc.es

Para Mariángeles Santiveri, la amiga estupenda.

1

Andrea respiró hondo, tratando de controlar el ligero ataque de ansiedad que siempre le producía hablar con Javier. Sintió entre alivio y rabia cuando al fin su amante cogió el móvil y preguntó:

—¿Qué pasa?

Ese «qué pasa» aparentemente inofensivo, soltado con desgana y arrastrando la primera «a», se le clavó a Andrea en el corazón como una aguja muy larga. Habló alto para que no se le notara el temblor de voz mientras veía por la ventana cómo se levantaba viento y unas gotas gordas golpeaban el cristal. Se estremeció. Otro maldito día de invierno.

—Hola, Javier... —Y no pudo evitar añadir, odiándose por haberse convertido en la amante quejumbrosa por excelencia, la reina de las lloronas, esa figura que siempre había detestado—: Te he llamado tres veces...

—¿Sí? —No se molestó en encontrar una excusa verosímil—. Había apagado el móvil. Algunos trabajamos, ¿sabes?

¡El trabajo de Javier! ¡El sacrosanto trabajo de Javier, el frágil trabajo de Javier, tan delicado como el proceso que convierte un gusano en mariposa! ¿Cómo comparar el vulgar desempeño de sus funciones de arquitecta en un estudio fundado por ella misma que daba trabajo a veinte personas con el oficio de poeta? ¿Cómo se mide la producción de un poeta? ¿En suspiros?

—Ay, sí, perdona, ¿cómo ha ido?

Al principio él le contestaba en tono sardónico: «Pues he dado a luz cuatro sonetos, tres madrigales y una comedia en verso a la manera de Lope de Vega», ella se reía, se abrazaban y todo era verano. Pero había pasado mucho tiempo, ¡seis meses por lo menos! Y ahora el otro ya no se molestaba en bromear, se limitó a gruñir.

—No he podido escribir nada, no me encuentro bien.

Andrea tuvo ganas de tirar el móvil contra la pared como hacían en las películas. Aun así, se esforzó por sonar deferente y preocupada.

—Pobre, cómo lo siento.

Cuando lo conoció, Javier tosía mucho y fumaba incesantemente, y eso entonces le había parecido sexi. Pero ahora que exhibía un interminable catálogo de males inconcretos, hormigueo en los codos, dolor en la nuca, entumecimiento del dedo pulgar, Andrea sentía un hastío insoportable.

—¿Sabes que he tenido un calambre en la pantorrilla que me ha durado casi toda la tarde?

—¿En serio?

Miró el reloj que presidía el salón. Suspiró, ¡las siete y media ya!

Su casa, tan confortable, llena de cuadros buenos —el toque de arquitecta era que, en lugar de estar colgados de la pared, reposaban sobre soportes metálicos a diferentes alturas—, con objetos heredados de sus padres o buscados con mimo en anticuarios de todo el mundo. El contraste moderno de las sillas Panton originales en fibra de vidrio y ese ligero aroma a cera de muebles ahora le parecía cárcel más que refugio. Y anhelaba escaparse.

—Me he tomado un tramadol, no me he atrevido con dos pastillas porque se me han acabado los protectores intestinales.

Los radiadores cubiertos de celosía de mimbre mantenían la temperatura constante a veintitrés grados y Dana, su perrita *yorkshire*, dormitaba hecha un ovillo en el mejor sofá, el más cómodo. Los suspiros estremecían su diminuto cuerpecillo. A veces las patas se le tensaban con un espasmo y se quedaban tiesas. Andrea la tocaba temerosamente con el índice, ¿respiraba? Y cuando su barriguita pecosa volvía a hincharse se daba cuenta de que sí, seguía viviendo. Gracias a ella, Andrea había entendido por primera vez qué significaba la manida expresión «estirar la pata».

Las calas repartidas en varios jarrones expandían por el ambiente un aroma dulzón, un poco a funeraria de lujo.

Javier había dicho «intestino». Andrea puso los ojos en blanco. Los amantes no deberían pronunciar jamás la palabra *intestino*. Miró su reloj de pulsera, las siete treinta y cinco.

Normalmente sería la hora de untarse esa mascarilla de color azul que había comprado por internet, ponerse una bata cómoda, calcetines gruesos y cenar con una bandeja delante del televisor. Mariel, que llevaba con ella veinte años, le habría dejado preparados antes de irse a su casa media papaya cortada a trozos y un yogur.

Después se acostaría con una novela de Agatha Christie releída mil veces y no hablaría hasta que, al día siguiente, fuera al despacho, donde ya nadie la necesitaba. Empezando por su hija.

—Mamá, ¿otra vez por aquí? ¡Parece que no te fíes de

nosotras! ¿Qué necesidad tienes de trabajar? Si ahora podrías vivir como una reina.

Sí, claro, como una reina destronada y solitaria... Y ella contestaría, como todos los días:

—Solo vengo a echarle un vistazo al proyecto de Altafulla, tú a lo tuyo.

Pero no podía dejar de pasear tímidamente con nostalgia por ese estudio que ella había creado. Con Nieves, su mejor amiga. Nieves, no te olvido, aunque ya no estás aquí.

Se imaginó a su amiga diciéndole, oye, mona, que no me he muerto todavía, digo yo, y las dos se reirían porque Nieves simplemente se había ido a vivir a cien kilómetros de Barcelona.

En el estudio ahora se sentía como una intrusa, se sentaba un momento en su antigua butaca y cerraba los ojos, pronto se olvidaban de ella y podía arrullarse con las frases que le eran tan familiares, «Hay que ir a la obra», «El proyecto de los rusos, por favor...», «Vamos a poner microcemento, en eso habíamos quedado, que esto no es un servicio que puedas cambiar cuando a uno le dé la gana», «Que alguien mire otra vez las afectaciones en las zonas húmedas, cuartos de baño y cocina, de los pisos de Entenza...». Y estuvo a punto de abrir los ojos y decirle a su hija que ese edificio siempre había dado problemas, que de lo que se trataba era de cambiar todas las vigas de madera..., pero una mano se posaba perentoriamente en su brazo.

—Mamá, mamá. —Y, luego, un susurro comprensivo de su hija—. Dejémosla tranquila, se ha quedado dormida. Está mayor.

Mayor tu puta madre, oh, no, que soy yo.

Dio un respingo porque ahora estaba en casa, aún con el teléfono en la mano mientras Javier hablaba y hablaba. Se oyó un trueno lejano que partía en dos el atardecer.

Solo Javier la separaba de la bandeja de la cena y ese está mayor.

Se detuvo la conversación como una puerta que se cierra de golpe. Silencio. Andrea se sintió obligada a emitir unos ruiditos compasivos, carraspeó, suavizó el tono.

—Te acuerdas, ¿no? De que hoy teníamos que ir a... —Andrea puso tono alegre para hacer la oferta más atractiva—: ¡Tachán! La clase de cocina navideña de Miri Tena.

Mudez. Después, un malhumorado:

—¿Tengo que ir a esa chorrada?

Volvamos a los lloriqueos, Andrea, a los grandes males, grandes remedios.

—Te lo dije la semana pasada, Javier. Miri me apunta de año en año.

—Faltan siglos para la Navidad.

—Tiene una lista de espera larguísima, por eso establece varios turnos y a nosotros nos ha tocado el primero; ¡es una gran deferencia!

—¿Y por qué no vas tú sola a esa gran deferencia? Ya te he dicho que no me encuentro bien.

Andrea trató de no pensar en las innumerables veces que lo había acompañado a eventos con sus amigos en los que la habían mirado con la condescendencia que se reserva a los fariseos. Pintores, escritores de un solo libro, periodistas jubilados de diarios que ya no existían, cada uno tratando de alabar sus propios trabajos, imponer sus ideas sin escuchar al contrario y darse autobombo mientras inventaban un pasado glorioso solo existente en su imaginación. Después había tenido agujetas en la mandíbula de haber aguantado tanto bostezo.

—Javier, si te has tomado el tramadol seguro que estás mejor... Me prometiste que vendrías, Miri tiene el detalle de invitar a los maridos también. —Aquí se vio obligada a precisar, ya que seis meses tampoco pueden equipararse a una unión matrimonial—. Bueno, y acompañantes.

Y, como el mago que saca un conejo de la chistera, añadió sugerente:

—Y estará Maca.

Le había dolido tener que recurrir a este último cartucho, pero en el amor como en la guerra. Su amiga Maca era una mujer atractiva y Andrea sabía que a Javier le gustaba. El hombre se animó súbitamente.

—¿Irá sola?

—No, hoy tenía una reunión con sus administradores y ha conseguido que uno la acompañe... Ha roto con Ricardo.

Ricardo era un músico canario que había ocupado el corazón de Maca durante dos años.

—¿Por qué?

—Dijo que había dejado de hacerle gracia la trompeta... Ya sabes cómo es.

Javier se echó a reír, esa risa que la había enamorado y que ahora tan pocas veces escuchaba.

—Es tremenda. Bien, antes de salir envíame un mensaje.

Daba por supuesto que iba a ir a buscarlo. Andrea se llevó la mano al corazón y encogió inadvertidamente la cintura porque iba a embutirse en un pantalón dos tallas más pequeño de lo que le correspondía. Estaba contenta porque el fantasma de la papaya delante del televisor y la bata vieja se alejaban unas noches más, unos meses más, quizás años.

Abrió el armario del vestidor hinchando el pecho y recorrió con el dedo las perchas como el que toca el xilófono. Estaban tan apretadas que apenas se movían. Se detuvo en una blusa granate con lazo en el cuello, no, no, que le hacía muy mayor, mejor el jersey de *cashmere* ajustado con el escote en pico que se había comprado en Roma en su último viaje con Maca. Todas las mañanas, su amiga la hacía ir al Vaticano; no por motivos piadosos, sino para admirar a los curas. Decía que no había prenda que le sentara mejor a un hombre que la sotana.

Después de maquillarse frente al espejo, se puso trabajosamente la cadena de oro trenzado que le había regalado Rolf cuando nació Loti, ¿por qué se habían vuelto tan pequeños los cierres de los collares desde que vivía sola? ¿Por qué era imposible acertar a la primera y tenía que pasar largo rato con los dedos en la nuca, la cabeza inclinada, la boca abierta y la lengua fuera como un ahorcado mientras trataba de que no se le rompiera ninguna uña?

Cuando lo consiguió se sentó, agotada, en el taburete, desistió de ponerse la pulsera a juego, algo todavía más difícil que el collar, y notó algo áspero y húmedo en la cara, era la lengua de Dana, que había trepado como un monito hasta sus brazos. Los botones negros de sus ojos le decían compasivos: «Los años pasan para todos, pobrecita Andrea». Pero la pobrecita Andrea la estrechó contra su pecho: «No pasan, lo malo es que los puñeteros se quedan todos aquí dentro».

2

—Este año es especial: os propondremos aperitivos diferentes a base de marisco.

Un murmullo de decepción recorrió el grupo de entregados alumnos del curso de cocina de Miri Tena, porque el marisco se consideraba plato de nuevo rico, de chiste de tebeo, de épocas remotas que era mejor no recordar. Miri levantó la mano con la seguridad de un general prusiano apaciguando a sus levantiscas tropas.

—No protestéis, queridas... Y queridos. —Risas—. No estamos hablando de gambas con salsa rosa.

Todos rieron despectivamente, pero Inma Alfarrás protestó con su voz de niña bien de hace cincuenta años porque la moda en las voces también envejece.

—O langosta a la americana... La pusieron en mi boda.

Neneta Espinosa de los Montes levantó el dedo y abrió mucho los ojos; en realidad, era un efecto de su último *lifting*, que le dejaba una sempiterna expresión de asombro en el rostro.

—En la mía también. ¿Dónde te casaste tú?

—En el Ritz.

—¡Yo también!

Ninguna de las dos preguntó cuándo. No; de años, a ciertas edades, mejor no comentar nada.

Miri esperó a que se apagaran las risas y prosiguió.

—Mi propuesta es mejillones a la sidra con tomillo, pulpo con humus de berenjena, para sorprender meteremos también *linguine* a...

—¿Lin qué? —interrumpió una voz de hombre, al que su mujer le dio un codazo y le mandó callar.

—... *linguine*, que, como todos sabéis, es una pasta, preparados a la *vongole*, y después un tartar de langostinos al *bloody mary*.

Neneta protestó.

—¡Pero mis nietos no van a tomar *bloody mary*!

—Para los nietos, tenemos hojaldre con cebolla caramelizada y cilantro, y el pastel de puerros con langostinos. Son platos sencillos que se pueden preparar el día antes. Y, para los más pequeños, todavía os aconsejaría un *dip* de patata en puré con aceitunas marinadas.

La voz de Miri Tena exhibía la dicción perfecta de la locutora de radio que había sido y un tono vibrante que llegaba a los cuatro ángulos de la lujosa cocina del hotel Imperio, donde estaba impartiendo su clase magistral de comida navideña. Los cocineros del hotel, que comían en una mesa alejada, miraban con burla a ese grupo de *amateurs* que seguramente no se habían metido jamás en la cocina de su casa.

—En una boda que hicimos en Madrid pusimos chupitos de yogur de foie y tuvieron mucho éxito.

—Ah, ¡Madrid!

Cada pareja tenía delante un bloc y un bolígrafo para ir anotando platos que seguramente nunca iban a preparar. Las mujeres llevaban un delantal en el que se leía «La cocina de Miri» encima de sus caros conjuntos de Etro o de Isabel Marant.

—De plato principal os voy a sugerir una merluza en

papillote con salsa de granada y patatas, con crema de guisantes y fruta de la pasión de acompañamiento, una receta que inventó la emperatriz Eugenia de Montijo y que, ligeramente modificada para hacerla más ligera, ha llegado a nuestros días. Anotad: una merluza de dos kilos...

Primero reinaba un riguroso silencio y las «chicas» o «niñas», como las llamaba Miri, anotaban cuidadosamente ingredientes e instrucciones, pero, a medida que se vaciaban las copas, el ambiente se iba haciendo más ruidoso, los blocs se dejaban a un lado, los bolígrafos caían al suelo, se cruzaban conversaciones sin nada que ver con la comida, «¿Cuándo os vais a Baqueira?», «Yo voy a Saint Barth», «Nosotros a los Roques», «Qué original esta falda», «Pues me costó veintinueve euros en Zara». Porque así eran los catalanes, fanfarrones al revés, siempre presumiendo de lo barato y al yate lo llaman barca. Andrea preguntó:

—Los aperitivos ¿son fríos o calientes?

Preguntaba por preguntar, no le importaba la respuesta. Lo que quería era que todos se fijaran en Javier, pues resultaba, con mucho, el hombre más guapo de la reunión. Respondía al cliché clásico del poeta: cabello largo entreverado de gris, rostro enjuto, jersey negro de cuello alto, gabardina anticuada, zapatos buenos pero gastados... En ocasiones Andrea se decía que se había hecho poeta por su aspecto, porque su producción como vate, si es que existía, ya que ella no había leído nada suyo, era tan misteriosa como sus medios de vida. Al parecer, de joven había ganado un premio y, también al parecer, poseía una pequeña participación en una empresa textil de su familia. Si alguna cualidad tenía, era que nunca hablaba de sí mismo, aparte de la minuciosa descripción de sus achaques imaginarios.

Cuando se acordaba de cómo se habían conocido y de

la primera vez que sus manos largas y huesudas la habían acariciado, tenía que cerrar los ojos y sacudir la cabeza.

Un día de lluvia como ese que ahora se extendía más allá de los muros del hotel Imperio, Javier y ella habían coincidido en la sala de espera de un dentista. Los dos quisieron coger la misma revista vieja y descolorida, se rozaron sus dedos. Cuando Andrea salió, él estaba esperándola abajo. Se fueron a tomar una copa a un bar del paseo Bonanova, se besaron aún con las bocas dormidas por la anestesia y después caminaron cogidos de la mano hasta el piso destartalado de Javier. Estaba bastante sucio y a Andrea no le importó que hubieran cortado la electricidad y necesitaran alumbrarse con velas, esa luz tan romántica y tan poco delatora. No tuvieron relaciones, nunca las habían tenido en realidad. Javier invocaba ciertas pastillas misteriosas que lo dejaban impotente; de momento, según él. Decía también que el sexo estaba sobrevalorado, pero ¿qué importaba?

—Andrea, serán mitad calientes y mitad fríos, como todos los años desde hace... —Mirada alrededor—. ¿Alguien se acuerda?

Todos a una, como un coro bien entrenado, contestaron: «¡Veinticinco!».

Ella fingió bajar la vista avergonzada, pero era igual, ya todos habían visto a Javier, las mujeres habían pensado: qué bueno está, y los hombres: no tendrá un duro, pero al mismo tiempo trataron de esconder las orondas barrigas conscientes de que bajo el jersey de Javier, que dejaba ver descuidadamente los bajos de la camisa, no existía ni un gramo de grasa superflua.

Se agarró a su mano con instinto de propietaria y Javier, que miraba al infinito, la dejó como una lechuga mustia. La mujer terminó por soltarla rezando para que nadie se hubiera dado cuenta del feo que le acababa de hacer. Por si acaso, abrió y cerró exageradamente la mano y luego la sacudió como si tuviera un espasmo hasta que un malhumorado Javier le espetó:

—¿Quieres estarte quieta?

Ella exhibió una sonrisa centelleante, igual que si le hubiera dicho unas palabras muy bonitas, aunque lo que tenía ganas era de explicar *urbi et orbi*.

—Está bueno, pero no folla.

No lo hizo, claro está, porque era tirarse piedras al propio tejado.

Después, todos se levantaron y unos camareros vestidos de negro pasaron bandejas con los aperitivos que se habían elaborado *in situ* y que habían costado lo mismo que si hubieran ido a Maxims, avión incluido. Se formaron dos grupos: uno alrededor de un conocido dermatólogo y el otro en torno a un famoso traumatólogo, y los acribillaron a preguntas. ¿Quién perdía la oportunidad de consultar gratuitamente qué podía ser esa manchita de la nariz o por qué le dolía justo en el medio de la espalda? Un cirujano plástico, que pocos años antes era el faro al que se dirigían todas, languidecía en un rincón porque las prótesis mamarias habían sido desbancadas por las prótesis de cadera y de rodilla.

Maca se acercó a Andrea remolcando a su acompañante.

—Hola, Andri, qué guapa estás. —Besos al aire y en un aparte—: ¿Te has hecho algo?

Andrea negó furiosa —a pesar de que se acababa de inyectar ácido hialurónico— y presentó a Javier, que besó a Maca con el rostro iluminado.

—Maca.

—Hola, Javier, me encanta tu estilo existencialista... Mirad, este es Adolfo —el hombre encorbatado y semicalvo no se distinguía en nada a los veinte hombres que estaban en el salón—, me lo he traído a rastras, lo he sacado del despacho. Te has divertido, ¿no?

Adolfo los saludó sonriendo bonachonamente, Maca sacudió con coquetería sus grandes ojos violetas. Cuando era joven siempre le decían que se parecía a Elizabeth Taylor y ella había cultivado el parecido con cuidado tiñéndose sus rizos castaños de negro y hasta se pintaba un lunar en la mejilla como su némesis. No dejaba de parlotear, era tan nerviosa que siempre estropeaba el ascensor de su casa porque intentaba salir antes de que se hubieran abierto las puertas. Tocaba mucho, te cogía del brazo, te sacaba una mota imaginaria que llevabas en la chaqueta, te acariciaba la espalda.

—Andrea y yo nos conocemos de toda la vida, ¿verdad, reina? Fuimos juntas al colegio de las monjas alemanas y después hemos trabajado en muchos proyectos... Cuántas noches nos hemos quedado en el estudio con una copa de vino dibujando planos, ¿eh, Andrea?

A Maca le gustaba jugar al equívoco de que ambas tenían el título de arquitectura, aunque ella lo había dejado en primero y luego se había hecho decoradora. Andrea no deshacía el error... delante de ella; en cuanto le daba la espalda, informaba rápidamente:

—No es arquitecta.

Porque tampoco era una santa.

En presencia de Maca, Javier se volvió charlatán y simpático. Andrea se dio cuenta con preocupación de madre de que la locuacidad no le favorecía porque tenía la voz algo chillona.

—Hombre, a mí esta comida tan sofisticada no me gusta... Os tengo que llevar a un restaurante que ha abierto un amigo mío en el Raval —la pasión por sus amigos asombraba a Andrea, siempre hambrienta de unas migajas de amor no correspondido—, muy mal puesto, eh, no tiene idea de decoración, pero qué cocina, *mamma mia*...

Se llevó los dedos en racimo a la boca y Andrea lo miró como el que oye hablar a los muertos porque nunca lo había visto tan parlanchín.

Maca hacía ondear sus pestañas negrísimas.

—Vale, fenomenal, pues vamos cuando queráis y les puedo echar una mano con la decoración. Además, me vuelve loca probar sitios nuevos, ¿verdad, Adolfo?

El hombre asintió sin mucho entusiasmo.

—Yo es que salgo muy poco, la verdad.

Maca les informaba mientras no dejaba de saludar a unos y a otros, con la mano, o con un simple golpe de cabeza, o arqueando las cejas, porque conocía a todo el mundo.

—Adolfo es un solterón, aquí donde lo veis, el único soltero auténtico de Barcelona, sin mancha de matrimonio, ¡ni siquiera anulado! ¡Y no es gay!

El otro sonreía algo cortado.

—Sí, bueno, yo no lo veo tan raro.

—Y eso que está podrido de dinero, es financiero y tiene un pisazo en Pedralbes de caerte de culo.

El hombre, evidentemente halagado, protestaba.

—¡Financiero, dices! ¡Pero qué fantasiosa eres, qué dinero ni qué dinero! Soy un contable de tres al cuarto y tengo una modesta empresa de particiones hereditarias y gestión de patrimonio. Aún me aguantan en el despacho porque lo llevan mis sobrinos, que si no...

Andrea preguntó mientras le hincaba el diente a un canapé blando que no sabía muy bien qué era:

—¿Quieren que te jubiles?

—Querrían, querrían, no hacen más que repetirme,

tío, ya no estás para trabajar, adáptate a tu edad... ¿Sabes cuál es el secreto para seguir?

A Andrea le resultaba simpática la forma en que hablaba, todo con una media sonrisa. Se acercó mientras los otros dos, ajenos a la conversación, coqueteaban entre sí descaradamente.

—¿Cuál?

—No tienes que adaptarte a tu edad, eso es inevitable, sino a los nuevos tiempos... No te dejan porque saben que si aprendes los resortes prácticos que ellos tienen, las... maquinitas, ¿sabes? —tableteó en el aire en un teclado imaginario—, con tu inteligencia desarrollada durante tantos años, porque al fin y al cabo la inteligencia es un músculo y lo tenemos bien desarrollado, te comerías el mundo. ¿Y qué quedaría para ellos?

Andrea asintió mientras la salsa le resbalaba por la barbilla y trataba de quitársela con una servilletita del tamaño de un sello de correos.

—Claro, mi hija está todo el día, no toques el AutoCAD, mamá, que lo vas a desprogramar....

El otro, encantado de que hubiera captado su idea, sacó su pañuelo y se lo tendió para que se limpiara.

—Toma, ya me lo devolverás. —Y seguía con los ojos brillantes de entusiasmo—: Es que está muy claro, ¿no? Es una conjura de todos los jóvenes para mantenernos al margen. Es el clavo del abanico... A mí me dicen, tío, esto no lo vas a entender por mucho que te lo expliquemos.

Javier, que no había escuchado nada de la conversación porque había estado intercambiando miradas tórridas con Maca y además era algo duro de oído, se quedó con la última frase.

—¿Tus empleados te llaman «tío»? Se pasan un poco, ¿no?

Nadie le hizo caso. Andrea meneó la cabeza con incredulidad.

—Pues es que a mí me ocurre lo mismo que a ti... En realidad, estoy jubilada, pero, como el estudio lo creé yo, mi hija no tiene más remedio que aguantar que meta las narices. No voy a dejar que me coma la moral diciéndome que ya estoy mayor porque ahora ya sé —guiñó el ojo con complicidad, en diez minutos de charla se sentía más identificada con Adolfo que con Javier— el «secreto», el «clavo del abanico».

El otro le susurró en el oído:

—Todo es una «conjura», recuerda.

Chocaron sus copas y después volvieron a brindar con Maca y Javier mientras los cuatro calculaban mentalmente a partir de las palabras «ir al colegio juntas» y «jubilación» cuántos años tenía cada uno.

El dermatólogo y el traumatólogo se habían ido empujados por sus indignadas mujeres («Si quieren visitarte, que vengan a la consulta y paguen como todos») y la gente empezó a desfilar, dejando un reguero de delantales sucios. Maca propuso:

—¿Por qué no vamos a casa de Adolfo?

—... que, por cierto, es un ático muy modesto —aclaró él.

—Calla, ¡si es de puta madre! Se ve todo Barcelona... y Adolfo canta de cine, rancheras y así. ¿Verdad que cantas de cine?

—Qué exagerada.

—¡No me dirás que eras de la tuna! —comentó un burlón Javier, que veía cómo Adolfo atraía la atención de las dos mujeres, algo a lo que no estaba acostumbrado.

Andrea le dio una patada que vieron todos, aunque a Adolfo no pareció importarle la pregunta.

—Lo fui, lo fui en el Paleolítico superior, hasta guardo la capa que llevaba. Pero sí, me encantaría que vinierais, tengo un cava particular que hacemos un grupo de amigos que no está mal.

Apretujados en el coche de Andrea, se les fueron quitando las ganas de juerga, aunque ninguno de los cuatro se atrevió a decirlo.

En la calle donde vivía Adolfo coincidieron con el estruendoso camión de la basura y ahí sí que Javier se puso a rezongar. Maca, inasequible al desaliento, lo arrastró hasta el portal gritando.

—¡Yuju, qué divertido!

La bebida no era muy buena, pero la vista sí. Las nubes se habían retirado y Barcelona se extendía, majestuosa, a sus pies; un lienzo claro punteado de luces parpadeantes como la Vía Láctea. Al fondo se veía la línea azul oscuro del mar, sobre la que rielaba una luna temblorosa.

Un gato enorme saltó del sofá al suelo haciendo retemblar las cristaleras.

—Negrete, saluda a mis amigos.

Maca se sorprendió.

—¿Cómo se llama?

Y Adolfo contestó mientras afinaba la guitarra:

—Las canciones de Jorge Negrete son las que más me gustan:

> Voy a cantarles un corrido muy mentado
> Lo que ha pasado allá en la hacienda de la flor
> La triste historia de un ranchero enamorado
> Que fue borracho parrandero y jugador.

Las letras desgarradoras contrastaban con ese interior burgués y sosegado. Por alguna extraña razón, eran compatibles.

Al llegar, Maca, como hacía siempre, ya había dirigido una mirada escrutadora a todos los muebles y había señalado uno u otro.

—Ya le he dicho a Adolfo que tiene que deshacerse de este... Y de este también. Todo es del año catapún. —El único que le hacía caso era Javier—. Te voy a poner un archivo metálico de los años cincuenta que he visto en los Encantes como mesita que te va a salir baratísimo y en un plis te lo decoro todo y organizamos fiesta de inauguración.

Adolfo tenía poca voz, pero se notaba que disfrutaba cantando. Cuando se dio cuenta de que Andrea lo escuchaba con atención, la miraba solo a ella, como si le estuviera enviando un mensaje especial, «la triste historia de un ranchero enamorado», y ella repetía «enamorado» y se preguntaba a cuántas chicas se habría ligado así, cuántas almitas sedientas de aventura y romanticismo se habría llevado al huerto. A esa cama que se veía apenas a través de una puerta entreabierta.

Y eso que no era muy atractivo, embutido en su uniforme de señor serio, camisa blanca, traje gris, corbata azul. Tenía nariz ganchuda y unos ojos castaños caídos por los extremos, Andrea adivinaba que, si se lo encontrara por la calle al día siguiente, no lo reconocería. Pero el embrujo de las canciones, ah, qué difícil era resistirse a eso.

Javier al principio intentó acompañar con una segunda voz desafinada:

Yo nací en esta ribera
Del Arauca vibrador
Soy hermano de la espuma

De las garzas, de las rosas
Y del sol.

«Y del sooool», graznaba Javier, pero Adolfo le dirigió una mirada tan fría que desistió y se limitó a mover la cabeza al son de la música, o el pie, o a tamborilear sobre la rodilla... Al final, decidió mantenerse en silencio, un silencio enfurruñado y desdeñoso.

Tuyo es mi corazón
El sol de mi querer
Mujer de mi ilusión
Mi amor te consagré.

Solo estaba encendida una lámpara de mesa; una cubitera con hielo dejaba ver el cuello de una botella y, en las copas, las burbujas doradas del champán ascendían cada vez más lentamente... Había fotografías familiares en blanco y negro en los estantes de madera oscura, con largas filas de libros de economía y derecho, una enciclopedia de contabilidad y finanzas en varios tomos, ninguna novela. En las paredes, algunas litografías y un cuadro de Cuixart de una mujer con un enorme sombrero.

Andrea se sentía bien en aquel salón, de modo que se quitó los tacones, estiró las piernas y se adormeció ligeramente.

Mi vida la embellece
Una esperanza azul
Tuyo es mi corazón
El sol de mi querer.

Maca se levantó en silencio... Primero miró a través de la ventana, un semáforo solitario parpadeaba en ámbar para nadie, porque la calle estaba desierta, se oía el rumor lejano del tráfico de la Diagonal, también muy escaso. Andrea se vio obligada a decir:

—Debe de ser tardísimo.

Ya no le contestaron, Maca había desaparecido, estaba en el lavabo seguramente. Javier se había sentado algo apartado y, cuando Andrea se volvió con una sonrisa cómplice y extendió el brazo para rozarlo, vio que la silla estaba vacía. Iba a decir algo, pero le pareció grosero interrumpir a Adolfo, que tenía los ojos cerrados y cantaba con gran entrega.

Aun así, empezó a preocuparse; quizás Maca se encontraba mal y Javier había corrido a ayudarla. No conocía la distribución del piso y no sabía dónde podía haber ido su amiga. Recordó que una vez se había desmayado en un *hammam* de Marrakech y se enteró de que tenía la tensión muy baja.

Andrea se incorporó, nerviosa. Carraspeó. Le pareció que pasaba el tiempo, demasiado... Aprovechó los segundos que transcurrían entre canción y canción mientras Adolfo apretaba una clavija de la guitarra y preguntó por ellos con gestos. El trovador se encogió de hombros y prosiguió con acento dramático.

Tuyo es todo mi ser
Tuyo es, mujer...

Andrea estaba incómoda, no sabía qué hacer. Si el anfitrión no se preocupaba, ¿por qué iba a hacerlo ella? ¡Ya eran mayorcitos, corcho!

Negrete la miraba hipnóticamente «sentado» en un

sillón. No sabía cuánto tiempo había transcurrido, le pareció que Adolfo volvía a empezar su repertorio.

Yo nací en esta ribera
Del Arauca vibrador.

Después, al recordar esa noche, Andrea se reiría mucho y sería una de sus anécdotas preferidas, y, cuando le preguntaran que por qué no había reaccionado antes, se encogería de hombros.

—Pues no lo sé, me parecía que era una falta de educación ponerme a alborotar como una niña pequeña, ¡no se me ocurría qué podía haber pasado!

Al final, cuando Adolfo, ahogando un bostezo, puso la última botella de cava boca abajo en la cubitera, cuando una luz sucia empezaba a colarse por la ventana, cuando ella ya medio se incorporaba para ir a explorar el piso, apareció primero Maca alisándose la falda y después Javier con el pelo mojado y expresión de falsa inocencia. Iba a preguntar, pero Maca levantó los índices y dio unos pasitos de baile.

—Venga, Adolfo, la última. *¡Allá en el rancho grande!*

Y ya volvía el hombre, animado de nuevo, a coger la guitarra. En ese momento, Andrea tuvo la presencia de ánimo de levantarse, ponerse los zapatos, trastabillar y decir con un último resto de voz y de dignidad:

—Bueno, mejor me voy.

Y por una de esas casualidades de la vida, ese Dios que se divierte con nosotros porque allí en el cielo debe de estar muy aburrido, Adolfo sacó un tono picarón para cantar la única ranchera festiva de Jorge Negrete.

Te voy a hacer tus calzones
Como los que usa el ranchero
Te los empiezo de lana
Y te los acabo de cuero.

Ni Maca ni Javier hicieron ademán de acompañarla; Andrea evitaba mirarlos, pero creyó percibir que estaban abrazados, y una pequeña grieta, tan pequeña como la uña del dedo meñique, otra más, se abrió en su alma.

Un Adolfo que se había dado cuenta perfectamente de la situación salió a despedirla al descansillo, iba con la guitarra en las manos y ella, en lugar de darle un beso en la cara, besó al mástil, dos besos, uno en cada lado, y se fue ascensor abajo diciéndose de forma incongruente: «Los calzones que te los haga tu padre», repitiéndolo tantas veces como pisos tenía el edificio, cientos, miles, tu padre, tu padre.

3

Las letras brillaban cegadoramente a la dura luz de la mañana: Capdevila-Novoa. Y después la palabra por la que tan orgullosas se habían sentido cuarenta años atrás: Arquitectas.

Andrea siempre notaba un pellizco en el corazón cuando veía la puerta acristalada y recordaba las emociones y los sueños de aquellas dos casi adolescentes que habían decidido iniciar este estudio cuando todos los de Barcelona exudaban testosterona a quintales, cuando todos los arquitectos no solo eran brillantes, carismáticos y llenos de talento, sino que eran guapos, mujeriegos, salían en las revistas, protagonizaban escándalos... Bofill, Tusquets, Correa, Bohigas eran como cantantes de *rock*, arrastraban grupos de fans y periodistas de cámara, tenían novias artistas de cine o modelos espectaculares.

Como Nieves y ella habían sacado matrícula de honor en el proyecto final de carrera, los grandes estudios intentaron ficharlas, porque además eran guapas y de buena familia, o quizás solo por eso y lo de la matrícula de honor era un incordio en realidad. Pero ellas habían decidido ser independientes y dirigir su propio despacho de arquitectura. Con gran ilusión organizaron una fiesta para inaugurarlo e invitaron a los grandes popes, algunos de ellos, sus profesores. No fue ni uno.

Claro que las dos amigas partían con ventaja: el padre de Nieves Novoa era un importante promotor, un gallego listísimo que había urbanizado casi toda la Costa Brava; primero a base de apartamentos baratos, después con complejos de lujo. Y, gracias a él, habían podido pillar la ola de los Juegos Olímpicos del 92.

¡Cuánta suciedad hubo en esos años en los que el dinero parecía crecer en los árboles!

Andrea esbozó una sonrisa triste para aquellas dos ingenuas que creían que las aptitudes profesionales y la honradez serían al fin recompensadas. Meneó la cabeza y el portero del edificio, que regaba parsimoniosamente las adelfas del jardincillo de acceso, creyó que lo saludaba.

—Buenos días, señora Capdevila.

—Buenos días, Paco.

Tenía que llamar a Nieves. Seguía considerándola su mejor amiga, aun cuando hacía tiempo que le había vendido su parte del estudio para irse a vivir con sus caballos a su enorme finca ampurdanesa. Era como su hermana; Loti, su hija, la llamaba tía Nieves. La niña había pasado muchos veranos en su finca y la quería tanto que Andrea había llegado a pensar que ocupaba en su corazón el sitio en el que debería haber estado su padre. Una figura fuerte, sólida, sin dobleces, en la que se refugiaba cuando su madre estaba ausente, de forma física o simbólica.

Andrea no se consideraba una madre perfecta. Demasiadas pizzas pedidas a domicilio para cenar. Demasiadas obras por visitar el día de las reuniones de padres. Demasiado ocupada para organizar fiestas de cumpleaños o para ayudar con los deberes en la mesa de la cocina como hacían en las películas.

Antes de entrar en el estudio, cuando ya adivinaba las miradas de la secretaria comunicándole a su hija que la pesada de su madre estaba a punto de cruzar la puerta, cogió el teléfono y le envió un mensaje a Nieves, «Estoy en nuestro chiringuito». Porque así, «chiringuito», lo habían bautizado despectivamente las grandes vacas sagradas de la arquitectura.

Estuvo a punto de caerse del susto cuando en ese instante el móvil se puso a vibrar. Se subió el cuello del abrigo porque por la calle Mandri crecía un viento helador y contestó mientras exhalaba aliento como un indio enviando señales de humo.

—Sí.

Era Adolfo. Primero no supo de quién se trataba, ah, sí, Adolfo, perdona, el contable-cantante, el «papá» de Negrete, se sorprendió y se preguntó interiormente con amargura, ¿se habría dejado algo en su casa además de las ilusiones?, ¿la llamaba para exigirle el pañuelo que le había prestado, ya que era una pieza primorosa digna de custodiarse en la Fábrica Real de Tapices? Pero solo respondió con un comedido:

—Hola, Adolfo.

Supuso que no la llamaría para compadecerla ni para trasmitirle algún recado de parte de Maca. Su amiga había intentado ponerse en contacto con ella cientos de veces ya, pero Andrea había decidido castigarla un poquito más. Se ruborizó solo recordando la escena vivida hacía apenas unos días. Sin embargo, Adolfo se limitó a preguntarle cómo estaba. Después de una pausa que revelaba su falta de práctica en estos menesteres, le espetó:

—Tengo unas entradas para ir al teatro esta noche, *El sueño de una noche de verano*, un montaje fabuloso del Nacional.

Andrea, que no iba al teatro desde que había interpretado *Els pastorets* cuando era niña, dijo que sí, claro, que el teatro le encantaba, y que ella invitaba a cenar y podían quedar a las nueve. Él se quedó un poco cortado y le dijo que los teatros empezaban a las nueve precisamente y que ya picarían algo después.

Uy. Ole. Tenía plan. ¿Qué se pondría?

Pisó el despacho con una determinación nueva, levantando la barbilla, pavoneándose. Las paredes estaban cubiertas de estanterías con libros amontonados de cualquier manera. Su tablero inclinado de trabajo, que había elegido ella personalmente hacía cuarenta años, ocupaba un sitio simbólico en un rincón, porque habían colocado solo dos grandes mesas provistas de ordenadores y las lámparas Ptolomeo. La luz que entraba a raudales sí que era idea suya porque siempre había creído que con luz natural se trabajaba mejor y había tirado paredes para lograr un espacio diáfano.

Ahora estaba mucho más ordenado que en su época, casi nadie usaba papel y lápiz ya, y para las maquetas se utilizaba una sala aparte. En lo que antes era un patio, se encontraba la zona de diseño, muy moderna, con lámparas Mila de pie y fotografías de interiores famosos.

Como siempre, reinaba una actividad febril y todas las chicas la saludaron de forma respetuosa y apresurada. Las dos mesas en las que trabajaban, rectangulares, las había diseñado Nieves justo antes de retirarse. Eran, al igual que el pavimento, de microcemento, lo que creaba un efecto impactante.

Una de las arquitectas, que llevaba la eterna reforma del edificio de la calle Entenza, una vieja casa de pisos propiedad de tres hermanas que solo les daba disgustos, tenía los planos de papel vegetal desplegados y tomaba notas con el ceño fruncido. Era de las pocas que seguían trabajando a la vieja usanza. Andrea se acercó, miró por encima de su hombro y señaló un punto del diseño.

—Renata, ¿has mirado las vigas del tercer piso?

—¿Cómo? —Se giró sobresaltada y, después, más amable pero impaciente—: Hola, Andrea, sí, lo hemos repasado todo.

La arquitecta veterana golpeó el papel con el índice.

—El defecto está aquí... en los forjados del edificio. Ya nos dimos cuenta cuando nos dieron la casa, aunque el inquilino del tercero no nos dejó entrar para que estudiáramos las vigas y pensamos que al final no sería tan importante.

Renata movió la cabeza.

—No sé qué decirte, Loti ha dicho que era cosa de una fisura en la fachada que afecta a la estructura y por eso tenemos esas grietas.

Andrea levantó la voz.

—¡Eso es imposible! Las analizamos hace cuatro años y eran fisuras muertas, que no afectaban al tema estructural. ¡Tenemos que hacer una cata de las vigas de madera que aún quedan en la finca!

Renata, violenta, miró a un lado y a otro sin saber qué decir, cuando se abrió la puerta del despacho de la hija. En tono contenido, mientras la cogía por los hombros, le dijo en un susurro amenazador:

—Mamá, por favor, ven.

Cerró la puerta, se sentó detrás de la mesa y puso las manos en forma de tienda de campaña. La miró fijamente, en silencio.

Su hija, Loti, era una versión de Andrea pasada por la lejía. De su padre alemán había heredado la complexión, era alta y gruesa, y el colorido, rubio pálido, esas pieles que enrojecen con la menor emoción. De Andrea tenía los rasgos, los que venían de fábrica, antes de que el cirujano plástico hubiera remodelado su nariz y dado volumen a sus labios. Y también había heredado el amor a los perros. Gaudí, una mezcla de braco y de quién sabe qué, dormía debajo de la mesa acristalada, el morro apoyado en el viejo bolso de piel que su ama dejaba en el suelo.

Loti había estudiado arquitectura con cierta desgana, porque era el «negocio familiar», pero había resultado ser una profesional concienzuda, si bien poco imaginativa. Levantó las palmas de las manos al techo con impotencia.

—Mamá, ¿qué voy a hacer contigo?

Andrea se sintió como una escolar cogida en falta.

—Niña, solo le estaba diciendo que tendríamos que hacer una cata de las vigas de madera...; esa casa la conozco como si la hubiera parido, ya sabes que fue nuestro primer encargo.

Loti sacudió la cabeza. Era una buena hija. Aunque no quería ofender a su madre, estaba furiosa. Últimamente parecía haberse instalado en el malhumor constante. A pesar de que nunca había sido un dechado de dulzura, Andrea no entendía cómo había cambiado tanto.

—Mamá, no puedes venir aquí y dar órdenes al personal sobre lo que tienen que hacer. Dijiste que lo ibas a dejar todo en mis manos, ¿no te acuerdas?

—También me acuerdo de que me dijiste que tendría siempre las puertas abiertas y que mis consejos serían bienvenidos.

—Sí, claro, y todos los apreciamos... Tienes la casa de invitados de la «torre» de Altafulla para diseñar, ya sabes que es tuya y solo tuya.

Andrea bajó la cabeza con un mohín enfurruñado, disipada toda su arrogancia.

—Ya sé que eso me lo has dado como limosna —se engalló, levantó los ojos con cierto orgullo—. Podría hacer perfectamente toda la vivienda, como sabes muy bien.

Loti movió la cabeza con desesperación contenida.

—Lo que tú sabes muy bien es que la propiedad quiere ese equipo de Tarragona con el que estamos trabajando a medias, ¿qué pretendes que haga yo? ¡No puedo obligarlos! Gracias que nos han confiado una parte —enterneció falsamente la voz—. Si tú estabas contenta con la casita de los invitados, puede quedar muy mona.

Andrea dijo muy bajito, con lágrimas en la voz:

—La casita de invitados de Hansel y Gretel. —Se le escapó una ligera sonrisilla de triunfo—. Además, ya la he acabado, era cosa fácil.

Loti levantó el tono, ahora exasperada.

—Mira, mamá, no me hagas chantajes emocionales, lo que no puedes es venir cada día, todos los días, a tocarnos las narices. ¡No puedes dar consejos a tontas y a locas sin saber el trabajo que hay detrás! No puedes humillar a mis arquitectas.

Andrea se asombró.

—¿Cómo? ¿Alguna ha protestado?

—No, claro que no, todas son muy educadas, soy yo la que tengo que hablar contigo y no ellas.

—Pero los bajantes...

—Ni bajantes ni bajantas, si tú quieres llevar el estudio, a mí me parece bien; dímelo a las claras y yo monto otro o me dedico a vender..., yo qué sé, ¡helados! Y, si no, déjanos a nosotras, ahora tenemos entre manos un proyecto muy importante que requiere toda nuestra atención.

—Ya —se las dio de enterada sacudiéndose la solapa de la chaqueta de Herno—, la urbanización de los terrenos de la colonia Recoder debajo de la Diagonal. Fefa Recoder fue al colegio conmigo, en cuanto hable con ella eso está en el bote.

—Mamá, ¿en qué mundo vives? ¡Qué más da que hayas

ido al colegio con el papa de Roma! Hemos presentado a concurso un proyecto como mil estudios de arquitectos, de aquí y de fuera, estamos compitiendo con los más grandes, ¡las cosas no son como en tu época, los tiempos son duros, tenemos que pelear por cada obra!

—Ay, hija, los tiempos siempre han sido duros, a ver si te crees que entonces no lo eran. Sobre todo, para dos mujeres jóvenes como éramos nosotras.

—¿Y la suerte que tuvisteis en el 92 en los Juegos Olímpicos?

—¿Suerte? Suerte tuvieron los siete estudios que trabajaban enchufados con el Ayuntamiento, el resto nos tuvimos que comer las migajas que caían de la mesa de los señores. Nosotras éramos dos chicas que, según decían, querían jugar a las casitas y ellos eran los profesionales serios. ¡Si cuando llegábamos a las reuniones se creían que éramos las secretarias! ¡Y solo nos prestaban atención si llevábamos la falda muy corta!

Loti protestó.

—Pero, mamá, el padre de Nieves os ayudó mucho.

Andrea admitió a regañadientes:

—Bueno, sí, algo hizo. —Volvió a sulfurarse—: Aunque no tenía los contactos sociales ni políticos de los otros, era solo un constructor gallego listo y nada más.

La hija respondió con aburrimiento:

—Sí, mamá, todo eso ya lo sé.

—Ya te lo he contado muchas veces, quieres decir, son batallitas de abuela cebolleta.

La hija se levantó y la cogió por los brazos con tosca ternura.

—Mira, mamá, estás fenomenal, guapa, llena de salud, no te falta dinero, tienes montones de amigas... Dedícate a vivir y a pasarlo bien.

Andrea notó que la voz se le oscurecía. Recorrió con su mirada el espacio que las rodeaba y confesó:

—Es que yo me lo pasaba bien aquí, en el despacho.

—¿Quieres volver a tenerlo? ¿Quieres ponerte al frente? ¡Si en el fondo yo no valgo para esto! Recojo mis cosas y me voy y ya te puedes sentar ahora mismo en esta mesa.

Gaudí pareció que entendía porque levantó la enorme cabezota y las miró con asombro.

Andrea recordó los horarios infames, las peleas contra los operarios, las reuniones con los clientes, la lucha incesante por el presupuesto, las visitas de obra, el barro hasta las rodillas... La insatisfacción al ver que el resultado final no se parecía en nada a lo que habían proyectado... Y vio a su hija, a su hija tan inteligente y con tan poca suerte en el mundo; al fin y al cabo, creó este negocio para que lo heredaran sus hijos y los hijos de sus hijos, ¿qué hay más bonito que eso? Así que negó débilmente.

—No, no, tienes razón, es que, mira, pasaba por aquí delante y se me había ocurrido entrar... Y sí que vales, Loti, eres muy buena, de verdad.

La hija le rodeó los hombros con los brazos.

—Joder, con lo estupenda que se te ve, pareces una chica joven, ya me gustaría tener tu tipo, y cómo está, ¿cómo se llamaba? El poeta.

Su hija se burlaba cariñosamente de sus «novios», que no venían a suplantar a nadie porque su padre llevaba muerto muchos años.

—¿Javier? —Le vino a la memoria la noche en casa de Adolfo y ya iba a contárselo a Loti a ver si se reía un poco—. Mira, después de lo de la cocina de Miri...

La hija miró un punto lejano, su secretaria levantaba una nota en el aire recordándole algo, y con pequeños empujones sacó a su madre hasta la puerta.

—Sí, me lo cuentas el fin de semana... No, la semana que viene, que tengo mucho lío. Ven a comer, Gloria preparará sus hamburguesas veganas, ya sabes que no desiste de que te vuelvas vegetariana. Perdona, mamá, estamos a tope, qué mono esto que llevas, cuidado con el escalón, adiós, adiós.

Andrea se encontró en medio de la calle y se preguntó ¿mi hija me ha echado del despacho? Y una vocecita interior le respondió:

—Sí, en efecto.

Y esa misma vocecita le soltó con impaciencia:

—Pero ¿qué quieres, Andrea? —Y ella gimió sin voz.

—Lo quiero todo.

Estar y no estar, sorber y soplar, seguir y no seguir, cuando en realidad lo único que querría sería volver a ser la Andrea de veinte años.

4

El restaurante estaba lleno. Adolfo apartó galantemente la silla de la mesa para que ocupara su sitio y luego se sentó frente a Andrea. Desplegaron las enormes servilletas de color granate, el contable-cantante la sacudió como si tuviera migas, después se la puso parsimoniosamente sobre las rodillas, la alisó con unos golpecitos y Andrea se preguntó, como había hecho varias veces durante la noche: «¿Qué hago con este tío?». Aunque por fuera sonrió sin alegría, enseñando apenas la dentadura, que no era su punto fuerte, había que reconocerlo.

—Está bien esto, ¿no?

Después de la función teatral, Adolfo y Andrea se sentían como lo que eran, dos desconocidos sin saber qué decirse. A ella le pareció incluso que en un momento concreto se había dormido y se preguntaba por qué cuando se quedaba en casa sola por las noches nunca tenía sueño y ahora que debía estar animada se le cerraban los ojos como a una criatura.

—¿No habías venido nunca aquí?

—Pues no.

Adolfo se había vestido de *sport*, estilo que, según opinaba Andrea, no le sentaba bien: los pantalones tejanos bailaban sobre sus muslos demasiado delgados y el culo brillaba por su ausencia. Suspiró, no quería ser tiquismiquis, apartó la imagen de Adolfo desnudo de su cabeza y toqueteó los cubiertos. Silencio. Pasa un ángel. Dos, tres...

Zzzzzz. ¡Salvados por la campana! Ambos oyeron el zumbido enloquecedor del móvil, a pesar de que estaba dentro del bolso y sin sonido. Vibraba, se paraba, volvía a vibrar hasta que al final, con un suspiro, Andrea lo desconectó del todo y se vio obligada a explicar.

—Es Maca, no deja de llamarme desde... aquel día.

Aunque Andrea le había devuelto su pañuelo, cuidadosamente limpio y planchado, hasta ese momento habían evitado tratar el asunto, pero ahora era inevitable. Además, si no hablaban de eso, ¿de qué demonios podían conversar? Adolfo sonrió comprensivo.

—Se debe de sentir avergonzada.

—Me ha enviado miles de mensajes pidiéndome perdón... La voy a hacer sufrir un poco más. Y ¿sabes qué?

—En realidad, no te importa.

Andrea se sorprendió de su perspicacia, coño, a lo mejor era una persona más interesante de lo que creía.

—La verdad es que no, casi ha sido un descanso. Yo también tenía ganas de cortar y no sabía cómo hacerlo. Al final que él tomara esa decisión, ya sabes, lo de esa noche..., en el fondo me ha aliviado.

—Y así no tendrás complejo de culpa.

¡Bien, Adolfo! Casi tuvo ganas de entrechocar su palma con la de él como si fueran jugadores de la NBA, un gesto que aborrecía y que además no sabía hacer. Sin embargo, no pudo dejar de pensar: «Sí, pero ahora estoy sola». Estaba sola y no le gustaba despertarse por la mañana pensando que iba a estar sola todo el día. Y tampoco le gustaba que llegara la noche porque, entonces, ay, dejaban sueltos a los monstruos. Y a veces se agarraba al embozo de la cama, únicamente sacaba los ojos y tenía ganas de gritar, fuera, fuera, o mamá, como cuando era niña.

Durante la obra, no había podido pensar en otra cosa. Los actores se desgañitaban sobre el escenario:

> El amor es una fiesta
> De los sentidos y de la vida.

Y ella pensaba, ¿ya está?, ¿ya se ha acabado la diversión? Tenía amigas que vivían sin hombres y eran felices, eso decían al menos.

Miró a Adolfo y se dio cuenta, por su actitud expectante, de que algo le había preguntado, no quiso parecer desatenta y aventuró una respuesta al buen tuntún.

—Al principio Javier y yo nos reíamos mucho, lo pasábamos muy bien.

—¿Sí? ¿Qué hacíais?

—Pues no sé, nada de particular.

Andrea no supo qué contestar porque la verdad es que no recordaba si hacían algo especial. Lo propio de Javier eran los largos silencios y las miradas intensas. Y ¿se reían tanto? ¿Se lo pasaban tan bien o todo estaba en su cabeza?

—Llevabais juntos poco tiempo, ¿no?

—Seis meses.

De repente tuvo ganas de decirle:

—No folla.

No lo hizo, pensó, ¿para qué?

La conversación languidecía, ninguno de los dos se esforzaba demasiado, ambos habían tenido muchas primeras citas que no pasaron de ahí. Sabían que luego te arrepentías de la energía derrochada.

Adolfo desmenuzaba un panecillo; amasaba las bolitas y las iba poniendo al lado del plato. Tenía las manos pequeñas y gordezuelas, no como las de Javier. ¿Cómo era Javier? ¿Era posible que casi ya no lo recordara? Entrecerró los ojos, a veces incluso lo confundía con el economista que se fue a vivir a Londres, ¿cómo se llamaba? Eso fue antes del escultor; ¡qué loca había estado por el escultor y ahora no recordaba ni el nombre! Esta era otra, empezaban a repetirse los nombres en su currículo amoroso, dos Carlos, dos Ricardos y hasta tres Javieres. ¡Tendría que empezar a numerarlos, igual que si fueran los reyes! Ricardo I, Ricardo II... El escultor no se acordaba de cómo se llamaba, pero tenía en casa varias figuras de barro modeladas por él. Le sabía mal tirarlas. De la época del economista quedaba un práctico archivador en el que debía poner sus facturas domésticas y que estaba lleno de fotos y revistas hasta el punto de que ya no podía abrirse sin que todo se desparramase por el suelo. Otro la había llevado por primera vez a un restaurante que ahora frecuentaba mucho y otro le había contagiado su pasión por John Grisham, cuyas novelas ocupaban ahora un estante entero de su biblioteca. ¡Los hombres pasaban y siempre dejaban una huella, leve o significativa, en su vida!

No se parecían en nada entre ellos, aunque la emoción era la misma. No los echaba de menos, sino que añoraba el sentimiento que habían provocado en ella, ah, el reloj de la vida iba hacia atrás cuando sentía eso agarrándose a las entrañas. ¡Enamorada del amor!

Siempre había sido así desde que Rolf murió.

El montón de miguitas al lado del plato de Adolfo ya tenía el tamaño de un túmulo funerario. Sin mirarla, le preguntó como si leyera su mente:

—¿Eres viuda desde hace mucho?

—Sí, me ha dado tiempo a hacer bastantes tonterías...

—Se asombró—. ¿Sabes que no me acuerdo de la fecha? Loti tenía siete años y ahora tiene treinta y cinco.

Automáticamente, había restado tres años a su hija, los mismos tres que se quitaba ella.

—Tu hija la arquitecta, la que quiere que dejes de trabajar.

—Sí, qué memoria tienes. Ahora ya sé que todo es una conjura de los jóvenes porque están inseguros y hasta casi me dan pena.

Se rieron. Llegó el camarero con cartas gigantescas como sábanas. Adolfo encargó el vino sin consultarla, Andrea paseaba la mirada por la larga lista de platos; aunque no se acordaba de cuándo se había muerto su marido, recordaba perfectamente que ese día hacía viento y la cara del chófer que habían enviado desde la fábrica Bayer donde Rolf Schneider era uno de los directivos.

Solo le comunicó que su marido había tenido un percance y fue el corto viaje mordiéndose los labios sin querer ni pensar ni llorar. Rolf estaba tendido en el despacho detrás de la mesa porque el infarto fulminante lo había lanzado al suelo, cara a tierra, tenía la chaqueta levantada y se le veían los riñones, y ella solo quería bajársela y taparlo y no la dejaban porque creían que se iba a abrazar al cadáver como las viudas indias para que lo inmolaran con él. Y ella solo decía la chaqueta, la chaqueta, y nadie la escuchaba.

Lo intentó incluso en alemán.

—*Jacke, jacke.*

Qué pena tan devastadora había sentido, algo debió de traslucir su rostro, porque Adolfo alargó la mano, cogió la suya y se la apretó con una sonrisa. Vaya. No somos de piedra.

Cuando regresó el camarero, no habían escogido aún

y tuvieron que volver a leer la carta. Fue en la segunda copa cuando Andrea se atrevió a preguntarle por qué no se había casado nunca.

—¿Quieres la respuesta corta o la larga? La corta es porque no he encontrado nunca a la mujer de mis sueños.

Ella protestó.

—No te pega decir eso.

—La larga es que me alegro de no haberme casado porque he visto más dolor que felicidad en los matrimonios. Como experto en patrimonio, he tenido que tratar muchas tragedias, la cara oscura de las familias, hijos problemáticos, discusiones por dinero, herencias que no contentan a nadie... Da igual lo que tengas, yo he visto peleas a última sangre por una vajilla de Duralex.

—¿Aquellas tan feas que comprábamos en Andorra?

Él cabeceaba.

—Sí, esas, las que tenían el borde ondulado.

Ella rio.

—Nosotros íbamos a Andorra para comprar jerséis Vitos y crema de la Vaca.

—Ah, pues nosotros íbamos a Perpiñán a ver películas prohibidas, *El último tango en París*, por ejemplo.

Andrea se tapó la boca horrorizada.

—¿Con tus padres?

—¡Qué dices! Si mis padres eran de misa diaria... Iba con mis amigos cuando estábamos en la universidad, con los de la tuna, nos apretujábamos en un dos caballos, cantábamos por los bares, nos sacábamos unas perras dando el coñazo y luego traíamos libros de Ruedo Ibérico.

Andrea rio.

—Sí, hombre, y *Playboys* y otras revistas porno.

Con asombro vio que Adolfo se ruborizaba.

—Sí, también.

Andrea se dio cuenta de que le violentaba hablar de temas personales. Le hizo gracia pincharle.

—Adolfo, me desconciertas, ¿no te has enamorado nunca?

Se echó hacia atrás en la silla y juntó las manos de forma doctrinal.

—Bueno, a ver, deberíamos definir lo que es el amor. Si dices perder la cabeza y dejar de comer y dormir, pues no. Aunque cuando era joven sí que estuve a punto de casarme. Tuvimos hasta lista de bodas y las participaciones enviadas..., pero...

Andrea asentía sin abrir la boca, nunca había sabido comer y hablar a la vez, se atragantaba, tosía y se mordía la lengua. Envidiaba la habilidad de Adolfo, su ritmo perfecto de hombre acostumbrado a comidas de trabajo, hablar, beber, masticar, deglutir con la boca cerrada y llevarse de vez en cuando la servilleta discretamente a los labios. Preguntó:

—¿Y qué pasó?

Él se llevó el índice a la sien.

—Que ella estaba majareta. Sí, no te rías, loca de verdad, diagnosticada. A pesar de que había estado en un psiquiátrico mucho tiempo, la familia no nos dijo nada. Empezó a hacer cosas raras, escenas de celos, y yo vi que aquello no pintaba bien... En fin, rompimos.

—¿Vive aquí en Barcelona? ¿Sigue enferma? ¿Qué ha sido de ella?

—No sé, no he sabido más. A partir de ahí dejé de intentarlo, mis amigos se casaban y daban cenas para presentarme a la cuñada soltera. Fue una época muy pesada y al final tuve que decirles que basta, que yo ya me sentía bien como estaba. Ya sabes que la soledad es muy golosa y acabas acostumbrándote.

Andrea tenía ganas de gritarle que no lo sabía; de lo contrario, no estaría aquí con él. Sin embargo, preguntó:

—Pero ¿has salido con otras mujeres?

—Sí, he tenido muchas amigas, muy buenas, pero acaban casándose con otro. Yo hasta he sido padrino de sus hijos.

Andrea lo señaló con el tenedor.

—Es verdad, tienes cara de padrino.

—Pues no te creas, que imito muy bien a Marlon Brando. —Bajó la voz—: «Son solo negocios».

—No me refería a ese padrino. —Andrea reía, el camarero volvió a llenar las copas—. Tienes cara de persona formal..., ya sabes.

—Sí, ¡cara de contable!

Rieron tanto y tan a menudo durante el resto de la cena que los de las mesas vecinas los miraron divertidos.

Al fin, Adolfo trazó una firma en el aire y el camarero se apresuró a llevar la cuenta. Cuando Andrea iba a sacar el billetero, él le dirigió una mirada asesina.

—No se te ocurra. —Volvió a imitar a Brando—: «Algún día te pediré que me devuelvas el favor».

Apuraron las copas, se levantaron, él le puso el abrigo alrededor de los hombros demorándose un momento e, instintivamente, Andrea se volvió y se quedaron ojos contra ojos. Le preguntó sin saber por qué, por hábito, por tonteo:

—¿Te gusto?

Él se echó a reír.

—Qué coqueta eres. Sí, claro que me gustas.

—Pero ¿mucho?

Adolfo se puso serio.

—Me siento cómodo contigo.

Ella se puso a hacer ademanes exagerados.

—Pues vaya cosa, ¡cómodo!, como si fuera un par de zapatillas viejas.

Él movió la cabeza como se hace ante las travesuras de un chiquillo.

—No quería decir eso, para mí es el mayor piropo. —Echaba una mirada temerosa alrededor—. Te van a oír, no grites.

Andrea notaba el vino recorriéndole las venas y una sensación de euforia ajena al hombre que tenía al lado, pero jugaba a que sí. Fingió enfado.

—El señor me ha llamado zapatilla vieja. ¿Qué será lo próximo?

Sorteaban las mesas hacia la salida cuando les salió al paso una chica joven, embarazada, que se dirigió a Andrea con gesto tímido.

—Andrea Capdevila, ¿verdad?

Ante su asentimiento, la chica prosiguió.

—Perdona que te asalte aquí, de esta manera, pero tenía ganas de decírtelo desde hace tiempo. Te he visto muchas veces porque vivo al lado de tu despacho.

Cruzó las manos sobre el vientre como protegiéndolo, tenía las pestañas rubias y manchas de embarazo en la cara. Andrea rebuscó en su memoria a ver si la conocía y la chica pareció adivinarlo.

—No nos conocemos. Hiciste la casa de mis padres en Cadaqués y te quería decir que hemos sido muy felices en esa casa... Solo eso... Perdona, y ánimo y lo siento mucho. Eres muy grande.

Le hubiera gustado abrazarla, darle las gracias, preguntarle por qué le había dicho ánimo, pero la chica ya retrocedía, Adolfo la empujaba hacia la salida. Hubiera dado años de vida para que su hija escuchara este reconocimiento. Miró de reojo a Adolfo, él sí que lo había oído, ¿o no? Pero como no le decía nada canturreó.

—La zapatilla vieja recibe halagos por su trabajo.

Él la cogió por el brazo.

—Podemos vernos otro día, ¿verdad?

Se detuvieron en medio de la calle, las farolas tenían un halo blancuzco en el que bailaban diminutas gotas de lluvia, Andrea se emocionó. ¿Y si al final la cosa funciona? Va, un pequeño esfuerzo, unos gramos de entusiasmo. Y si... ¿Cómo se llamaba? ¿Adolfo cumplía los requisitos?

No pensó en la respuesta y soltó un «claro que sí» distraído. Y es que estaba ocupada dando un simbólico corte de mangas a la soledad para que se fuera a llamar a otra puerta.

5

La casa de su hija estaba en el barrio de Gracia, en una calle peatonal con tiendecitas artesanales, restaurantes indios y pintadas en las paredes. Loti había convertido un piso antiguo y oscuro, de habitaciones pequeñas, en un amplio espacio con una terraza en la que ella y Gloria desayunaban por las mañanas sintiéndose como en una película francesa. No tenía ascensor y Andrea, que sostenía a su perrita y unos manteles de su madre que pesaban lo suyo, llegó al tercer piso sin aliento. La hija la esperaba. Cuando vio a Dana, su expresión se suavizó y la cogió en brazos.

—Ay, mi Danufieta, ven con tu sobrinito Gaudí, te está esperando. —Al darse cuenta de la bolsa que llevaba su madre, frunció el ceño—. Pero, mamá, no hace falta que nos traigas más cosas... No tenemos armarios suficientes.

—Es un mantel bordado muy bonito de tu abuela.

La hija acogió el regalo con frialdad.

—¿Y para cuántas personas es este mantel? ¡Cuántas servilletas! ¡Treinta! ¿Tú crees que alguna vez vamos a dar una comida para treinta personas? Va, pasa, pasa.

Andrea parecía la hija y Loti la madre, también por el aspecto; la una era grande e imponente y la otra menuda más que delgada, cada día se empequeñecía, se daba cuenta al ponerse la ropa de la temporada anterior. Las mangas le estaban más largas, le bailaba la cintura, los hombros no se ajustaban, los pantalones hacían arrugas... Perdía las pulseras porque se le resbalaban por la muñeca. Y no porque hubiera enflaquecido, sino porque se encogía.

Su amiga y exsocia Nieves, quien, como vivía en el campo, tenía mucho tiempo para enterarse de datos innecesarios, le había dicho que los reyes de España, al morir, pasaban veinte años en lo que se llamaba el pudridero para que su tamaño disminuyese de forma natural y cupiese en los sarcófagos de un metro que los aguardaban para toda la eternidad.

—Nosotras ya estamos en el pudridero, Andri, ya nos empezamos a encoger por nuestra cuenta para darles a nuestros deudos el trabajo hecho y nos puedan meter en el sarcófago sin más. ¡Nuestra generación, que no quiere molestar!

Andrea le daba patadas, puñetazos, eso tú, que yo estoy de puta madre, en el pudridero estarás tú, aquí sola, sin hablar con nadie, Nieves protestaba entre risas.

—¿Cómo nadie? ¿Mis caballos no son nadie? Y para hablar con los gilipollas con los que hablas tú... —Imitaba a Andrea parpadeando rápidamente—: Oh, trovador de brillante armadura y culo caído, qué interesante lo que me estás contando de la reproducción del berberecho en la cautividad, ¿te gusto?

Andrea reía, eres tonta, yo no hago esto..., pero al final las dos, agotadas, se tendían en las hamacas del jardín y acababan reconociendo que ninguno de los hombres que habían tenido en su vida, ni uno solo, les llegaba a la suela de los zapatos.

Y así sonreían ambas sumidas en sus recuerdos hasta que uno de los caballos relinchaba y Nieves decía:

—Es lo más inteligente que he oído al macho de la especie en estos últimos setenta años.

¿Por qué no podía reírse con su hija como se reía con Nieves? Era tan seria..., tan alemana.

Se sintió ridícula con el mantel en las manos, le había parecido una buena idea traerlo como una oferta de paz, pero quizás no lo era tanto. Al fin y al cabo, los armarios debían de estar ocupados por la vajilla de Limoges que le había traído el mes anterior, cien piezas, y los juegos de toallas del caballito de Sedó, que, aunque tenían muchos años, secaban mejor que todas las que se compraban hoy en día.

Gloria, su nuera, se adelantó sonriendo con dulzura y cogió el mantel.

—Qué bonito, Andrea, no le hagas caso a tu hija, que es una cabeza cuadrada. Qué generosa eres.

Andrea agradeció con una mirada el piropo y preguntó con un hilo de voz:

—Las sábanas ¿las usáis?

Habían sido un regalo de boda y tenían cien años, sin exagerar. Eran de hilo, muy pesadas. Debían plancharse cada vez. Eran para una cama de doce plazas por lo menos. Gloria asintió sonriendo.

—Todas las semanas.

Como creía que no la veía, Loti le hizo un gesto a su mujer dándose palmaditas en la mejilla y articulando mudamente «qué cara tienes», por lo que Andrea dedujo que las sábanas estarían guardadas en un trastero que su hija y Gloria tenían alquilado en la Zona Franca, donde claramente iba a ir el mantel y donde sin duda yacía también la porcelana de Limoges. Pero a ella se le alegraron los ojillos, se sacó el chaquetón, lo puso en el colgador, al lado de los dos cascos de moto, y tendió las manos hacia el radiador, porque siempre tenía frío.

—Hijas, esto es Siberia.

—Veintiún grados, y, mamá, ya sabes que eso no es el radiador, sino el mueble de música. La calefacción está bajo el suelo.

Gaudí se acercó olisqueando a Dana, que trataba de mantenerse en pie sobre sus patitas artríticas.

La hija observaba a la perrilla concienzudamente.

—Mamá, ¿le has cortado las uñas?

—Sí, Loti, ya sabes que la llevo cada dos semanas a la peluquería.

Gloria se metió en la cocina, la mesa ya estaba preparada con sencillos salvamanteles de rafia de Ikea. La hija le sirvió una copa de vino.

—Qué bien se te ve el pelo.

Ella se lo atusó con orgullo, meneó la cabeza a un lado y otro y después confesó:

—Llevo postizos.

Loti retrocedió instintivamente como si se hubiera encontrado con una rata peluda de alcantarilla y preguntó horrorizada:

—¿Es peluca?

Andrea se impacientó.

—No se llama peluca ya...

—Se llaman gatos.

Ojos en blanco de Andrea.

—Son unas extensiones aquí y aquí. —Levantó su pelo y dejó ver unos mechones tupidos más claros de color—. ¿Ves? Se aguantan con estas peinetas.

La hija observó con aprensión.

—Ya...

—No se nota nada.

—Hombre, un poco sí.

—NO SE NOTA.

Gloria se apresuró a intervenir gritando desde la cocina.

—¿Cómo te fue la cena con el contable?

Andrea se volvió a poner bien la melena y liquidó al «papá» de Negrete con un gesto.

—Bien, no sé, me aburrí un poco, ¡es tan normal!

—Mamá, pues ya va siendo hora de que estés con una persona normal. —La hija siempre parecía estar riñéndola—. ¿Cómo habéis quedado?

—Pues en que ya me llamará, pero no le debo de haber gustado mucho, porque aún no lo ha hecho.

Gloria llegó de la cocina abriendo la puerta batiente con la cadera mientras llevaba en alto dos fuentes con ensaladas.

—¿Cuánto tiempo ha pasado?

—Salimos hace cinco días.

Gloria sugirió:

—Pues llámalo tú.

Si le hubieran pedido que levantara a pulso la Sagrada Familia y la trasladara a la isla de Mallorca, Andrea no se habría mostrado tan horrorizada.

—¿Yo? ¿Llamarlo yo? Antes me dejaría desmembrar con fierros ardientes. ¿Por quién me habéis tomado?

Se rieron las dos de su reacción y, como siempre, Andrea se alegró de que su hija hubiera elegido tan bien. Gloria era enfermera de una clínica de fertilidad donde había acudido Loti con su anterior novia para ser madres. La pareja no había sobrevivido a los intensos tratamientos para tener un hijo por fecundación *in vitro,* pero de ahí había surgido primero una amistad con la enfermera que las atendía y después el amor. Se habían casado dos años atrás, habían celebrado la boda en el bar de los padres de Gloria en Sans. Se llamaba El Pescadito porque el padre,

Manolo, era de Málaga. El hombre estaba lejos del carácter jaranero que se atribuye a los andaluces y, siempre que se veían, le contaba a Andrea que cuando era pequeño el padre se lamentaba:

—Más que malagueño pareces soriano.

La madre, Espe, se reía, aunque hubiera escuchado el chiste mil veces; estaba enamorada de su marido como si fueran novios.

Andrea se preguntaba cuánto iban a tardar las chicas en comunicarle que estaban embarazadas, dado lo fácil que lo tenían por el trabajo de Gloria.

Ella no se atrevía a preguntar y su hija se cerraba como una ostra a la hora de hablar de temas íntimos con su madre.

Una madre que pensó que había llegado la hora de sacar su ego a pasear.

—¿Sabéis que el otro día me encontré a una chica que me dio las gracias por la casa que les había construido a sus padres en Cadaqués? Figuraos cómo me quedé.

—Pues qué tontería —dijo Loti, aunque rectificó ante una mirada de su pareja—, quiero decir que ya te habían pagado y eso... Al fin y al cabo, ahí se demuestra lo que nos quieren los clientes.

Andrea se iba poniendo roja de ira y Gloria se apresuró a terciar.

—Qué emocionante, ¿no? Este reconocimiento debe de ser lo que buscáis todos los arquitectos.

Andrea miró desdeñosamente a su hija.

—Todos no, porque hay algunos que tienen la sensibilidad de una piedra. —Después se volvió hacia Gloria—: Gracias, reina, tú sí que vales.

Le dio un beso rápido, que Loti observó con resentimiento. Como si se le escapara sin querer, soltó en tono burlón:

—Cuidado, no la achuches, que igual se le cae la peluca.

Gloria ya iba a protestar, pero lo cierto es que Andrea apenas la había oído porque un recuerdo sin explicación se había metido en su mente, zumbando como un insecto molesto.

—Fue muy raro, porque después esa chica me dijo que lo sentía mucho y ánimo. ¿Qué querría dar a entender? Vive al lado del despacho, por cierto.

La pareja se calló e intercambiaron una mirada. Andrea se asustó primero; luego, pensó que había llegado el momento de que le comunicaran que iba a ser abuela. La palabra «abuela» le parecía pavorosa, quizás intentaría que la llamaran Cuca, como ella nombraba a la suya. Claro, que, tal como estaba la cosa de la falta de respeto de los tiempos actuales, te arriesgabas a que los nietos te cantaran:

> La cuca... racha, la cuca... racha
> ya no puede caminar.
> Porque no tiene, porque le faltan
> las dos patitas de atrás...

Y le rompieran las piernas, quita, quita. O sea, Cuca no, definitivamente.

Miró a las chicas con cariño; Loti era adusta, pero con Gloria iba saliendo de su caparazón y con un niño se ablandaría del todo.

Le sorprendió que su nuera se levantara, recogiera someramente la mesa y se fuera a la cocina. Oyó el grifo abierto y ruido de platos.

Y fue Loti la que empezó a hablar, muy despacio, con una gravedad impresionante.

—Mamá, te quiero contar una cosa.

—Dime, hija. —Y ya preparaba la retahíla de que un nieto es mejor que un hijo porque lo puedes mimar todo lo que te dé la gana, cuando Loti, de un tajo certero, cortó ese sueño para siempre.

—Te quería contar por qué últimamente estoy siempre de mal humor... —Andrea empezó a preocuparse porque creyó advertir en sus ojos un atisbo de miedo—. Es que me ha pasado algo muy gordo.

La madre se sobresaltó, cogió las manos de Loti, que se dejó hacer. Se le empezó a helar el corazón. Aún intentó sonreír para quitarle dramatismo a la situación.

—¿Qué quieres decir?

—Que el estudio... Tu estudio, Capdevila y Novoa, el que fundasteis Nieves y tú...

—¿Sí? ¿Qué le pasa?

—Que se va a la mierda. Lo sabe todo el mundo, me extraña que no te hayas enterado.

Andrea la oía, pero no la entendía. Todavía con una sonrisa tonta prendida en los labios:

—¿Cómo? ¿Qué?

La hija hundió la cabeza en el pecho y, de pronto, inesperadamente, estalló en sollozos, roncos, secos, de persona que no llora nunca. Era la primera vez que la veía llorar desde... No se acordaba desde cuándo, porque cuando se murió su padre no derramó ni una lágrima. El soldadito valiente se había metido en su cuarto y, escuchando detrás de la puerta, la había oído gemir a solas.

¡Y ahora sí lloraba! Como si el mundo se acabase, lloraba y lloraba y Andrea intentaba abrazarla con torpeza aun sin saber qué estaba pasando, hasta que la hija la apartó con brusquedad, se secó las lágrimas y le preguntó, rehuyéndole la mirada:

—¿Te acuerdas de la reforma del ático de Hospitalet que nos encargaron el año pasado?

—¿Ese que estaba encima de un estanco? ¿El de la fotógrafa que quería poner su estudio ahí? Ya os dije que no tenía categoría para nosotros y que...

La hija la interrumpió con un gesto de desdén.

—Ay, deja eso ahora... —Se miró las manos, grandes y bastas como las de su padre, luego las extendió sobre la mesa, los dedos abiertos—. ¿Recuerdas las tormentas de esta primavera?

—No.

—Sí, llovió mucho, dijeron que había caído tanta agua como en las riadas del 56.

Andrea meneó la cabeza con impaciencia.

—No me acuerdo, Loti, por favor, vete al grano.

—Ay, mamá, es que pasó algo horrible. —Seguía sin mirarla y soltó muy rápido—: Se derrumbó la escalera interior que habíamos hecho.

—¿Sí?

—Y la fotógrafa le había dejado el piso a un amigo, que se cayó por esas escaleras...

Con el corazón en un puño, Andrea preguntó con una frialdad aterradora:

—¿Y? ¿Y? Sigue, niña, por Dios.

La hija la miró de hito en hito y dijo tan deprisa que apenas la entendió:

—Pues que lo llevaron al hospital y, después de un mes, se murió. Ese hombre se murió de la caída.

Andrea se dio cuenta de un detalle absurdo, de que Gloria había dejado de hacer ruido en la cocina... Seguramente estaba escuchando. Escuchando ese suceso terrible que no podía creer.

—Cómo que se murió. ¿Muerto muerto? ¿Qué quieres decir?

—Pues muerto, mamá, el corazón parado, en una caja, pum, bajo tierra.

La madre se enfadó para no enfrentarse con el hecho fatídico.

—¡Es que lo cuentas muy mal!

Loti gritó tanto que los perros se asustaron.

—¡Que se murió, mamá, de la caída! Me dio mucha pena, mamá, te lo juro. Y enseguida me vino a ver un abogado y me pidió dinero; si no, la familia nos demandaba y, además de pagar la indemnización, iría a la cárcel.

Se calló de golpe y la observó fijamente, con los ojos muy abiertos, estudiándola. Después, parpadeó, bajó la mirada.

—Ya sé que todo suena espantoso, mamá. Por desgracia, lo sé desde hace meses y ya me he hecho a la idea, pero entiendo que te impresione.

Porque Andrea ahora se había llevado las manos a la cara, se había congelado en ese gesto. Lo que le contaba su hija era el terror de los arquitectos, la peor pesadilla que podía pasarte... No, lo peor era:

—¿Y no tenías seguro?

—No, mamá, no teníamos ni siquiera licencia de obras. —Loti ahora hablaba con una calma gélida, como si fuera una sentenciada a muerte y ya no viera ninguna razón para luchar—. Quité el muro de carga y el abogado dice que por eso se derrumbó la escalera... Fue culpa del jefe de obra o mía, porque calculé mal el apeo, lo hice a ojo porque teníamos un presupuesto muy ajustado y no pudimos pagar un proyecto estructural. ¡No lo sé!

—¡Pero si el seguro para una reforma es de sesenta euros máximo!

Loti se encogió de hombros.

La madre se quedó anonadada. A ella y a Nieves nunca les había ocurrido una tragedia así, aunque ese temor estaba presente en cada obra que llevaban a cabo. Todos conocían casos en los que se había acusado a arquitectos de conducta negligente que había provocado accidentes mortales y, después de litigios interminables, no habían podido ejercer nunca más y tuvieron que pagar indemnizaciones cuantiosas. O incluso habían ido a parar a prisión por homicidio involuntario.

Tratando de razonar, se apretó las sienes con la punta de los dedos.

—¿Y si no pagas te demanda?

—Mi abogado me ha dicho que, aunque es un chantaje de manual, no puedo arriesgarme a ir a juicio.

—¿A quién has cogido?

—A Márquez.

Era un amigo de su marido.

—¿Antonio Márquez? Qué raro que no me haya dicho nada.

—Se lo pedí yo, quería arreglarlo sin que te enterases, pero ahora ya es imposible, el mundo de la arquitectura es un patio de vecinos. Para reunir esa cantidad he pedido un préstamo en el banco, y como el año pasado ya pedí otro...

—¿Pediste un crédito? Hija, si el estudio va bien.

—No va bien, mamá, no va bien, si no tienes encargos no va bien... Y por eso lo cogemos todo, lo más humilde, lo que no tiene categoría según tú. Y, si nos podemos ahorrar la licencia municipal, si no podemos pagar a un proyectista, nos lo ahorramos. ¡Si acabamos de reformar un puesto de pescado en el mercado de la Boquería! ¡Y contentas y agradecidas!

La madre, con una mano, se tapaba la cara, la otra la hacía volar para que no le contara más. Aun así, la hija prosiguió con amargura.

—Para pagar nóminas he usado los ahorros de Gloria, tengo un pie en la suspensión de pagos, que lo sepas.

Loti ahora la contemplaba desafiante, con la desesperación de los suicidas. Andrea hizo un esfuerzo y le tomó las manos.

—Pero ¿por qué no me lo dijiste? Podría ayudarte, sabes que en el banco...

La hija movió la cabeza.

—Mamá, esto es lo peor de todo, no sé cómo contártelo. ¿Sabes esa cuenta que tenemos a medias? ¡La he vaciado! Y las acciones que me dejó papá las he vendido para reunir dinero. Y, con todo, no llego ni a la mitad de lo que me piden. No te decía nada porque creía que tendría un golpe de suerte y no te llegarías a enterar, estaba segura de que iba a ganar el concurso de la colonia Recoder.

Andrea levantó la cabeza.

—¿Cómo? ¿No lo habéis conseguido?

—No, ayer nos comunicaron que han optado por otro estudio de Madrid. Y, por si fuera poco, la propiedad de la calle Entenza nos quiere demandar también porque nos achacan los problemas que tienen. Mamá, en estos momentos querría morirme, te lo juro.

Andrea no entendía nada.

—¿Cómo? ¿Los de Entenza? Pero si son clientes míos desde hace cuarenta años, ¡es imposible! Empezamos con los padres y luego lo heredaron las tres hijas. Si el edificio es ruinoso es por su culpa, nunca han querido invertir ni un euro. Iré a hablar con ellas.

La hija dijo con desesperación:

—Mamá, no sé qué hacer. En realidad, yo no sirvo para esto; ¡odio la arquitectura, el estudio, todo! ¡Ojalá me muriera!

Lloraba sin lágrimas y sin ruido, y luego fue resbalando de la silla y se arrodilló, tan grande y fuerte, y hundió la cabeza en su regazo.

—Perdóname, mamá, perdóname por haberte hecho esta putada... Te he estafado, mamá, perdóname. ¡No sirvo para nada, soy una desgracia!

Andrea se agachó también, se sentó en el suelo, cogió a su hija, la abrazó y la meció como si fuera ese nieto que ya no iba a venir. ¿Dinero? ¿Abogados? Hasta ese muerto anónimo e inoportuno perdía importancia ante el dolor de su hija. No podía pensar en otra cosa que en su niña grandota, su niñita alemana, y le decía:

—Shhhh, no llores, pequeñita, *mein kleines Mädchen*... Qué dices estafa.... Tonta, más que tonta... *Ich liebe dich*... Te quiero, ya encontraremos una solución, ya saldremos adelante.

Y ella la llamó como no lo hacía desde que era niña:

—Mutti.

6

Andrea había dormido mal, si es que se había quedado dormida en algún momento. Toda la noche había oído las pisadas de Dana sobre el parqué: una manada de elefantes huyendo en estampida no provocarían más ruido.

Pese a sus enérgicos andares, Danufieta era muy mayor, pero solo hacía dos años que estaba con Andrea.

La paseadora de Gaudí le había enviado un día su foto con un mensaje: «Su ama se ha muerto, los hijos no la quieren y la van a llevar al refugio. ¿Puedes dar voces por si alguien la adopta?».

¿Y quién iba a querer a un perrillo anciano? ¡Ella y solo ella!

Andrea había constatado, más que preguntado:

—El piso se lo quedarán, ¿no? Esos cerdos de hijos.

—Sí, un piso enorme y un local donde tenía su tienda de modas. No sabes lo que la difunta quería a Dana, la llevaba todos los días a desayunar, la sentaba en una silla y le daba un *croissant.*

Dana llegó a casa de Andrea con su equipaje de huerfanita. Una correa, un jersey roto y una lata barata de comida para perros. Miraba con fijeza al frente, tenía los ojos turbios y ahí se dieron cuenta de que era ciega y sorda.

La primera noche que pasó en su nuevo hogar, se acostó de cara a la pared. Solo se arrastraba fuera de su cama para beber y comer de modo somero, lo justo para no morirse.

Así estuvo tres meses. Pasado ese tiempo, empezó a explorar la casa cuando no había nadie. Andrea se enteró porque veía que una lámpara de mesa se había caído, probablemente al enredarse la diminuta con los cables. Después empezó a caminar hasta los pies de Andrea, se quedaba inmóvil y avanzaba con timidez la patita para tocarla y llamar su atención.

Ahora la seguía por toda la casa, primero tropezando, luego quedándose inmóvil antes los obstáculos. Y nadie sabía cómo, al final los eludía, todo con tal de estar con su nueva ama, su nuevo Dios, que decía con la voz mojada en lágrimas:

—Nadie me ha querido como ella.

Andrea conocía el nombre de la familia que había expulsado a Dana de su seno, que había desechado como un trapo viejo a la que había sido fiel compañera de su madre durante quince años. Se había enterado porque constaba en los papeles de identificación, era un apellido muy conocido, tenían amistades comunes. Y temía encontrárselos un día, porque, si eso ocurría, ¡si un día se tropezaba con ellos...! Y levantaba un puño contra el cielo porque ella, que no odiaba a nadie, los odiaba con una fuerza telúrica que hasta le daba miedo.

Ya estaba decidida a levantarse, cuando sintió a Mariel, que la llamaba en voz baja agitando la correa.

—Chist, Dana, vamos.

Tuvo ganas de decir que daba igual, que, total, ya estaba despierta.

Pobre y despierta.

El abogado le pedía a su hija un millón de euros como

indemnización; era una suma disparatada, un chantaje puro y duro. Si fueran a juicio la multa sería mucho menor, seguro. Pero no había licencia municipal y la palabra «cárcel» se había incrustado en la frente de Andrea como una corona de espinas.

Su hija, una vez vaciada ante su madre, había caído en una extraña apatía.

—Me es igual todo, voy a prisión y que se vaya el estudio al carajo, total, no pienso trabajar como arquitecta nunca más en la vida.

¿Loti en la cárcel? ¿Cómo era posible? ¿Con un mono naranja arrastrando cadenas? A Andrea, en la eterna duermevela de esa noche de pesadilla, se le embarullaban en la imaginación escenas de Guantánamo, el corredor de la muerte, el Chapo, la fuga de Alcatraz y la siniestra cárcel Modelo en el centro de Barcelona, con su larga cola de visitantes cargados con bultos para los reclusos. Se sentía inquieta, aturdida... Pagaría un millón, daría su casa, todo lo que tenía para evitarle a Loti ese trago. ¿La cárcel? ¿Su niña? Por Dios, no y mil veces no.

Comenzó a apuntar en la agenda los pasos que debía dar en un intento por ordenar su cabeza: hablar con el abogado, el administrador, el banco... Pronto se embarullaba y tiraba la libreta al suelo con la convicción de que llegaba el sueño.

Al rato se levantaba de un salto, insomne de nuevo y ansiosa, y empezaba a vaciar los estuches donde guardaba sus joyas, vender, vender, los relojes buenos, el collar de brillantes a juego con la pulsera, los pendientes y el anillo heredado de su madre. Cuando se ponía todo el conjunto e iba al Liceo, centellaban en la oscuridad como gusanos de luz. Tenía todo lo que le había regalado Rolf, desde un anillo de brillantes hasta un collar de triple vuelta de perlas australianas y dos broches gemelos de aguamarinas que habían sido de su suegra. Pero ahora el brillo de las piedras se había apagado, eran mates, como guijarros de playa, las ponía en alto, contra la lámpara; ¿serían tan buenas como imaginaba? Desparramaba sobre la mesa las joyas que se había regalado a sí misma como premio cada vez que alcanzaba un objetivo, cuando habían conseguido urbanizar una parte del Terramar de Sitges, el reloj de oro blanco, cuando «casi» les dieron un premio FAD por la casa de Vallvidrera, cuando Nieves y ella ganaron el concurso de la escuela El Jardín compitiendo con Ricardo Bofill y se fueron juntas a Saiz y se compraron idénticas pulseras de oro en las que se hicieron grabar sus nombres, «Nieves y Andrea», y, después, como recuerdo de los Juegos Olímpicos, «dream team»... Era tan gruesa y pesada que nunca se la había puesto; pero no podía venderla, esa no, y la apretó contra su pecho como si fuera Loti, que nunca se dejaba abrazar.

¿¡Cómo que no podía venderla!? ¿La vida de su hija no estaba por encima de todo?

Ahora sus posesiones le parecían feas, de poca calidad, los relojes no funcionaban, los diamantes se habían caído dejando un hueco en los engarces como dentaduras melladas, las perlas eran irregulares, las esmeraldas tenían manchas, las veía con ojos de tasador, hablaba en voz alta haciendo visajes.

—No, señorrrra Capdevila. —Se encorvaba, ponía voz temblorosa, de viejo avaro, con un ligero acento extranjero parecido al de Rolf—. Joyas malas, piedrrras de segunda calidad, no serrr brrrillantes, ser cirrrconitas, las perrlasss no serrr de Australia, sino de Mallorca, yo darrrr poco dinero... Tan poco que quizás tenerrr que dar tú a mí.

Corrió a su armario, los bolsos de Hermès. ¿No había

leído que si eran antiguos valían mucho? ¡Los Birkin vintage! Los sacó todos, tenía tres, cuatro, diez si contamos el maletín, pero ahora no recordaba cuáles eran auténticos y cuáles falsos.

—*Siñora,* ¿le preparo *disayuno*?

—No, hoy no quiero nada, gracias, Mariel.

Mariel, ¿podría conservarla? Era su asistenta desde hacía veinticinco años y, a pesar de eso, apenas hablaba español —todo lo que atañía a su quehacer diario lo expresaba con monosílabos, gestos de cabeza, señalando—, pero Andrea ya no concebía su vida sin su eterna sonrisa, sin su aspecto limpio y pulcro, sin su calma oriental. Primero había llegado sola, dejando a su familia en Filipinas; Andrea le había conseguido trabajo a su marido como vigilante de una nave industrial y después habían venido sus dos hijas, que ya iban a la universidad. A pesar de todo, Mariel continuaba con su deficiente español, aunque, al menos, cuando llamaban a Andrea por teléfono y estaba en el lavabo, ya no decía:

—*Siñora hisiendo* caca.

¿Tendría que pedirle dinero a Mariel y a su marido?

¿Cuánto tardaría la gente en saber que era pobre y volverle la espalda?

Andrea se revolcaba en esta idea absurda, sentía la voluptuosidad de la ruina y el señalamiento sabiendo que no era ni más ni menos que una impostora. En las paredes de su casa colgaban cuadros de Miró y de Tàpies, bueno, va, litografías, un Picasso y un pequeño Sorolla... Pero quería hundirse en la pobreza por morbo, por abnegación, ¡era la madre coraje de la Biblia! ¡Todos los sacrificios eran pocos para salvar a su hija! Ella siempre había considerado a Loti fuerte y autosuficiente, y ahora la veía como lo que era: una niñita asustada que se agarraba a sus faldas con el pulgar en la boca desconfiando de los extraños como cuando era pequeña. ¡Sí, se sacrificaría para salvar a su hija de la cárcel y de ese «no sirvo para nada, quiero morirme»!

«Y para salvar el estudio, Andrea, sé sincera», se decía frente al espejo, donde advertía distraída que las mejillas empezaban a descolgarse y quizás no sería mala idea hacerse la técnica de los hilos tensores, ya que desaconsejaban más de dos líftines a lo largo de la vida. Lo de su hija, sí... Había llorado, se había tirado al suelo, se habían abrazado como quizás no lo habían hecho en su vida. ¿Cuántas noches habría pasado Loti sin dormir, con miedo de contárselo todo a su madre?

Le daba mucha pena, sí. Y la muerte del estudio que había creado, Capdevila y Novoa, le dolía tan profundamente que sentía el corazón hecho pedazos, porque era la muerte de todo lo que había llegado a ser. Y se trataba de un dolor avergonzado, un dolor que la hacía sentirse culpable, pero es que el estudio también era su hijo.

¿Cómo habían llegado a eso?

¿Por qué no se había dado cuenta?

¿Iría al banco a sacar dinero del cajero automático y saldría un papelito ominoso en el que se leería «no tiene saldo»? Quizás en esas ocasiones hacían sonar una campana: «La señora Capdevila no tiene saldo», y después solo le quedaría irse calle abajo caminando con torpeza apoyada en un carrito de la compra con un pijama de Disney.

—Loti, Loti, qué putada. Qué gran putada me has hecho.

Porque la rabia por la hija se abría paso anulando las otras emociones. Desde el fondo de su alma surgía el rencor hacia Loti por haber convertido ese barco que ella le había cedido, un trasatlántico lujoso navegando majestuosamente por los mares con todas las luces encendidas haciendo sonar la sirena, en una barquichuela con el casco lleno de agujeros que se iba a pique de forma irremediable.

Ese maldito orgullo había hundido a su hija.

Cuando era pequeña y le daban de comer con la cuchara, gritaba llena de furia:

—¡Sola! ¡Loti sola!

Porque, si le hubiera dicho que iba a participar en el concurso de un proyecto para una amiga suya, ella habría podido moverse. ¿No había ido con Fefa Recoder al colegio? ¿No habían llevado durante nueve años el mismo uniforme de pata de gallo gris y negro de las monjas alemanas de Santa Elisabeth?

Ahora lo veía claro, tenía que hablar con Fefa y todo terminaría arreglándose. Si el concurso se había fallado hacía una semana, nada sería aún definitivo... El estudio ganador tenía que desarrollar la propuesta, la firma ante notario tardaba un mes por lo menos. Había tiempo de un cambio de última hora. O aceptaban hacer el proyecto a medias con el ganador, ella no tenía problemas, a medias estaban haciendo una torre en Altafulla, ¿no iban a poder con un terreno de una hectárea?

En cuanto se corriera la voz de que iban a urbanizar la colonia Recoder, una manzana privilegiada y virgen en el centro de Barcelona muy cerca de la Diagonal, donde habían estado las casas de los obreros de la fábrica textil, un caramelo de cien millones de euros por lo menos..., se acabarían sus problemas y los clientes harían cola en la puerta del estudio. ¡Tendrían que poner expendedores de números, como en las panaderías!

No le quería comentar nada a Loti, se lo diría cuando ya estuviera consumado, «hija, ponte a trabajar y esta vez no hagas estupideces».

Sin embargo, hacía tanto tiempo que no veía a Fefa...

Ahora sentía no haber cultivado más esa amistad. Qué más daba, se movían en el mismo círculo, ella seguía siendo muy amiga de Maca, por ejemplo. Y Mauricio, su marido, había jugado al tenis con Rolf; el día antes de morir, precisamente, habían participado juntos en un campeonato de veteranos y estaba casi segura de que Mauricio y Fefa habían ido al entierro.

A ver, para ser sincera, amigas amigas no habían sido nunca, aunque tenían el mismo fisio y a María Dolores, la misma esteticién, y eso creaba una especie de vínculo masónico tan fuerte como la amistad.

No tenía su teléfono. Solo se le ocurría una manera de llegar a ella.

Cogió el móvil con mano febril. Maca:

—¡Eres tú, Andrea? Estoy en la pelu, dime... ¡Pensaba que no me ibas a llamar nunca!

Le sorprendió el tono. Ah, sí, ya no lo recordaba, le había birlado a Javier, el poeta, se habían acostado juntos delante de sus narices. Bueno, lo de acostarse vamos a dejarlo... Aunque algún día Maca y ella lo comentarían con una copa de vino y muchas risas, de momento tocaba hacerse la ofendida, que su amiga se sintiera un poco culpable le causaba una sombría satisfacción, un bálsamo menor pero efectivo para su orgullo herido; además de que ahora le convenía.

—Maca, me dolió, que lo sepas, pero no quiero hablar de eso, sino de otra cosa. Te voy a pedir un favor.

La otra, encantada de este giro de los acontecimientos, estaba dispuesta a prometer el sol y la luna.

—Lo que quieras, de verdad, ¡no sabes lo que te echo en falta!

Pensó unos segundos, no sabía cómo abordarlo, al final se decidió por una verdad parcial.

—Tengo mucho interés en contactar con Fefa Recoder, ya te contaré por qué.

—Hija, qué misteriosa.

Andrea intentó que su voz sonara irritada.

—¿Puedes o no puedes? La ves, ¿no?

Maca se picó.

—Uy, qué carácter, hoy es... ¿Gerard, qué día es hoy? —Se oyó al peluquero decir «miércoles»—. Miércoles, pues mira, hoy precisamente he quedado con ella para jugar al tenis en el Polo. ¿Te apuntas? Aunque creo que no tienes nuestro nivel.

—Déjame ahora de nivel, para niveles estoy. Tengo que hablar con ella de un asunto. ¿A qué hora acabáis?

—A las dos. Luego picaremos algo en el bar.

—Pues nos vemos allí. Ah, por cierto, no le digas nada, hazte la sorprendida. Y, cuando nos encontremos, déjanos solas con alguna excusa, por favor; tengo que hablar de un tema privado.

La otra se cuadró.

—Ah, no, de esto nada, ni tema privado ni narices. ¿No te habrás liado con Mauricio? No sabía que estabas tan desesperada.

—Por ahí no vayas, Maca.

La otra fingió avergonzarse recordando su reciente pecado.

—Perdona, Andri, ya sabes lo que me cuesta quedarme al margen y me extraña que quieras hablar con Fefa, que, como recordarás, es detestable, y no conmigo, que soy tu íntima amiga.

Andrea preguntó, recelosa:

—¿Es detestable?

—Pero bueno, ¿no te acuerdas de que en el colegio era la favorita de *mutter* Leonarda, la monja que nos enseñaba latín, la más nazi de todas, porque se chivaba de nosotras?

Andrea recordó con indignación, todo el pasado puesto en pie para hacerse presente.

—¡Y porque era la más rica, que las monjas eran muy clasistas! —Y, de pronto, recordó también el motivo por el que estaba hablando con su amiga—. Maca, hazme ese favor, anda, te prometo que después te lo contaré todo.

—Si tú me cuentas eso, yo te contaré lo que me ha dicho Adolfo de ti.

¿Adolfo? Ah, sí, Adolfo... Torció la boca en una semisonrisa turbada, parpadeó, se quitó varios años de encima, se olvidó de Loti y de Fefa por un momento y no pudo evitar la pregunta.

—¿Lo has visto? ¿Sabes que no me ha llamado después de la cena? Y eso que parecía bastante entusiasmado. ¿Y qué te ha dicho?

—No, no, win win.

—Boba, no sabes qué quiere decir eso.

—Lo que el viento se llevó.

—Bueno, va, te veo luego en el Polo.

—Chao, chao.

Se levantó de un salto, sentía alas en los pies como ¿Mercurio? Su educación clásica había sido muy deficiente. Ese proyecto era una luz al final del túnel, y no ese túnel por el que vienen los seres queridos a buscarte cuando te mueres... ¿Quién hablaba de morir ahora?

Apartó la idea de la muerte, te mueres si te caes por la escalera como ese hombre de Hospitalet. Esa persona..., si le daba nombre, rostro, no podría moverse, ni pensar, ni actuar, ni salvar a su hija y su estudio, que venían a ser lo mismo.

¿Tendría su edad? Ahora había dejado de leer las esquelas de los periódicos, se estaba muriendo gente que no te imaginabas que se iba a morir nunca.

Tenía ganas de salir con una pancarta a la calle, como cuando iba a la universidad, gritando:

—Muerte no, vida sí.

Por algún extraño motivo, se sentía eufórica. Canturreó cuando se metió en la ducha, sintió la sangre bullendo torrencial igual que con veinte años.

Igual que cuando se enamoraba.

—Muerte no, muerte no. ¡Mambo! ¡Muerte no!

Hasta eligió un sujetador que se abrochaba en la espalda, esa contorsión tan incómoda, y no por delante, y se embutió en las medias sin sentarse, de pie, gritándole a su cerebro: «Tú puedes ¡eres joven!». Le pareció que iba a perder el equilibrio, pero logró mantenerse sobre una pierna y luego, mirando un punto fijo, estiró la otra hacia atrás en un arabesque casi perfecto. Duró dos segundos y se tuvo que apoyar con las dos manos en la pared para no caerse. ¡Lo hizo!

El último gesto antes de salir fue echarse perfume, que en lugar de ir al cuello se le metió en los ojos como siempre. A pesar del picor se puso a reír porque afloraron en su mente los planes locos que solía organizar con Nieves.

—¿Te acuerdas de esa empresa que quisimos montar que se llamaba Alquilaunmarido.com? —decía su amiga.

Y Andrea se echó a reír.

—¡Cómo no! Porque estaba harta de ir a bodas y ser la única sin pareja. Y encima siempre me sentaban con matrimonios cuya única conversación era restregarte por los morros cuántos años llevaban casados, «nosotros cuarenta», «pues nosotros, si contamos la época de novios, cuarenta y ocho». ¡Y tú ahí con cara de paria!

Y es que uno de sus juegos era inventar proyectos geniales porque el talento se les caía a chorros, pero nunca las llevaban a cabo por falta de tiempo y porque se les olvidaban enseguida. El Hombredetuvida.com tenía que ser una empresa de reparaciones a domicilio, Hijosajenos.com «alquilaba» niños guapos para las fotos como si fueran los tuyos, Tusantepasados.com vendería retratos antiguos de hombres con uniformes y mujeres con trajes de gala para fingir unos orígenes aristocráticos, ¡y así hasta el infinito!

—Podríamos patentar un artilugio para añadir a los frascos que señalara por dónde va a salir el perfume y lo venderemos en Estados Unidos y allá penas.

Andrea rio una vez más ante el recuerdo y, con esa premonición de un futuro esplendoroso, se metió en el ascensor de un salto, sintiéndose guapa y poderosa.

7

—Cerda.

—Cerda.

—Hija puta.

—Hija puta.

—Mala persona.

—Mala persona.

—Por favor, Maca, ¿quieres dejar de repetir todo lo que digo como un loro?

—Ay, perdona, chica, esto se llama empatía, ¿entiendes? —observó a su amiga, encogida dentro de su chaquetón como un pollito aterido y le echó la mano por los hombros—. Venga, Andri, no será para tanto... Peor es...

—¿Morirse? —Emitió una risa triste, la risa más triste del mundo—. Ojalá estuviera muerta, así te lo digo.

La vasta explanada de la pista central del club de polo se extendía ante ellas, el césped veteado por los caballos que galopaban tranquilamente, con sus jinetes enhiestos y orgullosos vestidos de punta en blanco. Maca y Andrea se habían resguardado del viento gélido y húmedo en los bancos del pasillo bajo tejadillos de madera que iba del club a las caballerizas. Lejos del bar, lejos de los boxes y ocultos a las miradas de los socios. Años atrás se decía que aquí se reunían los señores con sus amantes.

—Si no me quieres contar nada de lo que te ha pasado no te puedo consolar, Andri, entiéndelo, no es por curiosidad, sino por eficacia.

Andrea hizo un gesto evasivo con la mano enguantada. Hacía tanto frío que no sentía el rostro, pero en su cabeza sí estaban vivos y ardientes los momentos que acababa de vivir como una llaga en carne viva.

Cuando se había quedado a solas con Fefa, después de una lamentable actuación de Maca diciendo que se iba a las cuadras a buscar a su nieta porque tenía que darle un recado, Fefa la había mirado con sospecha altanera, una ceja más alta que la otra, la comisura de la boca caída. Y, en lugar de verla como la mujer insustancial y poco importante que siempre le había parecido, ahora se le presentaba poderosa como... como... ¡En su imaginario mental había tan pocas mujeres poderosas! Solo recordaba a Golda Meier.

A pesar de eso, como si un motor le funcionara dentro de forma autónoma, había empezado con un piropo tan forzado que solo recordarlo le producía sonrojo.

—Estás estupenda, Fefa, cada día más joven y estilosa. ¡Ay, si nos viera ahora *mutter* Leonarda! —Esperaba que una alusión a su infancia común la conmoviera, pero la otra la miraba con fría curiosidad. Aun así, se vio obligada a seguir—: Aunque seguro que somos mayores de lo que era ella entonces, me parecía una vieja.

—¿La *mutter* Leonarda? —Pareció rebuscar en su memoria, como si hubiera olvidado los nueve años que habían pasado juntas en el colegio—. Es verdad, tú también ibas a las monjas alemanas. ¿Sabes que no me acordaba?

Andrea, en este punto, ya se habría ido (no sin antes clavarle el paraguas a Fefa en un ojo), pero se forzó a tragarse su orgullo y proseguir.

—Sí, mujer. Si es que llevamos juntas toda la vida, si lo piensas. Recordarás que Mauricio y Rolf jugaban juntos al tenis, quiero decir uno contra otro. —Fefa seguía mirándola como si hablara etrusco—. Ya sabes que Rolf murió.

Sin ningún sentimiento, Fefa dijo:

—Ay, pobrecita, lo siento mucho. —Mirada al reloj—. Espero que Maca no tarde, me tengo que ir.

Estaban sentadas en los sofás de cuadros que hay en el salón del chalé social, frente a la chimenea apagada y junto al piano que nadie había tocado jamás. A través de las cristaleras se veía la terraza con las mesas recogidas. El tiempo era tan desapacible que no había nadie, las cortinas de terciopelo y las gruesas alfombras amortiguaban los ruidos, como si estuvieran en una burbuja gigante. Andrea iba con el chaquetón puesto, sujetaba el bolso sobre las rodillas y se había sentado en el borde de la butaca, como un empleado que va a pedir aumento de sueldo.

—Sabes que yo tenía, bueno, tengo un estudio de arquitectura.

—¿Sí? No me digas, qué divertido.

—Bueno, ahora lo lleva mi hija, Loti Schneider, aunque el estudio continúa llamándose Capdevila y Novoa. —Fefa guardaba silencio y la voz de Andrea empezaba a tener ribetes histéricos—. Con Nieves Novoa, ya sabes..., hemos asumido proyectos muy importantes.

Trató de exprimirse las meninges para recordar alguno, pero solo le venía a la mente el puesto de pescado de la Boquería. Tosió y dejó resbalar la mirada por las paredes tratando de encontrar inspiración en las viejas fotografías, en que socios que llevaban muchos años muertos posaban con sus caballos, tan muertos como ellos. Fefa estaba impaciente y vigilaba la puerta para ver si aparecía

Maca; Andrea pensó que era ahora o nunca y se lanzó como el jinete a punto de llegar a la meta.

—Verás, Fefa, esto es importante, el estudio ha presentado un proyecto a concurso —fingió no ver que la otra se erguía y levantaba la barbilla— para construir en el solar donde estaban las viviendas de los trabajadores de la fábrica de tu familia.

Puso una mano frente a otra como señalando una pancarta gigante y sacó lo que creía era un tono cómico.

—¡La colonia Recoder!

La astucia del abuelo textilero, que se había enriquecido en la posguerra falseando cupos de importación, se asomó a los ojos de Fefa, que perdió de pronto el aire de confusión.

—¿Cómo? ¿Qué quieres decir? —Con lo que le había costado soltarlo, mecachis, y tenía que repetirlo, pero Fefa no la dejó—. ¿A qué viene esto?

Andrea, sin darse cuenta, se arrimó a ella hasta que le llegó su olor a sudor y a linimento para las articulaciones. Resbaló hasta casi caer de rodillas y suplicó con las manos juntas.

—Fefa, Fefa, por favor, escúchame. Sé que no habéis firmado aún con el estudio de Madrid, podríais retomar vuestra decisión, solo te pido que vuelvas a considerar el proyecto de mi hija, Capdevila y Novoa, acuérdate. Te lo pido como un favor muy grande y estaré siempre en deuda contigo. —Temblaba, no sabía qué hacer, bajó los párpados de vergüenza y desesperación—. No tendríamos inconveniente en ir a medias si prefieres, trabajaríamos con los madrileños. No te arrepentirás, Fefa, te lo juro.

Ante el silencio de la otra abrió los ojos. Fefa la estaba observando con estupefacción, que se trocó en asombro y después echó la cabeza hacia atrás para soltar una carcajada.

—¿Me lo estás diciendo en serio? ¿Para eso me has montado este numerito? —Se puso a mirar a su alrededor, buscando a Maca—. ¿Dónde ha ido esta mujer? Vaya encerrona, la voy a matar.

Se puso de pie, iba vestida como una vieja niña pequeña, con pantalones cortos que dejaban ver sus rodillas arrugadas, calcetines blancos y zapatillas de tenis manchadas de tierra rojiza; encima, llevaba un abrigo de vicuña que la cubría como una tienda de campaña. Lo que más le dolía a Andrea era que ni siquiera estaba enfadada, como no se enfada una con el pordiosero que pide una limosna... Te limitas a ignorarlo y seguir con tu camino. Si acaso avisas para que nadie vuelva a pasar por esa esquina para no verse en una situación incómoda. Como una mancha de aceite poco a poco se extendería la idea de que Andrea se había convertido en alguien molesto al que había que evitar porque sabías que «a la más mínima te pega un sablazo».

Las mujeres en los gimnasios, en las camillas de los fisioterapeutas, en la consulta de los médicos, en las tiendas del paseo de Gracia, en los restaurantes decorados por Estrella Salietti, en sus fabulosas casas de la Cerdaña o de la Costa Brava, en sus barcas que en realidad eran yates de cuarenta metros, se dirían en voz baja:

—Pobrecilla... Me sabe mal, eh, pero ya me dice Paco que mejor no me pongo al teléfono. Voy a ver si tengo algo de ropa que no use y que se la lleve la filipina.

Ahora era alguien nocivo, tóxico, alguien a quien convenía evitar.

A medida que Andrea se lo contaba todo a Maca, tanto la conversación con Fefa como la potencial quiebra del estudio, se detenía en los detalles más humillantes como si se castigara a sí misma.

—A estas alturas ya lo sabrá todo Barcelona.

Maca intentó sacar una risa cascabelera ante el relato de sus desgracias.

—Reina, si estar arruinado es *cool*... ¡No seas exagerada! Además, yo no tengo ningún Paco que me diga que no te ajunte.

En tono sombrío, Andrea le respondió:

—Te lo dirá Javier.

Maca abrió la boca como si fuera a decir algo, pero rectificó enseguida y se puso a acariciarle el brazo como si fuera un animal dormido.

—No le hagas caso a la imbécil esa.

Andrea estaba arrepentida, además de triste y enfadada. Se había precipitado, ahora se daba cuenta, Rolf siempre le decía que no reflexionaba, que se dejaba llevar por sus impulsos y por eso metía la pata. ¿Cómo podía haber pensado que le iba a salir bien esa ocurrencia tan descabellada? Sin haber hablado ni con el administrador ni con el abogado ni con el banco. ¡Se creía muy lista!

—La imbécil soy yo.

Toda la energía que le había animado esa mañana al levantarse se había esfumado y se sentía vieja y derrotada. Y lo que es peor, albergaba en su corazón un odio intenso, no a Fefa, no al estudio, no al muerto, no a la vida, sino a su hija. ¡A Loti! A Loti la torpe, a Loti, que no sabía lo que era un muro de carga.

—Andri, ¿no ves que Fefa es una cursi y una hortera? El otro día estaba intentando convencerme de que les salía más barato tener una *suite* alquilada en el Claridges de Londres todo el año que comprar una casa. Y cuando dice «te llamaré» pone ese gesto horrible. —Escondió los tres dedos medios y sacó el meñique y el pulgar y los hizo oscilar frenéticamente al lado de la oreja remedando un teléfono para hacerla reír—. Mira, mira.

Una leve sonrisa se asomó a los labios de Andrea.

—Antes de irse me ha dicho. —Le imitó la voz—: O sea, que no tienes dinero, y en vez de decir «dinero» se restregó los dedos, ya sabes...

Maca se frotó el índice con el pulgar.

—¿Este? —La amiga asintió. Maca reflexionó, pensativa—. ¿Qué gesto es más feo? ¿El del teléfono o ese del dinero? ¿Qué te parece?

Andrea apartó el tema con un gesto de mano y se encogió de hombros. Movió la cabeza a un lado y a otro. Ya era una proscrita, no quería saber nada de los ricos de este mundo, era una bolchevique, una *sans culotte* que solo ansiaba conducir a los amos de la tierra al patíbulo. Saldría a la calle con el puño en alto, iría en tranvía a pintar en las tapias de las fábricas «Muerte al capital».

¿Dónde estaba la parada del tranvía? ¿Qué partido político llevaba en su programa «muerte al capital»? El líder de los comunistas había venido a dar una charla al Círculo Ecuestre. Iba con corbata, tenía el aire muy aseado y solo hablaba del reparto equitativo de la riqueza, ¡pero nada de volver a sacar a pasear a *madame* Guillotin! ¡Nada de tomar el palacio de invierno! ¡Qué riqueza le iban a repartir a ella! Con su mala suerte, le tocaría el último número de la cola.

Se negaba a que la consolasen siquiera.

En el momento en que esos pensamientos atravesaban su mente, una joven amazona se detuvo a su altura, el caballo se encabritó y la chica lo tranquilizó con mano experta. Se dirigió a Maca.

—Hola, abuela.

—Hola, Goretti. Mira, Andrea, esta niña es la hija de Totona. Ya ves cómo está de mayor.

Andrea sacó una sonrisa no sabía de dónde para mascullar:

—Hola, mona.

Sin querer, se emocionó al mirarla, tan derecha en su montura, porque se acordó de su socia, Nieves. Cuando eran pequeñas, ella se sentaba en este mismo banco mientras Nieves montaba en su caballo y daba vueltas a la pista. Andrea anotaba con cuidado todos los detalles y defectos, y le adjudicaba una nota. Después tenían lugar largas discusiones porque su amiga no estaba de acuerdo con la puntuación; sin embargo, Andrea se mostraba inflexible.

—Separabas las rodillas y el caballo no se sentía seguro.

Tan mal no la había aconsejado, porque Nieves había llegado a ser campeona de España.

Con la arrogancia de los adolescentes, la nieta de Maca esperaba sonriendo a que su abuela y su amiga le prestaran atención, la fusta en alto. Pero Andrea miraba el infinito con una arruga profunda entre las cejas, arrebujada en su chaquetón como un monje cisterciense. Al final, Maca la despachó.

—Vete, preciosa, y dile a tu madre que me podría llamar de vez en cuando, que, aunque esté muy ocupada, sigo siendo de la familia, digo yo.

—El abuelo vino a comer ayer.

—¿Quién es ese señor?

Maca llevaba muchos años divorciada, su exmarido era el propietario de una pequeña empresa de componentes eléctricos que la había dejado por su secretaria. Cuando él le dijo que quería separarse para no dejar escapar su último tren, Maca había pedido ayuda a Andrea.

—Ve a verlo, convéncelo, seguro que te hace caso porque le caes muy bien.

A regañadientes, Andrea fue a su despacho. Él se tomó con paciente indiferencia sus recomendaciones, que ni a ella le resultaban convincentes. Cuando soltó como último argumento «¡Si esa chica podría ser tu hija!», él se puso a reír y contestó con alegre desenfado:

—¡Hombre, Andrea, qué cosas tienes! Como comprenderás, ¡no voy a abandonar a una tía tan cojonuda como Maca por una abuela!

Ella se quedó sin palabras y optó por levantarse y salir del despacho sin ni siquiera despedirse. Aunque esta fase de la conversación no se la contó a Maca, sí le dijo:

—Pasa página, de verdad que no hay nada que hacer.

Con el tiempo, su amiga ya lo había perdonado, pero seguía diciendo pestes de él, más que nada para divertirse, y él se lo tomaba con deportividad.

—¿Quién es ese señor del que usted me habla? —le insistió Maca a su nieta.

La chica se puso a reír.

—Abuela, no digas eso, preguntó por ti. —Y añadió con malicia—: Iba con Inés... Es simpática.

—Niña, largo.

La nieta le echó un beso y azuzó a su caballo, las dos colas, la del animal y la de ella, oscilaban como metrónomos al mismo compás. Maca cambió enseguida la sonrisa arrobada con la que miraba a su nieta por un gesto de conmiseración para atender a su amiga, a la que se le había caído el bolso al suelo. Lo recogió con gesto dolorido y se lo cruzó sobre el pecho.

—Andri, ¿todavía lo llevas en bandolera? ¿No te duelen las cervicales?

—Es igual.

—Yo ya no puedo llevar nada pesado colgado del hombro... Lo mejor son los bolsitos de Loewe, ¿sabes? Esos de asa corta. El novio de mi chica de servicio me los proporciona falsos. Y no lo parecen... —Como dos tenistas con las raquetas bajo el brazo pasaban en ese momento por su lado, temió que la hubieran oído y añadió piadosamente—: Aunque yo los rechazo porque es un delito.

—Me da lo mismo.

Era evidente que Maca nunca la había visto tan desanimada. No parecía saber ya qué decir y, tal vez para consolarla o distraerla, al final le preguntó:

—¿Quieres que te cuente lo de Adolfo?

Andrea se encogió de hombros con indiferencia y sorbió por la nariz. La otra dijo con voz falsamente remilgada:

—No, no, ya entiendo que no es el momento.

Andrea rezongó.

—Bueno, va, di qué ha comentado Vito Corleone.

—Si no quieres no te lo cuento, ya sé que no estás para estas frivolidades.

—Dímelo.

—Le gustaste, le pareciste muy interesante.

—Hum. Pues qué birria de opinión.

—Oye, perdona porque no quiera casarse contigo aún y no me haya pedido tu mano.

Sin querer, Andrea soltó una carcajada.

—Qué burra eres, es que, pobre, después de la experiencia que tuvo no creo que tenga ganas de casarse nunca...

Maca se extrañó.

—¿Qué experiencia? ¿De qué hablas?

—Sí, hombre, con la novia esa que tuvo... —Ignoró la expresión de sorpresa de su amiga y zanjó el tema—: Oye, no me líes, que yo tampoco quiero casarme, ya estoy casada con Rolf.

—¡A otro perro con ese hueso, capulla! ¡Bien que te tirabas a Javier y los otros! ¿Cómo se llamaba ese escultor?

Andrea contestó con inocencia:

—¿Miguel Ángel?

Los dos se pusieron a reír, Andrea recordó de pronto que lo que tenía que hacer era llorar y coger el tranvía, pero su amiga la abrazó y se sintió reconfortada como cuando era niña.

8

Como siempre que tenía una pena negra, Andrea acudía a Nieves Novoa, su amiga del alma, su antigua socia, que ahora vivía en su refugio del Ampurdán. Cuando sacó el coche del garaje de su casa, bajó el parasol para mirarse en el espejo sin ningún motivo y vio la cabecita de Dana en medio del asiento de atrás con expresión aturdida, igual que si se acabara de levantar de la cama con resaca. Le hizo tanta gracia que paró un momento para hacerse una selfi y enviársela a su hija.

Mientras los coches pitaban —ya que, sí, en efecto, se había detenido en medio de la calle y obstaculizaba el paso—, escribió riéndose sola «Mira, el dúo dinámico», y luego apagó el móvil porque no se fiaba. Si lo dejaba encendido y vibraba quizás se lanzara entonces a abrirlo de forma automática y...

—Ya va, hombre, cuánta prisa.

Gruñó mientras le adelantaban los coches que habían estado haciendo cola tocando el claxon y los dedos se asomaban con gestos feos por la ventanilla.

—Cabrones, hijos de puta. A tomar por culo.

Por primera vez en varios días se rio, decir palabrotas le divertía. ¿Y por qué esa tontería propia de niños le ponía de buen humor? ¡Porque era un poco chiquilla en el fondo, coño!

A la salida de Barcelona la carretera se dividía en dos, justo cuando tomó la de Girona vibró el móvil (ah, pues no lo había apagado) y, sin soltar el volante, lo cogió y era su hija: «No sé qué es eso del dúo dinámico, pero de todas formas no me hace gracia».

Pobrecita. El día anterior la había llamado. Primero se puso Gloria, que le dijo vagamente que sus padres podrían hipotecar el bar y hacerles un préstamo, y ella se había puesto a gritarle que ni pensarlo, que cómo se le había ocurrido. Solo imaginar a los padres de Gloria yendo al banco ofreciendo El Pescadito, el fruto de su trabajo de toda la vida, le daban unas ganas de llorar horrorosas. Gritaba no, Gloria, ni se te ocurra, cuando su hija cogió el móvil y le dijo con cansancio:

—No te preocupes, mamá, que no va a pasar. Por encima de mi cadáver.

—¿Qué haces, hija?

—Un *strudel* de manzana.

Era su manera de evadirse. Loti cocinaba unos pasteles muy elaborados que había aprendido de su abuela en los veranos que pasaba en Hamburgo. Regresaba a Barcelona gorda y lustrosa y con un montón de ideas para postres. Y Rolf y ella tenían que fingir que se comían aquel engrudo repugnante con grandes gestos de complacencia. Habían aprendido a escupirlo con disimulo delicadamente en servilletas de papel que iban a parar a la basura.

Claro que los perros siempre los descubrían y aparecía el suelo de la cocina hecho un asco porque se corrían la gran juerga.

Cuando murió la abuela, le adjudicó en su testamento su cuaderno de recetas a Loti; a la otra nieta, hija de un hermano de Rolf, a la que no le gustaba cocinar, le dejó las joyas —excepto las aguamarinas—, un Cézanne y un apartamento en el centro de Hamburgo, aunque Klara no necesitaba nada de eso, ya que era gerente de una empresa muy importante. Cuando Loti iba a verla, la dejaba dormir con el Cézanne en la cama y, cuando Klara iba a Barcelona, le hacía el pastel de la abuela.

A Andrea le parecía que el trato estaba descompensado, pero Loti era feliz con el bloc de recetas, páginas y páginas de letra gótica muy apretada con unos dibujos llenos de detalles. En algunos incluso salía la misma Loti amasando con un rodillo en la mano y rosetones en las mejillas.

Y cuando la hija quería fastidiarla le decía: voy a dejar la arquitectura y poner una pastelería. Y ella se sulfuraba: oye, ¿te crees que vives en una peli de tarde, de esas que nos ponemos los domingos para dormir y que suelen transcurrir en Vermont? Y la hija protestaba: ¿salen bolleras en esas películas? ¿Verdad que no? ¡Pues pasando!

Ay, Nieves, la hermana que nunca tuve. Contigo empezó todo.

Ensayaba la forma en que debía compartir sus penas y se engañaba a sí misma diciendo que solo quería contarle sus calamidades. En el fondo, deseaba que ella le echara una mano. ¿Por qué, si no, había puesto ese cuadro en el portamaletas?

Se guiñó un ojo a sí misma. Ah, pillina, has cogido la joya de la corona... Jugó a las adivinanzas con Dana porque le aburría conducir: veo veo, qué ves, es de color azul y raro.

Raro, raro, raro.

Tenía Spotify en el coche y eligió una canción de Julio Iglesias en la que cantaba al amor de una mujer.

¡Yo también te quiero, Julio!

Dejó atrás los pueblos que el padre de Nieves había destrozado muchos años atrás con horrendos edificios de apartamentos que lo habían hecho millonario y salió por una carretera secundaria y después cogió el desvío y después otro y otro hasta que se topó con una tablilla en la que estaba escrito con pintura verde «Zabriskie Point». Primero sonrió, porque ese nombre le traía recuerdos de cuando Nieves y ella eran jóvenes e iban a ver películas de Antonioni que encontraba muy aburridas, aunque no se atrevían a confesarlo. Durante mucho tiempo el nombre había sido un buen detector de edades y cultura; ahora, tenían que admitir con tristeza que nadie conocía ya su significado y ni siquiera lo sabían pronunciar.

—Zabrin ¿qué?

Y se asombró, como siempre, de haberlo encontrado, porque la ubicación de la finca era tan enrevesada que una vez unos ladrones que habían ido a robar tuvieron que regresar a la casa para preguntar cómo demonios se salía. Nieves había ensanchado el camino para que cupiera el camión que transportaba los caballos. Aun así, era tortuoso y estaba lleno de baches.

Tocó la bocina para que le abrieran la barrera. Como siempre, el patio estaba lleno de sacos de heno, remolques, camionetas, un par de *jeeps* y varias motos destartaladas arrimadas a la pared.

Las hamacas sobre las que se tendían en verano en bañador estaban recogidas en un rincón y decenas de gaviotas picoteaban el grano mientras un par de gatos se lamían concienzudamente el uno al otro. Nieves salió a la puerta haciendo visera con la palma de la mano porque el sol rasante la deslumbraba, rodeada de perros de distintos tamaños y edades. Se oían voces, risas, relinchos, y el galopar —toc, toc, toc— de un caballo al que el mozo estaba dando cuerda en el pequeño picadero. Un ramalazo de envidia cruzó el corazón de Andrea: al final su amiga había conseguido vivir como quería. Fuera del mundo, con sus animales, en un lugar sin nombre. Su ángel malo le dijo, claro, ella tiene dinero, pero el ángel bueno, ese repelente, lo corrigió, tú también y qué haces, liarte con poetas y hacer el ridí...

Para acallar al impertinente Andrea gritó:

—Oeeee.

—Oeeee —contestó Nieves, mientras caminaba hacia ella. A primera vista podría pasar por una persona joven porque, aunque tenía el pelo casi blanco, era muy delgada, fibrosa, iba muy derecha, llevaba unos viejos pantalones de montar y zapatillas de deporte. Pero cuando se acercó, ah, amigos, Andrea vio su rostro lleno de arrugas alrededor de los ojos de reír, de la boca de fumar, en el ceño de fruncirlo. Sus ojos, sin embargo, brillaban. Y se abrazaron sin dudas, acostumbradas a hacerlo desde niñas.

—Hola, espíritu libre.

—Hola, mi ciela.

Mientras Andrea se sorprendía como siempre por las moscas y el intenso olor a estiércol, Nieves sacó a Dana del asiento de atrás, la cogió en brazos y le dio un beso en el morro mientras los perrazos saltaban muertos de celos intentando atraparla, quitad, pesados. Andrea le pasó el brazo por los hombros y así, entrelazadas, se dirigieron a la casa.

En el umbral, Nieves se detuvo en seco.

—Quedémonos en el porche, que la casa está hecha un desastre.

Andrea le dio un empujón cariñoso.

—Qué tonta, pues como siempre. Va, que tengo frío.

—Más frío tendrás dentro.

Era verdad, la propiedad era imponente, tenía ciento veinte hectáreas, y Nieves solo había mimado la parte dedicada a los caballos; los boxes contaban con calefacción y todo tipo de comodidades. Porque, además de tener sus propios caballos, el lugar era una especie de santuario que daba cobijo a caballos mayores a los que los dueños querían ofrecer una jubilación digna en lugar de llevarlos al matadero. Le pagaban una cantidad simbólica al mes e iban a visitarlos a menudo.

La mayoría aguantaba un par de años, pero luego dejaban de ir; después, de pagar, y se olvidaban de Greta, de Point de Vue, de DoubleGras, que tantas alegrías les habían dado en los concursos. A pesar de ello, Nieves continuaba amparándolos porque los amaba y el dinero le daba igual. Solo tenía una hermana, que era monja dominica, y había hecho voto de pobreza, de modo que toda la herencia del padre había sido para ella.

En la casa el único lujo era una enorme librería porque Nieves era una gran lectora. En el resto, todo tenía aire provisional, como de campamento a medio montar.

Andrea miró a su alrededor.

—La casa está hecha un asco.

La otra se encogió de hombros.

—Ya te digo.

Trató de sentarse en una butaca y casi se cae al suelo cuando lo que tomaba por un cojín resultó ser un gato, que saltó con un bufido indignado. Nieves se echó a reír.

—Es el asiento de Chocolate, venga, vamos fuera.

Para cuando se sentaron en el exterior, el sol ya se ponía; se despedía lanzando rayos de luz como lanzas.

Nieves la miró con agudeza, sin duda asumiendo que aquello tenía que ver con uno de los frecuentes escarceos amorosos de su amiga.

—¿Qué te pasa? —Luego añadió con cierta impaciencia, porque era intransigente con los romances de Andrea y le causaban un aburrimiento infinito—: No será por un homb...

Andrea negó, hincó la cabeza en el pecho, jugueteó con las tiras de su bolso, después con los bordes de la chaqueta. Miró al cielo y, luego de un largo suspiro, tan largo como siglos, lo soltó todo. La ruina de su chiringuito. Que se habían presentado a un concurso y que lo había ganado un estudio de Madrid. Que las cajas estaban vacías. Lo del juicio. Loti.

Se calló de golpe, abatió los párpados y alargó un poco el cuello como presentando la cabeza al verdugo. Heme aquí la esclava del Señor.

El verdugo guardó silencio. Se oían voces jóvenes con distintos acentos. La hermana monja tutelaba casas de menores emigrantes y enviaba a los chicos a Nieves con regularidad para que la ayudaran y se integrasen. Aunque solo iban para unos meses, la mayoría acababan quedándose hasta que encontraban trabajo en otro sitio o conocían a una chica y se iban a vivir con ella. Después la visitaban con sus hijos y Nieves al final tenía una familia que no era de sangre, pero que llenaba la finca de voces y risas. A veces Andrea se preguntaba cuánto costaría mantener todo ese tinglado. Ahora no pensaba en eso. Ahora no.

Tic, tac, tic, tac.

Sus desgracias pasearon entre ellas como un desfile de hormigas.

Nieves encendió un cigarrillo, se recostó en el asiento, tableteó con los dedos en el brazo de la butaca... Se levantó de golpe —qué agilidad, qué cabrona, no pudo menos de envidiar Andrea—, dio unos pasos, golpeó una piedrecilla, regateó con ella como si jugara al fútbol, levantó a

Dana hasta su cara, le hizo carantoñas... La volvió a depositar con cuidado en el suelo...

Andrea alzó los ojos, esperando, sabía cómo operaban las ideas en la cabeza de su amiga, lenta, pero inexorablemente.

—Mira, bonita, la verdad es que ya me lo veía venir. —La señaló con el cigarrillo—. En el fondo la culpa de todo esto la tienes tú.

La bonita se estremeció como si le hubiera clavado un estilete en el corazón.

—¿Cómo? ¿Yo?

La otra siguió con la saña del homicida.

—Sí, Andri, a tu hija nunca le ha gustado la arquitectura. Y, a pesar de eso, tú —movió el puño a un lado y a otro como si intentara horadar el aire y aflautó la voz— estabas todo el día con el rollo de tienes que ser arquitecta, tienes que ser arquitecta...

Andrea gimoteó.

—Aunque lo de dibujar se le daba muy bien, es verdad que lo de ir a la obra no le gustaba.

Nieves levantó las manos de forma exagerada.

—¿A quién le gusta ir a la obra? ¿A quién cojones le gusta tratar con los jefes de obra y con los clientes, esos pelmazos que te llaman a las tres de la mañana dos años después de que hayas acabado el encargo porque se les ha ocurrido que esa escalera en lugar de tener cuatro peldaños debe tener diez? ¡No nos gusta a nadie, joder! Hay que aguantarse, joder, porque entra dentro del paquete, ¿entiendes?

—Sí, sí, ya lo sé, pero es que Loti es especial.

—¡Una mierda especial! Especial era Gaudí, que vivía como un pobre y lo atropelló un tranvía, especial era Hassan Fathy, que trabajaba con adobe y arcilla, los materiales más humildes... —Andrea asentía a todo, Fathy era uno de los grandes ídolos de su amiga y estaba dispuesta incluso a escuchar las largas peroratas que habían punteado toda su juventud. Nieves cortó su propio discurso con una pregunta retórica—: Nosotras, ¿qué somos?

Andrea contestó el viejo chiste como un loro.

—No somos los suficientemente hombres para ser...

La amiga la cortó con la mano.

—Calla, en realidad siempre he odiado esa estúpida frase.

Andrea bajó la cabeza con humildad. Si su amiga le pidiera tenderse en el suelo y hacer de alfombra lo haría, tan hundida se encontraba. ¡Que los caballos galoparan sobre ella y los mozos también!

La amiga la miró meneando la cabeza.

—Eres la caraba.

—Escúpeme si quieres... Puedes arrancarme las pestañas postizas.

La amiga arrugó la nariz.

—Qué asco, oye, tú. ¿Qué le pasa en la pezuña? —Esto último se lo preguntó a un mozo que llevaba una yegua dorada por la rienda—. Le voy a echar un vistazo.

Andrea suspiró.

Suspiró profundamente.

Tan profundamente que de pronto el olor a heno y los nervios despertaron el viejo asma que atenazaba a Andrea cuando era pequeña, se llevó la mano al pecho, se lo masajeó y empezó a boquear. Nieves acabó de estudiar la pezuña del caballo con el interés del entomólogo observando un insecto casi extinguido y se volvió hacia ella.

—Si no estoy al tanto yo... —Al advertir que la amiga tenía «pitos» y le costaba respirar, le señaló la butaca para que se sentara diciéndole con palabras que, aunque bruscas, traslucían preocupación—: Ahora no te vayas a poner enferma. ¿Llevas el inhalador?

Andrea negó con la cabeza y su amiga se puso en cuclillas a su lado. La había visto así muchas veces y sabía que lo más importante era mantener la calma. Se pusieron a respirar al unísono muy despacio, cuatro, cuatro, cuatro. Pasaron los minutos. Al principio, Andrea tosía incesantemente, pero poco a poco los bronquios se fueron aclarando, los hombros se relajaron y cesaron los pitos. Se echó hacia atrás en la butaca y cerró los ojos.

Nieves fue a buscar una Coca-Cola y esperó. Cuando vio que Andrea la miraba y asentía, le tendió la botella, se metió las manos en los bolsillos y después de un breve silencio le dijo:

—Nena, no puede ser que te pongas enferma por culpa de esto. —Se detuvo delante de ella y la observó con inquietud y los ojos brillantes—. ¡Es solo dinero!

Andrea dejó la botella en el suelo y se tapó la cara con las manos y repitió con desesperación.

—Sí, solo dinero.

Nieves se agachó y le cogió las manos.

—A ver, Andri, vamos a hablar en serio. ¿Cuánto necesita el estudio para mantenerse seis meses? ¿Será suficiente para que mejoren las cosas?

Andrea primero la miró con estupefacción, después empezó a sonreír con incredulidad, una comisura de sus labios empezó a temblar. Y, de repente, se le encogió el corazón, le dio un ataque de timidez y respondió con voz quebrantada:

—Ay, no sé, perdóname, Nieves... No he venido a pedirte dinero, qué horror, qué vergüenza me da eso ahora.

—Ah, pues ¿a qué has venido? —La miró con suspicacia y luego se echó a reír y le dio un abrazo leve—. Tonta, va, ya no te riño más.

Andrea hizo un puchero, pero Nieves aún se vio obligada a levantar el índice delante de su cara y decir con un leve enfado:

—Oye, de caridad nada, que, a ti, en plan particular para tus cosas no te voy a dar ni un duro. —Andrea casi se descoyuntó el cuello negando y los ojos se le desorbitaron ante esta posibilidad—. Tú cuentas con la renta del local del paseo de Gracia. ¿Qué inquilino tienes ahora?

Con voz débil, Andrea contestó:

—Gucci. He pensado vendérselo.

La otra soltó una risotada artificial.

—Sí, tía, y de qué vas a vivir entonces... Eso te da suficiente. —Le señaló el rostro con el cigarrillo—. Claro que, si todo te lo gastas pagándote cirujanos plásticos y metiéndote todas esas porquerías en la cara... Además de que estarías más guapa, de verdad, mírame a mí, yo no me pongo ni crema.

Andrea observó con espanto la piel de su amiga, que parecía un cuero repujado muy antiguo. Sin embargo, como tenía la moral por los suelos, no fue capaz de llevarle la contraria y se limitó a asentir.

—Sí, Nieves, ya no me haré nada más, te lo prometo. —Pidió perdón al Niño Jesús por la mentira que iba a soltar—: Quiero estar como tú, tan...

Se le atragantó la frase, la amiga la miró con desconfianza hasta que al final le salió la palabreja con voz estrangulada.

—... natural.

Apaciguada, Nieves sonrió con suficiencia y preguntó mientras hacía volar la mano por encima de la cabeza como diciendo dejemos eso:

—¿Tenéis el mismo gestor de siempre?

Andrea se entristeció porque de pronto recordó el orgullo de su hija.

—Por favor, no te molestes, de verdad, te lo agradezco mucho. Total, Loti no querrá, me matará si sabe que he venido a verte.

Nieves se encogió de hombros.

—Pues no le digas nada, mujer. Ya hablaré yo con ella, que tú no sabes.

—Sí, no, no sé... Es que yo regalos tampoco quiero, por Dios. —Andrea sentía ahora un abatimiento fatal—. Eres tan generosa que me haces sentir como una mierda. —De pronto, se dio un golpe en la frente y se acordó de lo que llevaba en el coche—. Oye, espera, que te he traído algo.

La otra meneó la cabeza con impaciencia.

—Calla, no seas pesada, no quiero nada. A ver, que el dinero que me diste cuando me compraste mi parte no lo he tocado. Te lo puedo prestar, de verdad, no tengo que hacer ningún esfuerzo.

Andrea se puso de pie y la cogió por el brazo.

—Nieves, no he venido a pedir limosna, de verdad. Ven, por favor.

Aunque se resistía, la arrastró hasta el coche. Mientras accionaba el portamaletas, no dejó de hablar con voz temblorosa.

—Te he traído esto, te lo vendo, te lo regalo, te lo dejo como prenda, lo que quieras.

Era un paquete cuadrado envuelto en una manta. Andrea lo destapó con solemnidad. La amiga la miró, escéptica, con una ceja levantada.

—No me digas que me has traído el Picasso.

A la luz crepuscular brillaban, tenues, las largas pinceladas azules. Andrea, emocionada, le tendió el cuadro.

—Sí, toma, te lo doy. —Cerró los ojos con dramatismo—. Tuyo es.

Nieves lo cogió. Lo miró por detrás, por delante, pasó el dedo por la superficie, siguió la línea de una pierna pálida.

—Es muy bonito. —Con gesto brusco lo tiró de nuevo dentro del maletero—. Va, no digas tonterías, ¿dónde lo voy a poner? ¿Colgado del cuello de Sultán? Además de que los cacos pensarán que es auténtico y me montarán un atraco en menos de lo que canta un gallo.

Andrea se apresuró a envolver de nuevo el cuadro amorosamente con la manta como si se tratara de un pariente muy querido mientras decía, ofendida:

—Oye, que es casi auténtico.

—Este «casi» vale diez millones de euros. —Dio una palmada—. Va, quita, ya lo tengo decidido, no quiero que este estudio que tantos desvelos nos costó desaparezca. Capdevila y Novoa.

A la amiga se le llenaron los ojos de lágrimas.

—¿Te acuerdas de que los vecinos se creían que íbamos a poner un puticlub?

—Un poco puti era... ¡Lo que vio aquel cuarto de baño!

—Yo prefería el trastero.

La otra se asombró.

—¿Ahí, con el mocho y los botes de lejía?

—Me sentía como en una película de Pasolini.

Las dos se quedaron, soñadoras, recordando aquellos tiempos que ya no habían de volver. Un sonoro suspiro de Andrea cortó las evocaciones.

—Ay, no sabes lo duro que es pasar por todo esto.

Si creía que Nieves se iba a solidarizar con su pena, se equivocó. Se detuvo y se enfrentó a ella con los brazos en jarras.

—¿Duro? Duro es lo de estos chicos que tengo aquí, que si no fuera por mí no tendrían dónde caerse muertos porque han cometido el error de cumplir dieciocho años, son mayores de edad y ya no le importan a nadie.

—Sí, no te enfades, por favor, tienes razón... —La cogió por el brazo avergonzada de sí misma—. Es que el otro día Fefa Recoder me hizo pasar un rato horrible.

—La idiota de Fefa Recoder.

—En el Polo, sabes, me humilló.

Ahora Nieves parecía ligeramente interesada.

—¿Por qué?

—Bueno, ese concurso que perdió Loti, sabes, el que te contaba, era de la colonia textil de los Recoder... Yo fui como una boba a pedirle a Fefa que reconsiderara la decisión de darle el proyecto a un estudio de Madrid y se puso a reír en mis narices.

Nieves, que caminaba hacia las cuadras con aire eficiente, como el que tiene mucho que hacer, se detuvo de pronto.

—O sea, ¿que fuiste a pedirle eso? ¿A ella?

—Sí, ya sabes, como fuimos juntas al colegio y eso...

Nieves se echó a reír.

—¡Pero si Fefa ni pincha ni corta! El abuelo se lo dejó todo a Sergio, el hijo de Fefa, y creo que ni se hablan. Ella odia a muerte a la nuera, Ángeles, ¿no lo sabías?

Andrea movió la cabeza con incredulidad.

—¡No! Se comportaba como si todo dependiese de ella.

—Porque es una gilipollas, seguro que no tenía ni idea de qué le hablabas. —Le señaló el caballo dorado que había tenido problemas en la pezuña—. ¿Ves esa yegua? Es Bertinet, la campeona de Ángeles, ganó el gran premio de España hace cinco años. Me la dejó el verano pasado y la adora, viene a montarla todas las semanas y nos hemos hecho muy amigas.

Bertinet, como si supiera que hablaban de ella, se puso toda engreída. Sacudió la crin y relinchó mientras dejaba a la vista una dentadura amarillenta.

—Ángeles se porta muy bien con mis chicos. —Señaló a dos muchachos morenos de pelo rizado—. Uno es un empleado de ella y al otro le ha pagado un tratamiento en el hospital de Palamós porque tiene espina bífida.

De repente se puso a gritar.

—Ahmed. ¡No le des ese pienso a Vive Le Roi, que le provoca cagarrinas! —Luego empujó a su amiga—. Y tú vete, ya está la cosa acordada y tengo trabajo.

La finca tenía su propio ritmo y Andrea se daba cuenta de que Nieves le había dedicado dos horas de su tiempo y eso era mucho, pero le parecía que los pies le pesaban toneladas. Sentía ganas de llorar porque todo lo que había pasado esa tarde la había retrotraído a su juventud, cuando solo los amigos podían salvarte. Cogió a Dana en brazos y hundió la cara en su pelo suave y rizado. Apenas se la oyó cuando dijo:

—Bueno, pues mejor me voy, ¿no?

La otra la detuvo con rudeza.

—Espera, ¿qué te dijo Fefa?

—Que le había preparado una encerrona. Solo le faltó soltarme una patada.

—¿Qué más?

—Bueno, fingía no acordarse de Rolf. Eso me supo muy mal, lo que peor de todo casi.

Nieves levantó las cejas.

—Típico de ella. —Se levantó un poco de viento y Nieves le cogió un mechón de pelo y se lo puso detrás de la oreja, luego le hizo una caricia fugaz en la mejilla—. Mira, voy a hablar con Ángeles, no te prometo nada, pero yo creo que aunque sea para fastidiar a su suegra... Claro que no le contaré las dificultades del estudio ni lo del accidente, eso la echaría para atrás.

Una piedra muy gorda se atascó en la garganta de Andrea y le salió voz de sereno.

—No sé qué decir.

—Hija mía... Soy tu rey mago. Soy tu hada madrina. Soy tu Onassis, soy cojonuda, ¿verdad que sí?

Andrea le dio un abrazo tan grande que la tiró al suelo y rodaron entre cacas de caballo y paja, ay, mi espalda, quita la espalda, capulla, vamos al puticlub, mejor a un balneario, y no sabían si reír o relinchar.

9

—Mariel, me voy a la esteticién.

—Vaya con Dios, señora.

—Preferiría a Robert Redford, si no te importa.

Andrea se miraba siempre en los cristales de los escaparates, el abrigo con el cuello levantado y, aunque era bajita, tenía la zancada larga y Dana se esforzaba en mover las patitas a su ritmo. Tiendas de decoración, joyerías, *boutiques* pequeñas con tan solo una prenda con pinta de ser muy cara, una placa en la pared, «Aquí vivió el poeta Jaime Gil de Biedma». Una ostrería. Hasta el mendigo que se sentaba entre el florista y la panadería francesa poseía un deje pijo al hablar.

—Oye, guapa, dame algo.

—Perdona, no llevo efectivo.

El hombre, simpático, le guiñó un ojo.

—Todos me decís lo mismo, me tendré que agenciar un datáfono.

Sin quererlo Andrea se puso a reír, pero se cortó a media carcajada... Motivos no tenía. ¡Y el pobre hombre tampoco!

Su esteticién se llamaba María Dolores, quien seguía siendo, a los ojos de Andrea y sus amigas, la niña que se había instalado en el barrio como esteticién hacía treinta años con su bata blanca y su cara de buena persona. Primero las atendía en el cuarto trasero de una peluquería, hacía depilaciones y limpiezas de cutis, y poco a poco fue sofisticando su oferta con masajes con maderas, chutes de oxígeno para la piel, tratamientos de vitamina C y las últimas novedades que aprendía en las ferias de cosmética a las que acudía una semana al año, único periodo de tiempo en el que cerraba. Ante la avalancha de clientela, porque de repente se había puesto de moda, había cogido un local muy coquetón en la calle Juan Sebastián Bach con una camilla y una cocinita donde elaboraba misteriosos ungüentos para mascarillas y se fumaba entre cita y cita un subrepticio cigarrillo.

Luego empezó a maquillar a las hijas para el día de su boda y así fue sumando generaciones a su clientela. No había señora bien de Barcelona que no pasara por su cabina antes de cualquier fecha señalada, hasta el punto de que no se decía «Voy a la esteticién», sino «Voy a María Dolores».

Andrea cogía la misma hora todas las semanas desde hacía años. Empujó la puerta con el hombro de forma maquinal y Dana se fue corriendo al cojín que le ponía María Dolores en un rincón.

Tendió las manos con gesto dramático y suspiró.

—Hoy solo quiero manicura.

La esteticién adivinaba el humor de sus clientas tan solo con una ojeada y sabía que tarde o temprano le abrirían su corazón. Con gesto profesional, le acercó las cubetas con agua jabonosa para que Andrea introdujera los dedos y, mientras llevaba a cabo los pequeños gestos habituales —coger una toalla, elegir el rojo Ferrari de siempre, agitar el frasco de laca, que hacía un ruido como si llevara una bolita dentro, envolver un palillo en algodón mojado con acetona, encender la potente luz de mesa y, por fin, colocarse las gafas que llevaba sobre la frente en la punta de la nariz—, Andrea provocó una minitormenta con sus fuertes movimientos que estuvo a punto de hacerlas naufragar a las dos.

—Perdona, soy una bruta, no sé qué me pasa.

La otra la miró con severidad y poco a poco la música adormecedora del hilo musical, los ligeros ronquidos de Dana, la mezcla de olores y perfumes fue tranquilizándola. La pequeña cabina tenía algo de confesionario o de consulta psiquiátrica.

María Dolores lucía el cutis de una quinceañera y era tan discreta y amable que todas la veían como alguien de la familia. Mientras cogía una lima observaba el rostro de Andrea, mortecino a la cruda luz del fluorescente.

—¿Quieres todas tan cortas como esta? —señaló con cierta severidad la uña del índice, que estaba rota—, ¿esta que siempre va a su aire?

Otro suspiro, como si esa fuera la gota que desbordara el vaso.

—Antes se me rompían todas, por las obras, ¿te acuerdas? —Y añadió de forma absurda—: Echo en falta aquellas uñas rotas.

—No digas eso.

—Ahora que no hago nada...

—Eso se llama estar jubilada.

La otra aceptó resignadamente.

—Sí, desde que estoy jubilada solo se me rompen por los broches de los collares o por meterlas en el bolso para buscar las llaves o el móvil.

Y soltó con fingida desesperación con las manos delante, como si fueran a ponerle unas esposas:

—¡Todas cortas! ¡Ándale!

María Dolores la observó lima en alto y después se inclinó de nuevo.

—Has pasado mala noche.

—Mala noche. Mala vida. Mal todo.

Desde que estuvo en casa de Nieves hacía un par de semanas y había creído, en ese subidón entusiasta, que los problemas se iban a arreglar, no había vuelto a saber nada ni de su amiga ni de su hija y poco a poco iba cayendo en la más negra depresión. Esperaba que Loti le diera noticias, enfadada o alborozada, pero solo ayer la había llamado Gloria, su mujer, para invitarla a comer en El Pescadito, el bar de sus padres.

—Dicen que hace mucho que no te ven y que te echan en falta.

—Ay, qué monos —dudó, titubeó y al final lo soltó—: ¿Y cómo está Loti?

«Bien», contestó la otra evasivamente.

Tan evasivamente que, una vez colgado el teléfono, Andrea se puso a pensar que su hija adorada quizás estaba en la cárcel, con tatuajes de arriba abajo y el pelo rapado, y nadie le había dicho nada para no preocuparla y volvió a llamar:

—¿Pero Loti está bien bien?

En tono asombrado, Gloria le contestó:

—Sí, ahí, en la cocina, haciendo un pastel. ¿Quieres que la avise?

Había mascullado un blando no, es igual, porque Loti y Gloria tampoco vivían en el palacio de Versalles y la hija debía de saber que estaban hablando y aun así no había querido ponerse. Colgó despacio, experimentando esa porción infinitesimal de muerte que sentía cada vez que su hija se negaba a hablar con ella.

El mundo seguía su marcha y ella ya estaba al margen.

Guerras, inundaciones, ese nuevo modelo de faja que te rellena en los sitios adecuados para que parezca que tienes más culo y más cintura... Todo seguía su curso menos ella, anclada en su nada. El Picasso —falso— había vuelto a su sitio. Sus pobres e inútiles joyas a sus estuches, avergonzadas por haber servido de tan poco.

Y ¿qué importaba la faja?, ¿qué importaban las joyas? ¿Para quién ponerse guapa? ¡Adolfo no había vuelto a llamarla! ¿Por qué hacían esto los hombres, desaparecer de pronto, aunque te hubieran dicho que les gustabas y que querían pasar su vida contigo? Porque se lo había dicho, ¿no? A veces se olvidaba de si las cosas le pasaban de verdad o tan solo se lo imaginaba.

Su hija, a eso, a largarse a lo bestia, lo llamaba «hacer bomba de humo». Pero...

Quizás Adolfo se había muerto y esta idea, en lugar de preocuparle, la tranquilizó. A ver, es que si está muerto es natural que no dé señales de vida. Pasando del tema.

Como María Dolores la vio sonreír, le preguntó:

—¿Vas a la cena de Inma?

Porque ella estaba al tanto de todas las bodas, las cenas y los eventos que se celebraban en Barcelona. Y no solo de los festejos, sino de quiénes estaban invitados y quiénes no para no meter la pata. Inma Alfarrás todos los años celebraba una fiesta con «el grupete», como decía ella, los amigos de toda la vida, categoría en la que entraba Andrea gracias a sus veraneos compartidos en Sitges, aunque Inma era un poco mayor.

Claro que Inma siempre decía:

—Somos amigas desde pequeñas.

Y Andrea se apresuró a puntualizar (cuando la otra no estaba delante):

—El mismo año en que ella se puso de largo yo hice la primera comunión.

Ambas eran vecinas en la zona del Terramar, al lado del Club de Golf, pero, mientras que la familia de Andrea tenía una vivienda bastante pequeña y un jardín con cuatro pinos, la de los Alfarrás era una espectacular torre del arquitecto Martino, que también construyó su chalé de la avenida Pearson en Barcelona, donde iban a celebrar la fiesta. La de Sitges estaba catalogada como una de las cien casas más importantes de Europa. El bisabuelo de Inma, empresario textil, había conseguido en la Primera Guerra Mundial una fortuna inextinguible que cuatro generaciones no habían conseguido cargarse.

Lito, su marido, también pertenecía al grupete de veraneo. Era el «guapo» oficial, el que mejor bailaba *rock*, llevaba una moto Ducati, melena hasta los hombros, niquis Fred Perry y el último modelo de Levi's (que él pronunciaba «Leuis»). Claro que de todo eso solo había sobrevivido, gracias a la inapreciable ayuda del doctor Vila Rovira y su afamado método de trasplante de cabello, su melena. Y su matrimonio.

La pregunta de María Dolores se quedó balanceándose en el aire del gabinete con olor a miel y a cera. Tentadoramente, obligó a Andrea a tomar postura. Al final decidió.

—Sí. Y me hace ilusión ir a casa de Inma, no te creas.

Esa mañana Inma la había llamado para contarle su última ocurrencia con su tono de voz más forzado. Aunque Andrea no podía verla, sabía que estaba haciendo mohines, cerrando los ojos, poniendo la boca en «o», bamboleando la cabeza a un lado a otro como una muñeca diabólica; siendo, en fin, aquella chica de quince años que había conocido siglos atrás.

—He tenido una idea genial, hemos construido en el jardín una cabaña sueca con sauna, *hammam* y una piscinita con hielo. Tomaremos aquavit y nos darán un masaje si queremos. ¡Hemos comprado treinta albornoces! Luego entraremos en casa y ya todo normal, como siempre.

Qué puntazo, me parece una idea estupenda, le había dicho Andrea hipócritamente. Y luego le había preguntado a qué hora acababa el tema sauna porque debía hacer un recado urgente, pero que el albornoz se lo guardaran.

—Sí, claro —le dijo a la esteticién tras narrarle la conversación—, Inma se cree que me voy a meter en la sauna para que se me rice el pelo y se me corra el rímel e ir toda la noche hecha una facha. No sé dónde tiene el cerebro esta mujer.

María Dolores se echó a reír.

—Ni que fuerais pingüinos.

—Calla, que los pingüinos son mis héroes porque se aparean para toda la vida.

—¡Pues qué coñazo!

Las dos se rieron tanto que María Dolores tuvo que volverle a pintar las uñas.

Inma también le había dicho:

—Estará un amigo nuestro fantástico, que se acaba de divorciar y que me ha dicho que te conoce de nombre y te admira mucho.

Con desconfianza Andrea preguntó:

—¿Que me conoce? ¿De qué?

La otra contestó vagamente:

—No sé, de aquí y de allá.

Cuando Andrea iba a preguntar más, la otra cortó la llamada.

—Se lo preguntaba en plan estadístico, no por interés real —trató de justificarse Andrea delante de María Dolores—. ¡Para hombres estoy yo!

—Ya, ya —contestó la esteticién sin ninguna convicción—. Venga, quítate los pendientes y tiéndete en la camilla que te haré un masaje facial que te dejará como nueva.

Al salir, con Dana tirando de la correa desesperada por hacer pipí, casi se tropezó con la siguiente clienta, algo que no pasaba nunca porque María Dolores tenía mucho cuidado de que no se encontraran. Las dos dijeron a la vez:

—Perdona.

Una señora mayor, pero con mucho carácter, que la miró con sorpresa, sonriendo.

—¡Andrea Capdevila!

Era la mujer de Antonio Márquez, el abogado amigo de Rolf.

—¡Marina, qué alegría!

Se abrazaron con calidez largo rato hasta que Marina se separó y le dijo con voz conmovida:

—No sabes lo que nos acordamos de ti y de Rolf, no hay día en que no os mencionemos.

Andrea tragó saliva y consiguió hablar con voz serena, profundamente avergonzada por no haberlos vuelto a llamar desde la muerte de su marido.

—Ya lo sé, me emociona que me lo digas. —La mujer la miraba con cariñosa curiosidad y se le escapó decir—: Ya me contó Loti que la estáis ayudando a salir de ese mal paso.

Marina era la mano derecha de su marido, su colaboradora imprescindible, aunque no era abogada. Siempre estaba en el despacho, que había sido uno de los más importantes de Barcelona, y se decía que tenía más ojo que el abogado titular. Su expresión cambió de inmediato.

—Sí, mira, Andrea, este encuentro es providencial porque en realidad quería hablar contigo. —La miró con fijeza—. Antonio está mal.

Andrea se sobresaltó.

—¿Qué le pasa?

—No, nada de particular, pero está mayor, tiene pérdidas de memoria, se olvida de las cosas... No está en condiciones de llevar ni el asunto de tu hija ni ninguno, él mismo lo reconoce.

Muy violenta, Andrea se vio obligada a disculparse.

—Perdona, Marina, no tenía ni idea, ya sabes que sois como de la familia y cuando la niña tuvo ese apuro recurrió a vosotros. Yo ni sabía lo que pasaba, a mí no me contó nada.

—No te podía llamar porque Loti nos prohibió que te pusiéramos al corriente, aunque tenía muchas ganas de contártelo... Por favor, buscad un abogado —aclaró con melancolía— tan bueno como lo era Antonio... —Se secó una lágrima furtiva—. No sabes la angustia que le produce todo esto, no se ve capaz, y no quiere que la hija de Rolf piense que la hemos abandonado.

Andrea negó con la cabeza.

—No, claro, ya entiendo, no vamos a pensar eso, por supuesto, por favor, estoy muy agradecida.

—Créeme, busca un abogado joven, no de campanillas, sino que se tome el caso con interés. Avísame para que Antonio le dé la venia. —Debió de advertir el aspecto abatido de Andrea porque la cogió espontáneamente del brazo—. Hay algo raro en ese asunto, hay algo que me da mala espina... Esa gente no es trigo limpio.

Andrea se sorprendió.

—¿Qué quieres decir?

—Esa muerte, su familia, creo que es todo un engaño. ¡Tú misma lo verás! No me gusta hablar mal de los colegas de Antonio, pero su abogado es un vendehúmos. Creo que sabe que tenéis dinero y va a por vosotras. No os entreguéis sin luchar.

De pronto apareció María Dolores en la puerta apestando a tabaco. Sin saber de qué hablaban, le dio un amistoso empujón a Andrea.

—¿Todavía estás aquí? Va, ponte espectacular, que esta noche tienes que triunfar.

Todo el camino hasta su casa fue ensimismada. No sabía si la mujer de Márquez le había dado una buena noticia o una mala.

Pero no debía de ser muy mala, porque allí dentro, muy adentro, mezclada con esos órganos internos tan desagradables de ver, empezó a germinar una semilla. Y donde hoy hay una semilla mañana crecerá una flor.

Y, pasado, una plantación de marihuana. Risa tonta.

10

Un criado con chaquetilla de rayas abrió la preciosa puerta de hierro forjado y vidrieras antiguas procedente de un ascensor modernista, cuyo origen sería mejor no rastrear, y le indicó a Andrea en un apagado murmullo:

—Buenas noches, señora. Al fondo.

Una camarera con delantal blanco y cofia le cogió el abrigo y Andrea se colocó el bolsito debajo del brazo con esa emoción especial que se siente en el estómago cuando te sumerges en una noche de fiesta.

—Muchas gracias —dijo cuando le tendieron una bandeja para que cogiera una copa de champagne.

Nada más entrar en el gran salón con frescos pintados en los techos con molduras y espejos venecianos en las paredes alternados con cuadros de David Hockney, Jeff Koons, Barceló y un Frida Kahlo muy feo pero muy valioso, Andrea se dio cuenta de que lo de la sauna había sido un fracaso. Todos los invitados se habrían negado a participar en la *performance* con diferentes excusas, igual que ella. Las dos docenas de asistentes llevaban el impecable código de vestimenta entre bohemio y sofisticado de la gente bien de Barcelona; ellos con esas relajadas americanas de punto que costaban seis mil euros en una tienda del paseo de Gracia y ellas con unos extraños vestidos mitad túnicas mitad bolsas de basura comprados en comercios *online* alemanes. La anfitriona, Inma, lucía el mismo color rubio que todas sus invitadas como si fuera una marca de agua. Una vez le contó a Andrea que se había conchabado con una amiga para pispar la fórmula secreta del tinte a su peluquero y desde entonces se lo aplicaban en casa.

—Me lo hace la filipina, no sabes las manos que tiene.

Andrea, una vez, en una fiesta benéfica, vio pegarse a dos amigas por unas muestras gratuitas de cremas. No dejaba de asombrarle la tacañería de los ricos —ella, remilgadamente, no se consideraba rica—; cuanta más pasta tenían, más acentuada. A pesar de que Inma estaba en la lista Forbes de las quinientas grandes fortunas mundiales —bueno, vale, iba en el puesto cuatrocientos noventa y nueve, solo superada por la familia del inventor de la fregona, o mocho—, Andrea adivinaba que todo lo que se serviría esta noche había sido conseguido a un precio reducido por oscuros cambalaches que mejor no conocer. ¡Si pedía descuentos en la farmacia y en el Corte Inglés!

Como si estuviera leyéndole los pensamientos, cuando la vio se dirigió hacia ella a gritos, ya que era un poco dura de oído; en realidad, como todos los presentes en la fiesta, que rondaban los mismos años.

—¡Tu amiga Maca es una malqueda! Me acaba de llamar y dice que no puede venir porque se ha hecho el láser en la vulva y no puede caminar. Y que no se lo diga a nadie.

Varias cabezas se volvieron. El chisme, seguramente a medianoche, ya habría llegado a Australia. Como Andrea nunca había oído pronunciar en alto la palabra *vulva*, dudó de su significado.

—¿Quieres decir...? —Bajó los ojos con pudor—. ¿Ahí?

Más gritos.

—¡Sí, el coño! —Sin transición, cambió de tema—. ¿Sabes que está decorando mi casa de París?

Apenas repuesta, Andrea pudo articular:

—¿Maca? ¿La casa de la Avenue Montaigne?

—Claro, pero le he dicho que compre la ropa blanca aquí y que la lleve, que en París todo es carísimo.

Lo ha vuelto a hacer, pensó Andrea. ¡Lo ha vuelto a hacer! Tiene el apartamento que había sido de Doris Duke en Nueva York, una isla entera en Filipinas y la casa de París con catorce habitaciones. Y, aun así, hará viajar a la pobre Maca en una furgoneta cargada de cojines y sábanas para ahorrarse cuatro euros.

La música estaba muy alta, las luces rojas parpadeaban como una discoteca de los años sesenta, habían puesto lámparas con espejitos que rotaban sobre sí mismas y una barra de madera con taburetes donde los camareros se afanaban preparando cócteles. No había, por supuesto, rastro de albornoz alguno, aunque sí una docena de mantas apiladas al lado de la puerta por si se quería pasear por los fabulosos jardines diseñados por un paisajista inglés. Las mantas eran las que te dan en los aviones cuando se va en primera.

Distraídamente, Inma se lo enseñó todo con un gesto de la mano.

—Mira qué ambientorro. Y lo fuerte vendrá después; me ha dicho Lito que me ha preparado una sorpresa que me voy a caer de culo, menuda memez será. —Andrea intentó protestar cuando Inma la cogió por los hombros y la miró de arriba abajo. La arquitecta llevaba un vestido de gasa de falda con mucho vuelo y una ajustada chaqueta de cuero—. Hoy tienes el guapo subido.

Andrea bajó los ojos con modestia porque a hacerse la pobretona no la ganaba nadie.

—Todo es de marca «no te fijes».

—Ven, que te presento a unos amigos. Están deseando conocerte. —Ni una cosa ni otra era verdad. Todos se conocían ya y el deseo allí estaba proscrito. Inma le apretó el brazo insinuantemente y bajó la voz—. Tonta, acuérdate del divorciado que te dije...

Se acercaron a un grupo que las observaba con atención aburrida. Cuando llegaron, fingieron estar ocupados hablando entre sí. Inma dijo su nombre y las mujeres la saludaron con frialdad, muac, muac, iban con los maridos y no era bienvenida. Un hombre alto, de cutis amarillento, con la cara larga como un zapato, se adelantó y le tendió la mano.

—Hola, soy Demetrio Torres.

Sin darle tiempo a contestar, un personaje masculino deslumbrante se abrió paso moviendo las caderas al son de la música.

Tico tico tico

Llevaba dos copas en alto, le tendió una a Andrea.

—Para la chica más guapa, ¡*miss* Yeyé!

Era alto, medio rubio, con pinta de extranjero. Bailando cadera contra cadera la empujó al centro del salón, el ritmo cambió y pusieron un *rock*. Dejaron los vasos en el suelo, él la cogió de la mano y la hizo girar y girar, la falda volaba, los pies recordaban los mismos pasos de La Cabaña, la boîte de Sitges donde iban cuando eran jóvenes. ¿Eran? ¡No, lo seguían siendo! ¡Jóvenes y bellos como antaño!

Él, cuando la arrimaba a su cuerpo, le susurraba «lejos, lejos», y ella sabía que tenía que deslizarse hasta soltarse y bailar el uno frente al otro sin perder el ritmo, mirándose a los ojos, unidos por ese hilo invisible que se llama «generación».

¿Cuánto hacía que no se divertía tanto? Él la volvió a coger entre sus brazos, frotó su nariz con la suya y ella le preguntó entre risas:

—¿Te conozco?

Él le acerco la cara, tenía los dientes tan blancos que parecían pintados a la cal y el rostro bronceado de rayos uva o de pistas de esquí, *chi lo sa*:

—Soy el hombre de tus sueños.

Rieron ambos por esta imbecilidad, una risa loca que la hizo sentir ligera y deliciosamente joven. ¡Por la tarde tenía cien años y ahora quince! De súbito, los pajarracos negros —la ruina del estudio, la cárcel, la muerte y toda la pesca— que posaban en sus hombros y que hundían sus garras en sus omoplatos y clavículas causándole un dolor insoportable levantaron el vuelo y le dieron ganas de ponerse ambas manos en forma de bocina para gritarles, cuidado, pajarracos, no vayáis a chocar con las lámparas de espejitos.

Y luego ponerse el pulgar en la nariz y hacerles burla.

Se sentía gamberra y marginal, era una pirata, un hada y al mismo tiempo un demonio.

Cuando pusieron un lento, él le guiñó un ojo —un gesto que odiaba y hubiera debido alertarla—, engarfió los dedos formando un corazón con las manos a la altura de su verdadero corazón —otro gesto de mierda—, cogieron al paso una botella de *champagne*, unas copas y las mantas, y salieron al jardín, un lugar enorme para estar en una ciudad, con los muros cubiertos de hiedra y buganvillas que ahora en invierno eran tan solo unas ramas retorcidas como sarmientos. Aunque parecía un campo dejado crecer a la buena de Dios, Andrea sabía que era un descuido aparente; todo estaba dispuesto según un minucioso plan paisajístico. El caminillo de grava los llevó hasta un pequeño cenador por el que trepaban rosas y jazmines, pero Andrea prefirió extender la manta sobre el césped.

Una farola creaba una isla de luz acogedora e íntima. Su ojo experto adivinó que era una luz led suavizada por un difusor. El aroma a jazmín se hizo más intenso.

Ahora que lo veía de cerca, el hombre no era tan joven como había imaginado. Cuando no sonreía tenía los párpados caídos, flacidez en las mejillas y boca delgada.

Pero no, no, nada de eso, era guapo, era divertido, ¡se lo estaban pasando de puta madre!

Ella empezó con lo típico.

—¿A qué te dedicas?

—Soy traficante de drogas.

Andrea se rio con incredulidad.

—No puede ser.

—Bueno, lo he sido... Quiero decir, que ahora solo lo soy en la intimidad.

Andrea le siguió el juego y rebuscó en su memoria.

—¿Conoces a Pablo Escobar?

El hombre inclinó la cabeza con respeto.

—Que en paz descanse.

—¿Erais... rivales?

—Él me ganaba en volumen de ventas, pero mis clientes eran la *crème de la crème.*

Brindaron solemnemente.

—Por Pablo.

—Por Pablo.

—Por la *crème de la crème.*

—Por la *crème de la crème.*

El tipo se sacó del bolsillo un cigarro mal liado y escuálido, lo sacudió, quemó la punta y se lo tendió con una sonrisa tentadora.

Ella chilló con incredulidad.

—¡Es un porro!

—Sí, no me digas que nunca has fumado hierba.

Ella se alzó de hombros con suficiencia como si fuera Amy Winehouse.

—Hombre, claro. —Nieves, sin ir más lejos, nunca se iba a dormir sin haberse fumado un canuto, pero tuvo que reconocer con humildad— ... Hace mucho.

Le dio dos chupadas. La primera la hizo toser, la segunda ya no; al contrario, le pareció que le abría vías nuevas en los pulmones, que las ramificaciones de sus bronquios llegaban desde la punta del pie hasta los cabellos. Se tendió por completo sobre el césped de cara a las estrellas infinitas.

Nunca había sabido leer el cielo. Por mucho que lo intentaba, era incapaz de encontrar la Osa Mayor, ni la Menor, ni Casiopea. Y hasta ahora no se había dado cuenta de que en realidad las constelaciones no existían y que todo había sido idea de algún astrólogo antiguo pretencioso con ganas de pasar a la posteridad. Ahora fue ella la que tuvo ganas de guiñarle un ojo a Dios, «Hey, viejo, tú solo te limitaste a echar un montón de dados al buen tuntún sobre el tapete celeste y, hala, todos a llamarlos estrellas como si fuéramos tontos. ¿Verdad que sí?».

Se abría el párpado de abajo con el dedo y hacía visajes, «Que no soy tonta, chaval... Casiopea, el Cinturón de Orión... ¡Que no hemos nacido ayer!». ¡Un momento! ¡Otra idea! ¡Esta es muy buena! Quizás incluso Orión, Casiopea, Andrómeda eran marcas comerciales, los Vuitton y Christian Dior de la antigüedad, y esos nombres no eran más que anuncios publicitarios de la época.

Se iba a incorporar para comunicarle tan brillante deducción a su acompañante, cuando de pronto se notó muy colocada. Tanto que incluso le pareció oír a Julio Iglesias. «Por el amor de una mujer...».

Permanecían en silencio, él estaba abstraído también, escuchando Dios sabe qué. Era imposible que tuvieran la misma alucinación, ¿no?

No era imposible.

—Qué bien canta, ¿verdad? Eso que no tiene mucha voz.

Ella dio un respingo y se apoyó en el codo, mirándolo con incredulidad.

—¿Quieres decir que tú también estás oyendo a Julio Iglesias?

Él se sentó y la miró un poco desdeñoso. No estar en el ajo restaba puntos.

—Sí. Es la sorpresa de Lito a Inma, traer a Julito desde República Dominicana. ¡No me digas que no lo sabías! ¡Si todos estábamos expectantes! —Ella movió la cabeza, no lo sabía, no lo sabía—. Lito le ha enviado su avión ida y vuelta, solo estará aquí una hora, nadie está al tanto —gesto despectivo—, ni los periodistas.

«De niña a mujer...».

—No canta él, ¿sabes? Es un disco, solo está ahí para decirle un par de piropos a Inma y dejarse admirar... Le han pagado dos millones de dólares, es su sorpresa.

¡Y luego envía a Maca a París con una furgoneta!

¡Y su hija puede ir a la cárcel por la mitad de esa cantidad!

Por un momento tuvo la tentación de pedirle a Julio que le diera la mitad de su cachet, qué te cuesta, para ti no es nada y para mí es todo... Venga, un millón... Tendía la mano (mejor quitarse el anillo de brillantes y el

Patek Philippe de oro blanco). Qué te cuesta, benditos sean tus hijos. Toma esta ramita de romero, que te dará suerte.

Todo le parecía increíble, pero no se veía con fuerzas de levantarse e ir a ver ese prodigio, no podía. Sentía las piernas como si fueran de arena.

Hasta que alguien salió al jardín tropezando y empezó a gritar:

—¡Pedro! ¡Pedro!

Su acompañante se puso de pie con tranquilidad y preguntó:

—¿Ya ha venido el taxi?

Una mujer muy interesante, con un aire a lo Charlotte Rampling, vestida con una especie de sari indio, se acercó tambaleándose. El hombre ayudó a Andrea a levantarse y, con perfecta naturalidad, las presentó.

—Mira, esta es mi mujer... Esta es...

Su mujer. Plof. Como si alguien pinchara un globo y colgara ahora como un condón usado.

Aunque se había divertido, ¿no? ¡Eso era lo que contaba! Sin embargo, su ángel malo le decía te has divertido porque no sabías que estaba casado.

Cuando Andrea ya iba a decir me llamo Andrea, la mujer la señaló con el dedo.

—Yo te conozco, estabas el otro día cenando con Adolfo Díaz.

Andrea trató de recordar, en estos momentos todo lo anterior a esa noche le parecía turbio, borroso, lejano. Ah, sí, Adolfo, el que no le había vuelto a llamar. *Gosthing*, se llamaba eso, se lo había dicho María Dolores.

—Sí, es verdad.

La mujer, evidentemente achispada, profirió una risita sardónica.

—¿Sabes que Adolfo fue mi primer novio? Estuvimos a punto de casarnos.

El marido tenía las manos metidas en los bolsillos y hacía sonar llaves y monedas con la impaciencia del que ya ha escuchado el mismo relato miles de veces. Andrea recordó las palabras de Adolfo con una claridad inexplicable, «Estuve a punto de casarme», le había confesado, y luego había añadido que esa mujer que se encontraba frente a ella ahora mismo estaba «loca de verdad, diagnosticada, había estado en un psiquiátrico mucho tiempo y la familia no nos había dicho nada».

—¡Qué casualidad! —Andrea fingió desenvoltura, aquella mujer llevaba una copa de más, pero no parecía trastornada, se aturulló—. Quiero decir que me sabe mal que no os casarais.

El hombre carraspeó y ella se vio obligada a explicarse.

—Eso no quiere decir que no me guste que os hayáis casado vosotros, ¿eh? —Juntó los índices haciéndose la campechana—. Juntos, los dos, bien, ¿eh? —Y, como no recibió respuesta, optó por repetir—: ¡Qué casualidad!

Nunca se había sentido más ridícula. El hombre la miró con frialdad y, apeada de su voz la juerga y las bromas, mientras emprendía con decisión el camino hacia la tranquilidad doméstica cogiendo a su mujer por el hombro, dijo en tono cortante:

—Bueno, ya sabes que Barcelona es muy pequeño.

Pero la mujer seguía empeñada, con la precisión del borracho, en relatárselo todo a Andrea.

—La semana antes de la boda Adolfo me dejó plantada. Dijo que había sentido la llamada de Dios y que se iba a ordenar sacerdote.

—¿Cómo? ¿Se hizo sacerdote?

—No, ahí está lo bueno. Era una mentira que había

urdido para dejarme porque es de esos hombres que tiene pánico al compromiso. —Soltó una risa breve y triste, y después un hipido—. Aunque ahora me hace reír, no sabes lo que sufrí. Necesité muchos años de terapia para entenderlo y superarlo. ¡No tenía ni veinte años!

Andrea no sabía qué decir, optó por un:

—Lo siento mucho.

La mujer la señaló con el dedo.

—Te lo digo para que no te fíes, te rondará, te cantará, te conquistará y cuando caigas dejará de llamarte y sufrirás como yo. Intento avisar a todas las mujeres con las que se lía. No me hacen caso y se enfadan, creen que estoy despechada. ¡Después me llaman llorando!

El marido quería hacerla callar y la cogió del brazo, pero ella seguía.

—Si no nos ayudamos entre nosotras, ¿quién va a hacerlo? Esto es la sonori... Perdón, la sorori... —Tuvo una arcada y pareció que iba a vomitar, aunque de pronto se recuperó—: ¡Sororidad, leche!

Al final el tal Pedro consiguió arrastrarla por la fuerza y Andrea se puso a trotar detrás como un perrillo abandonado. Estaba tan desconcertada que sacudió la cabeza y dijo, se me acumula el trabajo, ya lo pensaré todo más tarde.

No quedaba casi nadie, los camareros recogían vasos y platos. Uno en una esquina apuraba a morro una botella de vino. Habían encendido las luces normales del salón y los globos de cristales se veían en toda su fealdad. Inma estaba en la puerta, bostezando con esa torsión de mandíbula descomunal de la gente educada.

Mientras la sirvienta le ponía el abrigo, Andrea se vio obligada a decirle con voz de condenada al patíbulo:

—Lo de Julio, ¡guau!

Inma contestó con impaciencia:

—Sí, sí. —Y, luego, curiosa a pesar de lo cansada que estaba—. Has desaparecido, ¿ha ido todo bien? ¿Has estado con el que te dije?

La amiga contestó con un involuntario puchero:

—Pero me habías contado que era divorciado.

A la otra no se le escapó el tono de reproche.

—¿Quién? —Miró hacia el lugar donde estaban fijos los ojos de Andrea, vio la pareja que se metía en el taxi y agregó—: ¡No me puedo creer que hayas estado con Pedro! Pero si su mujer es una sabia, es una de las grandes investigadoras de enfermedades tropicales. Le curó la malaria a Lito.

La trastornada, según Adolfo.

—Él me ha dicho que era traficante de drogas.

—Es un cachondo, le encanta coquetear. No es nada serio, ¿eh? Siempre hace lo mismo con mis amigas. Es notario, tiene el despacho al lado de Casa Fuster. ¿No has ido nunca? —Luego puso un mohín de enfado—. ¡A ti el que te tocaba era Demetrio!

11

Cuando Andrea decidió abandonar la profesión y ceder el estudio a su hija, creía que nunca iba a desprenderse del estigma de levantarse temprano. Que, después de tantos años, madrugar formaba ya parte de su ADN y que a las seis abriría los ojos y, por muchos esfuerzos que hiciese, no conseguiría volver a dormirse y no tendría más remedio que levantarse y empezar a dar la lata por teléfono a todas sus amigas.

A los inicios, la única que estaba operativa era Nieves, que le preguntaba con impaciencia mientras se oía al fondo el trote de algún caballo y ladridos de perros:

—¿Pasa algo?

Si no era muerte o similar, daba un bufido y colgaba con un «luego te llamo» que no se cumplía nunca.

Al final ya ni se ponía. Las otras dormían como angelitos, Orfidal mediante.

—Hola, Maca. ¿Sabes qué me pasó ayer?

—jrrr chof... zzzz.

Al principio las amigas contestaban con monosílabos alentadores, pero después todas desconectaban los móviles por la noche y Andrea se paseaba como un gato enjaulado hasta que llegaba Mariel y le llevaba la bandeja con su desayuno. Zumo de naranja, un pequeño bocadillo de jamón, un café con leche, el complejo para el pelo, colágeno para la piel, magnesio, calcio, levadura de cerveza, la vitamina C efervescente, antioxidantes y el probiótico. Una vez a la semana, vitamina B12 y, una vez al mes, vitamina D; en fin, todas las vitaminas del abecedario, porque también ingería zinc.

Cogió una libretita que tenía en la mesa de noche para apuntarlas: pues no, con W no tomaba ninguna... ¿El wolframio será una vitamina? Ya tenía una excusa para ir a la farmacia. ¡Planazo!

Se colocaba cuatro almohadones mullidos en la espalda, cogía su *tablet* y se ponía al día mientras los sonidos habituales de la calle —autobuses frenando, coches, chillidos de niños yendo al colegio y las cotorras en los árboles hablando de sus cosas—, aunque amortiguados debido a los gruesos cortinajes, le demostraban que la ciudad se despertaba también.

Llegó un momento en que tuvo que reconocer suspirando:

—Tanto madrugar ¿para qué?

Antes tenía el día lleno de citas y compromisos. Muchas veces comía en el coche durante los desplazamientos y en un armario del despacho guardaba americanas, zapatos de tacón, medias, por si tenía que cambiarse a lo largo de la jornada. Las tareas que se imponía no acababan nunca porque, además, debía suplir las ausencias de Nieves, que si no tenía un concurso de salto en París lo tenía en Sevilla, o si no montaba simplemente los caballos en el Polo porque, pobrecitos, no podían estar ni un día sin hacer ejercicio.

¿Y yo qué? ¿No necesito hacer ejercicio? ¡Que tengo la espalda tan contracturada que dentro de poco pareceré Toulouse-Lautrec!

Pero al final no decía nada porque debía reconocer que el grueso del trabajo les venía de la mano del padre de Nieves y, además, ¡la quería tanto!

Y llegaba al viernes con migraña, le dolía la cabeza, le molestaba la luz y se pasaba el fin de semana acostada para el lunes volver a empezar la lista de trabajos y complicaciones. Arañar horas para el peluquero, la esteticién, el fisio o la clase de pilates era una obra de ingeniería más complicada que un puente de Santiago Calatrava. ¿Y la vida? ¡La vida era algo que pasaba en otra parte!

Y ahora estaba en la otra parte y el día se extendía ante ella como un lienzo en blanco, y poco a poco, segundo a segundo, la indolencia había ido ganando a la productividad, y cada mañana se despertaba más tarde y más tarde... hasta que al final a veces era Mariel la que entraba en la habitación dudando.

—Señora, ¿estás bien?

Temía encontrársela en plan fiambre y con Dana devorándole un pie. Claro que el precio a pagar era que cada vez trasnochaba más viendo interminables documentales sobre la Segunda Guerra Mundial y comprando en la teletienda. En el trastero del ático guardaba un simulador de paseos (iba con pilas, no lo había usado, a ver si se iba a electrocutar), un artilugio de metal parecido a una araña gigante que nunca había conseguido montar para sostener un libro y poder leer en la cama, un almohadón gigante con brazos y espalda con un parecido asombroso a un hombre decapitado y una peluca que parecía una faldita hawaiana. Le daba hasta vergüenza regalarle esas porquerías a Mariel.

—Señora, hoy llueve.

Encendió el móvil porque ahora, como sus amigas, lo desconectaba durante la noche. Tenía un mensaje de Inma,

«Qué pena, Demetrio se ha enrollado con la mujer del cónsul inglés, con lo felices que hubierais sido juntos», no pudo evitar reírse de sí misma, se lo tenía que contar todo a Maca. Y un mensaje de Gloria, «Acuérdate de que hoy te esperamos en El Pescadito, a las dos, qué ganas de verte».

Sonrió. La simpatía de su nuera era contagiosa, incluso a través de un mensaje escrito. Si su hija tuviera tan solo la décima parte de su buen carácter... Ah, Loti.

No sabía nada. ¿Se habría puesto Nieves en contacto con ella? ¿Le habrá llamado Márquez para presentarle su renuncia? La imaginaba como un ratoncillo torpe intentando recoger euro a euro el millón que le hacía falta, husmeando en agujeros, cuevas, rincones, echando las patitas delante para agarrar la más mínima pelusilla.

—Loti, Loti.

Dana, que dormía a su lado, levantó la cabecita porque pensaba que la llamaba a ella y descendió en silencio de la cama. Siempre adivinaba cuando estaba triste y le llevaba regalos. Al minuto reapareció con algo en la boca, trepó y lo dejó con delicadeza en la almohada. La pobre tenía buenas intenciones, pero, como era ciega, cogía cualquier cosa; en esta ocasión, la escobilla del váter, que Andrea tiró de inmediato sin hacer ruido para no ofenderla y le dio un beso en ese hueso puntiagudo que tenía en medio de la «frente».

—Gracias, bonita. —Le entró un ataque de amor que abarcaba a Dana y a su hija, y la estrujó entre sus brazos gritando como una *prima donna*—. ¿Por qué Dios nos ha hecho tan bellas?

A las doce ya estaba lista. Hoy se iba a poner unas botas Hunter, todavía no había querido recurrir a las zapatillas de deporte a las que se habían apuntado todas sus amigas, «Son tan cómodas». Ella les contestaba: «Si quisiera ir cómoda saldría con pijama a la calle».

Nieves le decía:

—Ya lo hiciste una vez, ¿te acuerdas? Y encima sin pantalones.

Andrea se reía con la boca torcida recordando ese oscuro episodio de juventud, cuando se tomó su primer y único ácido que, según el amigo que se lo proporcionó, duraba un ratito y era de efecto tan leve como un Optalidón y luego había estado quince horas como una representación viviente de *El grito* de Munch.

—Veía el suelo ondulante.

—Estarías en las Ramblas, que tienen ese azulejo tan feo en forma de olas de la casa Escofet que hizo...

La otra la cortaba para que no se embarcase en una de sus largas disquisiciones arquitectónicas.

—No, que estaba en la Floresta. También vi a la Virgen.

La amiga rio.

—Eso sí que es imposible, no quedaba ni una puta virgen en todo Barcelona.

—¡Puta virgen no puede ser, es una *contradictio in terminis*!

—¡Pedante!

—¡Analfabeta!

Sonrió, como cada vez que recordaba aquellos años. Era el mejor de los mundos, era el peor de los mundos, la edad de la sabiduría, pero también de la locura. ¿De qué libro era eso? Sí, de *Los tres mosqueteros*. Maca, Nieves y ella muchas veces se creían los tres mosqueteros.

¿Seguro que era de *Los tres mosqueteros*? Fue a la biblioteca a consultar la colección de clásicos universales que había hecho libro a libro recién casada.

La búsqueda le llevó media hora, ¡qué más da, ancho es el día! No era de *Los tres mosqueteros*, sino de *Historia de dos ciudades*, de Dickens. De paso aprovechó para apartar los libros que quería releer: *La montaña mágica*, *El gran Gatsby* y *El Gatopardo*.

Decidió cambiarse de jersey. Le iba demasiado apretado. Antes le quedaba muy bien, ahora no tanto porque con la edad le había crecido el pecho desmesuradamente. Claro que peor lo tenían las que se habían puesto prótesis cuando eran jóvenes. Una vez, unos reporteros de una televisión local se apostaron en la puerta del Liceo después de una representación de *La clemenza di Tito*, una ópera que Mozart dedicó a las segundas oportunidades. Con ese motivo, los chicos preguntaban a los espectadores que salían si se arrepentían de algo en la vida. La gente pasaba sin hacerles caso, pero Maca se detuvo, cogió el micro y dijo:

—Sí, me arrepiento de haberme puesto implantes mamarios, si tuviera una segunda oportunidad no lo haría. —Y se puso a mirar a cámara en plan dramático—. Chicas, no os operéis, de verdad, cuando tengáis mi edad, aunque estéis muy delgadas, siempre se os verá deformes, sin cintura y con el tronco abultado como una paloma y la ropa no os quedará bien.

Menos mal que se lo contó a su familia y su yerno, que era amigo del dueño de la cadena, lo llamó de inmediato, «Mi suegra está mal de la cabeza, ¿sabes?», y consiguió que no emitieran la entrevista.

Andrea levantó las cejas con una sonrisa imitando primero a Maca, luego al yerno, luego al empresario. Ahora se podía regodear en estos estúpidos recuerdos sin importancia porque tenía todo el tiempo del mundo.

Gabardina forrada, sombrerito y marchando, «¡una de

calamares!», siempre apostillaba Rolf dándoselas de castizo. Dana estaba tan contenta de ir con ella que intentaba mover la colita a pesar de que llevaba un pesado e incómodo chubasquero amarillo.

Ya no llovía, aunque estaba nublado. Sants no quedaba cerca. Tampoco lejos. ¿Y si fuera caminando?

De forma maquinal repasó sus puntos débiles: la espalda con ese dolorcillo de siempre en el centro, como si tuviera una pelota de tenis incrustada en la columna vertebral. Para compensar, la rodilla izquierda «casi» no le dolía. Se cambió de hombro el bolso y adelante. ¡Le gustaba tanto su ciudad! Cuando iba en taxi de noche se quedaba embobada mirando las azoteas de los edificios, a veces incluso le decía al taxista, hombre, no corra usted tanto, no tenemos prisa.

Barcelona-Hospitalet-Sants. Andrea se dio cuenta de que iba cambiando de territorio porque el ritmo era distinto. Eran solo detalles, las personas se saludaban por la calle o se ponían a hablar tranquilamente en medio de la acera, los comerciantes salían a la puerta de las tiendas a echar un cigarrito y a Andrea le pareció que olía a la Barcelona de su infancia, a vaquería, a humedad, a humo de chimenea.

En un puesto callejero compró un ramo de margaritas.

¡Un momento! ¿No era por aquí donde estaba el malhadado estudio que Loti había reformado? El del hombre que... Sí, era esa calle. Un lugar tranquilo, de adoquinado antiguo, por el que no pasaban coches. Una señal de tráfico avisaba que era un callejón sin salida. Iba a mirar, pero una oleada de miedo y de repugnancia la echó hacia atrás. Cogió a Dana en brazos y empezó a correr hacia El Pescadito. Se levantó un viento inesperado que zarandeaba con furia las copas de los árboles, tenía la mirada desencajada y un pinchazo en medio del esternón, temió que le diera un ictus.

El bar era esquinero y contaba con unas mesas fuera donde algunos clientes muy abrigados fumaban y tomaban café. La madre de Gloria le hizo desde lejos un gesto alegre y sin darse cuenta Andrea se echó en sus brazos.

—¡Espe!

Y se le escapó un sollozo porque se acordó de que esta mujer le había ofrecido todo lo que tenía para salvar a su hija. La otra la mantuvo fuertemente apretada hasta que Andrea se tranquilizó, se separó, sorbió mocos y le entregó el ramo de flores, bastante deteriorado, por cierto.

Las dos se echaron a reír y Espe la abrazó de nuevo con calidez y afecto. Como una madre, aunque tenían la misma edad. Andrea balbuceó:

—No sabes lo que te lo agradezco, no lo voy a olvidar nunca.

Espe era una belleza a lo Romero de Torres, morena, de ojos negros y chispeantes.

—Chiquilla, que somos familia, que eso es normal. —La cogió por el hombro para llevarla dentro—. Además, que me siento un poco culpable porque la fotógrafa venía a desayunar por las mañanas y, cuando me dijo que quería reformar el estudio, le di el nombre de tu hija y ya ves.

Andrea negó con la cabeza, con las manos, con todo el cuerpo.

—No, por favor, tú lo hiciste con la mejor intención.

—Eso sí, pero ya sabes que de buenas intenciones está pavimentado el infierno.

Se acordó de lo que le había dicho Marina, la mujer del abogado Márquez, «Ahí hay algo oscuro...». Se detuvo y ya iba a verbalizarlo cuando Gloria salió de detrás de la barra y la abrazó con el mismo ímpetu que su madre.

—Hola, suegri.

Emocionada por el recibimiento, Andrea le agarró la cara entre las manos y le dijo:

—¡Os quiero mucho!

Espe reía conmovida y no dejaba de hablar.

—Va, mira, he preparado esa mesa del rincón. Manolo no vendrá porque ha tenido que ir a Mercabarna a arreglar unos papeles. —Dentro había solo cuatro mesas y dos estufas de infrarrojos puestas en alto, mantenían el ambiente caldeado y acogedor.

Andrea vio sin mirar que una de las mesas estaba ocupada por una mujer y dos hombres. Saludó distraídamente y se sorprendió cuando la mujer, alta y con un conjunto de chaqueta pantalón que parecía muy caro, se levantó con una exclamación.

—¡Andrea!

Tardó unos segundos en reconocerla porque nunca había visto a su esteticién sin bata blanca y fuera de su salón.

—¿María Dolores? Qué alegría. ¿Qué haces aquí?

Espe intervino, socarrona.

—Pues qué va a hacer, ¿pesca submarina? ¡Comer, lo mismo que vas a hacer tú!

Se besaron en las mejillas y María Dolores le dijo:

—Vivimos cerca, venimos casi todos los días.

Espe asintió.

—Sí, son viejos amigos de la casa. ¿Así que os conocéis?

Las dos contestaron a la vez:

—¡Sí!

Andrea señaló a Espe.

—Es mi consuegra.

Y María Dolores señaló a sus compañeros de mesa, uno viejo y otro joven, aunque no mucho, que las escuchaban atentamente.

—Mi padre y mi sobrino.

Estos se quisieron incorporar para saludarla, pero Andrea se lo impidió con un gesto.

—No os mováis, me alegro de conoceros.

Espe ya apartaba la silla de la mesa para que se sentara y mientras lo hacía Andrea explicó:

—Nos conocemos de toda la vida, María Dolores es mi esteticién, la mejor de Barcelona... Y mi amiga.

María Dolores levantó la copa desde su mesa en dirección a ellas y les lanzó un beso. A Andrea le emocionó esta María Dolores, tan sonriente y segura de sí misma.

Espe dio una palmada y se levantó de un salto.

—Basta de cháchara, un poco de vinito para brindar y, luego, ¿te apetece un rodaballo que nos han traído de Palamós? —Andrea asintió, ahora tenía hambre—. Lo preparo con unas patatas a lo pobre y queda muy rico. Y de primero ¿qué? ¿Una ensaladita de lentejas? La hago bastante completa porque las niñas son vegetarianas.

Andrea se quitó la gabardina y la puso en el respaldo de la silla. Dana, después de hacerle varias alegrías a María Dolores, se había metido debajo de la mesa y todo el ambiente se relajó. Gloria le tendió espontáneamente la mano y se la estrechó.

Qué bien se estaba allí.

Espe la miró y Andrea repitió, ahora en voz alta:

—Qué bien se está aquí.

En ese momento se abrió la puerta y una ráfaga de viento frío se coló dentro. Era Loti. Se quitó el casco de la moto con tirones tan violentos que parecía que fueran a arrancarle la cabeza y entonces vieron su semblante demudado.

12

En el rostro de Loti, cuando estaba emocionada, se producía un extraño fenómeno: se le enrojecía la cara, las mejillas, la nariz, la frente, todo, excepto un círculo blanco delimitado a la perfección alrededor de la boca, del tamaño de una moneda grande. Cuando era pequeña le sucedía si había llorado mucho, o porque volvía del colegio y de sus actividades extraescolares atrozmente cansada y se tumbaba en el suelo con la enorme mochila a la espalda sin poder levantarse, o cuando corría y sudaba, por el calor y el esfuerzo. Al principio se asustaban, porque era una mancha redonda perfecta y blanca como si se la hubiera pintado, y la llevaron al médico. Y después a otro y a otro, pero todos habían mostrado su desconcierto y ninguno le había dado razón de esta curiosa característica.

Ahora, en esos momentos, entraba en El Pescadito grandota y torpe, con el abrigo que había sido de su padre, un pesado cartapacio en la mano, sus mocasines mojados talla cuarenta y dos y algunas canas en la melena recogida en una cola. Y ese círculo blanco alrededor de la boca que, a los ojos de Andrea, la hacía pequeña, frágil y vulnerable.

Se levantó para abrazarla, pero se detuvo en medio del gesto; a Loti no le gustaban las efusiones cariñosas y menos en público. Volvió a sentarse, la angustia de ella se le clavó a la madre en el alma.

Espe dijo con naturalidad, señalándole una silla:

—Niña, qué cara traes, deja el paraguas y siéntate aquí, bajo la estufa. Te pongo un vinito.

Loti, más que sentarse, se dejó caer y protestó con voz cavernosa.

—No, vino no, agua, por favor.

—Vino y agua para la señora.

Gloria la agarró del brazo y le preguntó con una arruga de preocupación entre las cejas:

—¿Qué pasa, amor?

En vez de contestar directamente, movió la cabeza y miró a su suegra.

—¿Quieres creer que no me acordaba de dónde estaba la calle? Me he perdido, llevo horas dando vueltas con la moto.

Espe la miró con extrañeza.

—Pues, hija, con la cantidad de veces que has venido y lo... —Andrea adivinó que iba a decir «alemana», pero rectificó a tiempo— ... y lo organizada que eres, el problema debe de ser importante.

El aire del bar había cambiado, hacía un momento todo era cordialidad y chispas plateadas. Desde la entrada de Loti se había cernido una sombra inquietante sobre la estancia. Arreció la lluvia contra los cristales y la gente huyó de la terraza. Espe encendió las lámparas. La mesa de María Dolores y su familia también estaba en silencio y observaban la escena con curiosidad mal disimulada. Dos parroquianos en la barra pagaron y se fueron.

¡Loti estaba tan mal que ni siquiera le hizo caso a Dana cuando intentó subirse a su regazo moviendo la cola!

Gloria, su madre y Andrea se miraron y de pronto Loti

puso los codos sobre la mesa y enterró la cabeza entre las manos.

Andrea dejó de reprimirse, se hizo cargo de la situación de inmediato y detuvo a las otras con la mirada, cuidado, que aquí hay una madre. Se sentó al lado de su hija y le habló con voz serena y convincente.

—Loti, cálmate, por favor. Aquí estamos todas para ayudarte. Sea lo que sea saldremos adelante. —Estuvo a punto de contarle el plan fantástico de Nieves para salvar el estudio, pero en el último momento se frenó porque ¿y si se había arrepentido?—. Cuéntanos qué pasa.

La hija permanecía muda, Andrea le tendió el vaso y le ordenó:

—¡Bebe!

Los efectos balsámicos de unos breves segundos tragando agua, ese remedio tan simple, se manifestaron cuando Loti dejó el vaso en la mesa después de haberlo vaciado. El círculo blanco se había desvanecido. Se limpió la boca con el dorso de la mano como los críos, dio un largo suspiro y dejó ir con profunda amargura:

—Vengo del despacho de Márquez, el abogado. —Miró a su madre directamente—. Me ha dicho que no quería llevar mi caso.

Así que era esto. Andrea asintió, no le cogía de sorpresa, pero no quería manifestarlo. Cuando le frotó el brazo, la hija la rechazó con un bufido desdeñoso.

—Loti, qué me dices, no te lo habrá dicho así.

—No, claro, ha sido muy educado. ¡Demasiado educado! Estaba Marina también. Me contaron que ya era mayor, que no podía hacerse cargo de un asunto tan...

—¿Complicado?

—No, que requería tanta atención y energía, que esto era para un abogado joven porque tenían que investigar y hacer de detective, preguntar, buscar, hacer calle, y él eso ya no podía llevarlo a cabo porque no tenía ni fuerzas, ni equipo, ni facultades.

Espe le preguntó, extrañada:

—Y ¿por qué tanto rollo? ¿No estaba claro todo, por desgracia? Pagar, pagar y pagar, de lo que se trata es de que sea la cantidad más pequeña posible. Ese hombre muerto con el pecho reventado...

Gloria la cortó.

—Mamá, por Dios, no hace falta ser tan bruta.

—Ay, no me digas eso, que bastante mal me siento porque si no hubiera sido por mi...

Andrea iba a hablar, pero Loti, que tenía la vista fija en la mesa, se le adelantó.

—Es que ese es el problema, según me dijo Márquez, el hombre muerto.

Gloria se extrañó.

—¿Qué quieres decir?

Loti manoteó sin saber explicarse.

—No sé, fue muy misterioso, me ha dicho que no está nada claro que las cosas sean como las pintan... Creo que no se fía del otro abogado, que no tiene buena reputación. No quiso ser más claro y me dijo que todo estaba ahí —señaló la cartera—, ¡que él lleva sesenta años de práctica de la abogacía y que detecta cuando algo huele mal!

Andrea trató de indagar.

—¿En qué sentido?

—¡No lo sé! Solo dice que busque un abogado joven, con muchas ganas y pocos casos, pero que sepa ponerse al día rápido, que dentro de dos semanas tenemos una reunión con... ellos.

—¿En dos semanas? —Andrea se llevó las manos a la cara—. ¿Y dónde lo vamos a encontrar?

El silencio se podía cortar con un cuchillo. Las palabras volaban por la habitación como golondrinas estrellándose contra las paredes. Un abogado joven, ¡un abogado joven! Cada una de las mujeres empezó a rebuscar en esa agenda mental que todos llevamos en nuestro cerebro. Gloria dijo dubitantemente:

—Bueno, no será difícil.

Espe completó:

—Hay abogados a patadas.

Andrea comentó con desaliento mientras le tendía el vaso de nuevo a Loti para que bebiera:

—¡Pero con tanta rapidez y un caso tan difícil!

Loti dijo sin pensar:

—Podría llamar a la prima Klara para que me busque uno bueno. Ella seguro que sabe.

La madre la miró con incredulidad y le puso la mano en la frente.

—¿Tú estás bien? —La hija se apartó con gesto brusco—. ¿Cómo vamos a contratar un abogado alemán?

De pronto una silla se arrastró sobre el suelo con un chirrido enervante, un taconeo y tenían a María Dolores frente a ellas, con los brazos en jarras y una gran determinación en los ojos. Gloria y su madre la miraron con sorpresa y una punta de indignación, ¿por qué venía a entrometerse? Andrea, sin embargo, que sabía lo espabilada que era, se puso alerta. La esteticién discreta y apacible había desaparecido y en su lugar estaba una mujer con experiencia de la vida, empuje y energía. Loti no se dio cuenta, tan abatida estaba.

—A ver, perdonad, sin querer lo hemos escuchado todo.

Espe protestó.

—Hombre, tanto como sin querer...

—¡Sus mercedes no hablan bajo precisamente! Y Andrea sabe que, aunque conozco secretos de toda Barcelona, soy una tumba. —Andrea asintió, era cierto, nunca había traicionado a nadie y sí ayudado a muchas mujeres—. Os voy a decir que esto es un milagro, ¡aunque yo soy atea!

—¡Gracias a Dios! —gritó el padre desde la mesa—. Aún me acuerdo de cuando te tuve que encerrar en casa porque te empeñabas en hacer la primera comunión.

María Dolores le recriminó:

—Ahora no, padre. —Volvió su atención a las mujeres, que la escuchaban con la boca abierta—. ¡Mirad quién está aquí!

Señaló de forma exagerada a sus espaldas. ¿Qué era? ¿Un pájaro? ¿Un avión? ¿Superman? ¿La Virgen de Medugorje? Cualquier cosa parecía posible. Miraron. A su mesa. Un hombre anciano las contemplaba con socarronería mientras un joven no tan joven rayaba el mantel con el tenedor con la mirada baja.

María Dolores concretó el área donde tenían que fijar la vista con el índice, que temblaba levemente, y como vio que no la entendían aclaró:

—Mirad bien, mirad quién está ahí. —Abrió los ojos como una actriz de cine mudo—. ¡Un abogado!

Todas observaron con recelo al padre de María Dolores. Joven no era y pinta de abogado tampoco tenía, pero Andrea le vio parecido a Gregory Peck en *Matar a un ruiseñor* y, cuando iba a entregarse a sus brazos, el propio padre aclaró la situación.

—No, yo soy de los que creen que el mundo sería mejor sin abogados, solo soy un honrado trabajador de la compañía eléctrica que tiene el honor de haber participado, ¡y organizado! (ahora lo puedo contar, ya que el caso ha prescrito), la primera huelga general del franquismo. Nos militarizaron y nos venían a buscar a casa y teníamos que entrar en la empresa rodeados de guardias civiles. —Viendo que aquello no interesaba, señaló al joven bajando la voz—: El abogado es mi nieto.

El chico esbozó una sonrisa cohibida.

—Por favor, qué ridículo, abuelo, no hagáis eso.

—¡Tú calla! —le gritó María Dolores—. Mi sobrino es un abogado joven y muy bueno, está en el turno de oficio haciendo sustituciones, pero ha ganado todos los casos particulares que ha llevado.

El sobrino se vio obligado a declarar con honradez:

—He llevado uno.

—Y ¿lo ganaste o no lo ganaste?

—Sí, aquellas gallinas defecaban en el patio del vecino y le pusieron una multa.

La tía empezó a vociferar para que no se le oyera.

—¡Calla, no nos aburras con los detalles! —Aflautó el tono de nuevo para dirigirse a las cuatro mujeres, porque Loti había levantado la cabeza y también le prestaba atención—. Es el ideal para llevar un caso así, listo como él solo, muy trabajador, honrado, y se estudiará todo eso en una noche.

El otro protestó:

—Tía, en una noche tampoco.

María Dolores cogió una silla, le hicieron sitio, se sentó y le hizo un gesto resolutivo al sobrino para que hiciera lo mismo. El chico se acercó y les dio la mano una por una.

—Hola, me llamo Florentino Centellas. —Tenía la mirada despejada, una cara redonda que le quitaba años y el pelo con raya al lado, como los chicos de antes, un detalle que a Andrea le gustó—. Tengo treinta y dos años, me he licenciado en la Autónoma, estoy inscrito en el Colegio de Abogados de Barcelona, he practicado el derecho al menudeo y he visto de todo.

—Pero ¿has llevado algún caso importante?

Cuando María Dolores iba a mentir por él, Florentino levantó la mano.

—No, tía, déjalo. Aunque no he llevado ningún caso importante, os aseguro que a entusiasmo y esfuerzo en el trabajo no me va a ganar nadie.

La tía añadió un detalle importante.

—Y os cobrará poco.

Los cinco, hasta el padre, que desde la mesa no se perdía nada, se echaron a reír. Incluso Loti esgrimió una pequeña sonrisa, tan pequeña que solo la notó su madre.

Espe levantó la mano.

—A ver, yo voto por Florentino, aunque no me atrevo a aconsejar nada porque después de mi fracaso con la fotógrafa y ese accidente desastroso...

María Dolores levantó la voz.

—¡Cuidadito con lo que decís! Lo mejor será que le deis un dólar a Floren inmediatamente.

—¡Un dólar! ¿Por qué?

—Porque así podéis disfrutar del privilegio abogado-cliente y él estará obligado a guardar la confidencialidad de vuestras conversaciones.

Gloria soltó una carcajada.

—¡Tú has visto *The Good Wife*!

María Dolores lo admitió con sencillez.

—Las ocho temporadas y lloré mucho cuando se murió Will.

—Sí, y cuando al final Alicia...

—A ver —protestó Loti y por eso supo Andrea que estaba mejor—. ¿Estáis a lo que estáis o no?

Andrea miró a Florentino y a su hija. Ese muchacho le inspiraba confianza y ella era muy de primeras impresiones, pero trató de disimular.

—Bueno, por hablar no pasa nada.

Loti levantó la pesada cartera y se la entregó a Florentino con cierta pomposidad. El abogado tragó saliva; resultaba obvio que no quería demostrar que estaba emocionado. Probablemente ni siquiera él mismo sabía si sería capaz de resolver un caso tan complejo.

Sin embargo, como si la mera confianza de su tía le infundiera fuerzas, se volvió para mirar a su abuelo y, solo cuando este asintió con ojos brillantes, se atrevió a aceptar.

—Muy bien, gracias por la confianza.

Loti y él se estrecharon la mano.

Cuando salieron, había dejado de llover y el sol brillaba en las aceras mojadas. A Andrea le sorprendió que su hija la cogiera del hombro. Su mano, tan parecida a la de Rolf, colgaba muy cerca de su boca y estuvo a punto de besarla.

Andrea, contente, que igual te pega un guantazo.

Algo se metió entre sus pies y bajaron los ojos. Era Dana; llevaba un regalo en la boca, un palillo de dientes. Cuando Andrea ya iba a cogerlo, Dana se lo ofreció a Loti, que lo atrapó con repugnancia con las puntas de los dedos para tirarlo en una papelera. Pero Andrea la detuvo con un grito.

—¡Espera!

—Mamá, qué pasa, qué asco.

Andrea le cogió el brazo y le preguntó con gesto serio:

—¿Está usado?

—Pero, mamá, ¿cómo puedes...?

—Es que se me ha quedado un poco de comida en la muela.

La hija la miró con espanto y luego se echó a reír.

Esa risa la hizo feliz. Con qué poco se contentan las madres.

13

La Boutique del Oído tenía las paredes enteladas de color malva, sofás beiges, cuadros abstractos y unas alfombras tan tupidas que te hundías casi hasta el tobillo. Dominando la sala de espera, una deslumbrante escultura en metal representaba una oreja gigante.

Maca le comentó a Andrea:

—No entiendo por qué no se llama La Boutique de la Oreja.

—O La Orejería —contestó Andrea intentando concentrarse en una revista del año pasado—. Estate quieta, ¿vale?

Pero sabía que tal cosa era imposible porque Maca era puro nervio. Si estaba sentada cruzaba las piernas y una bailaba sobre otra hasta que enloquecía a cualquier persona que tuviera delante. Si no, se levantaba a toquetearlo todo ¿y qué hay más tentador que una oreja del tamaño de un camión?

—Es una escultura del hijo de Anthony Quinn.

—Mmmm.

—¡Andrea, mira, Andrea!

Llevaba tantas semanas con angustia y dolor en el corazón, con un presentimiento tan terrible de desastre, tantas ideas se habían agolpado en su cabeza que al final había caído en la apatía más absoluta. Como un zombi levantó la mirada, su amiga había colocado el bolso en el gigantesco lóbulo como si fuera un pendiente. El zombi puso los ojos en blanco como el que está viendo las ocurrencias de una criatura no muy lista y siguió hojeando la revista.

—¡Andri! ¡Hazme una foto! —Ahora fingía morder la oreja con expresión picarona.

Suspiro profundo.

—Pesada.

—¿Te figuras el tamaño que debería tener un bastoncillo para limpiarla? —Metió el puño en el pabellón de la oreja y fingió rascarla con movimientos compulsivos—. Mira qué cara de gusto pone.

Y así las sorprendió la enfermera del centro auditivo, una mujer mayor con expresión apesadumbrada, que les comunicó:

—La doctora ahora les dirá el fallo.

Andrea pensó: ¿el fallo? ¿Como si estuvieran en el Festival de Eurovisión?

Con todo lo que llevo encima e imaginando estas niñerías. Notaba como si un martillo de cristal le golpeara incesantemente la nuca y aún no entendía cómo se había dejado arrastrar a una revisión de oído por Maca. Aunque había ido a la fuerza, sin darse cuenta, se iba distrayendo de su obsesión principal, como si alguien pasara una plancha sobre las arrugas de su alma.

Después de la comida en El Pescadito, que había ocurrido hacía una semana, se había recluido en casa a la espera de noticias. Pero la amiga la llamaba a diario para proponerle planes insensatos que ella rechazaba con tozudez de maniaca. ¿Fin de semana en Gstaad?, qué frío. ¿Un viajecito a París?, me han dicho que hay muchas huelgas. ¿Cine?, no me puedo concentrar. ¿De compras?, no tengo dinero. Hasta que al final Maca se cuadró y no le dio opción a negarse.

—Mira, he cogido hora en un centro auditivo para que nos hagamos una revisión, te invito. Mis hijos dicen que estoy sorda porque hablo a gritos.

La otra dijo con arrogancia:

—Yo oigo perfecto.

—¿No me decías que tenías que ver las series con subtítulos porque no las entendías?

—Porque vocalizan muy mal.

Aunque por fin accedió con displicencia.

—Bueno, vayamos, pero será dinero tirado.

—La revisión es gratis.

Ya le extrañaba a ella tanta generosidad.

Claro que su jactancia se vino abajo cuando una doctora, que parecía salida de las páginas de la revista *Telva*, les dijo que tenían un sesenta por ciento de capacidad auditiva, «normal para su edad». Y eso que las dos habían mentido, no solo con la edad, sino en las pruebas. Cuando les decía que levantaran la mano al dejar de escuchar la sirena, ellas permanecían mano en alto con una sonrisa estática, aunque no oyeran maldita la cosa. Cuando les pidió que identificaran un instrumento musical, Andrea dijo:

—Un acordeón.

Y Maca:

—Una gaita.

La sonrisa de suficiencia de la otorrinolaringóloga les demostró que las dos se habían equivocado.

En consecuencia, la doctora les enseñó varios tipos de audífonos en forma de haba.

—No se notan nada, ¿me permiten? —Le colocó uno a Maca—. No solo no lo notarán los demás, sino que ustedes mismas olvidarán que los llevan. Precisamente, hemos de advertirles que es muy importante que por la noche se los quiten.

Las dos se despidieron con murmullos de aquiescencia, pues es verdad, no se nota, ya volveremos, qué amable, qué monada el audífono, tan pequeñito, y mientras se dirigían a la salida Maca masculló:

—Yo estoy fantástica, solo quieren colocarnos los aparatos.

—¡Sacacuartos!

Hablaban en susurros y ninguna de las dos oyó lo que decía la otra.

La enfermera triste las esperaba en la recepción y ellas le dieron las gracias con mucha expresividad, ya que el examen había sido gratis.

No obstante, estaban equivocadas. La propaganda así lo decía, pero en su caso no, porque no habían encargado los audífonos.

—Son cien euros cada una.

—¡Si ya hemos dicho que volveremos!

La enfermera se encogió de hombros y extendió un recibo. Había oído tantas veces esa excusa que había perdido la alegre fe en la humanidad que tenía cuando era joven. En la actualidad, su lema era más vale pájaro en mano que ciento volando.

Salieron las dos cogidas del brazo, Andrea refunfuñado y dirigiendo miradas feroces a su amiga por su falsa invitación, cuando Maca le propuso para hacerse perdonar:

—Vamos a tomar unas ostras, va, mira qué ideal ese sitio nuevo.

En la plaza de la iglesia redonda acababan de abrir una ostrería. Contaba con una terraza con tres mesitas cubiertas por un alegre toldo de rayas verde y blanco. Una estufa vertical mantenía la temperatura muy agradable.

—Sí, hombre, para gastos estoy yo.

—Te invito, tonta. Ya sabes que Inma me ha encargado que le decore su piso de París.

—Tu «invitación» a la orejería me ha costado cien euros.

La otra le pegó con el bolso.

—No te hagas la borde, sentémonos.

Maca llevaba un plumífero hasta los pies y debajo un mono de terciopelo. Andrea fijó con malevolencia su vista donde se juntaban sus muslos mientras se acomodaba en una cómoda silla de mimbre.

—¿Puedes? ¿Sentarte?

La otra se asombró.

—Pues claro, ¿por qué?

—Es que como dijo Inma en su fiesta que te habías hecho no sé qué ahí abajo.

Maca se rio demasiado estentóreamente.

—¡Pero qué tontería, por favor! Inma es una cerda, le dije que no se lo contara a nadie y ayer me llamaron mis primos de Buenos Aires preguntándome cuánto me había costado. ¡Si es una cosa muy corriente!

—Hombre, muy corriente no.

—Si quieres te lo enseño.

Andrea contestó con frialdad:

—No, gracias.

Un camarero vestido de negro esperaba educadamente con una *tablet* entre las manos.

—¿Qué querrán las señoras?

Maca pidió sin dudarlo:

—Una docena de ostras y *champagne.*

—¿Copas o una botella?

Maca miró a su alrededor. Al lado tenían unos italianos muy gritones, con los cuellos de la camisa levantados, americanas estrechas y pantalones tobilleros. Frente a ellos la mesa era un cementerio de cáscaras de ostras y copas vacías.

Andrea dijo con pudor:

—Copas, por favor.

Pero la amiga le dio un golpe en el brazo para que se callara.

—Una botella ¡a lo grande! —Bajó la voz—. Gírate con disimulo y mira esos italianos qué guapos.

—¿Girarme dices, tal como tengo las cervicales? No lo hago desde 1996.

Maca rio.

—Sí, ¿te acuerdas cuando podíamos volver la cabeza trescientos sesenta y cinco grados?

—Boba, eso solo lo hace la niña del exorcista.

Trajeron las ostras y por unos minutos solo se oyó el chuperreteo y los:

—Ay, qué ricas son.

Era como meterse en la boca el mar entero.

Cuando acabaron se limpiaron las manos con servilletas impregnadas de limón y Maca se olió los dedos. Andrea le gritó:

—¡No lo digas!

—Ja, ja, ja, vale. —Se reclinó en su silla y la miró con retranca—. Ya me contó Inma el gran éxito que tuviste con Pedro, el notario.

—¿Lo conoces?

—Sí, a todas nos ha hecho lo mismo y luego aparece la mujer y hala, tú te quedas con cara de idiota... Encima con esa sabihonda, dicen que le van a dar el Premio Nobel. Total, por haber descubierto no sé qué mosquito de la malaria.

—No inventarán algo útil, no, un gorrito de baño que no deje entrar de verdad el agua.

—O una pastilla para que el pelo crezca por las puntas

en lugar de por la raíz y dejarnos de esa pesadez de teñirnos. ¡Cosas necesarias de verdad!

Andrea tuvo un recuerdo silencioso para Nieves y su pequeño club secreto de patentes y marcas.

¡Nieves!

Ahora debía de estar metiendo los caballos en las cuadras y luego se sentaría a leer y a fumarse un porro con sus dedos manchados de nicotina. Una vez le había dicho que cada día dedicaba cinco minutos a recordar a la gente que quería. Y, como ella no se atrevía a preguntarlo, le había dicho que a ella igual.

Maca también le tenía cariño, sí. Habían ido al colegio juntas y después habían mantenido una relación discontinua. De pronto tuvo el impulso de hablar de ella.

—El otro día fui a ver a Nieves.

—¿Y cómo está nuestra Heidi?

—Bien, como siempre.

Le pareció que olía a estiércol de caballo y se acordó de que habían rodado por el suelo como chiquillas. Cuando estaba con Maca ella era la sensata aburrida, pero cuando estaba con Nieves le salía la niña que en el fondo continuaba siendo.

¿Habrá llamado ya a Loti? ¿Por qué nadie le decía nada? Se las imaginaba a las dos trazando grandes planes de futuro que iban a cambiar sus vidas para siempre y ¿ella qué?

¡Tomando ostras con *champagne*! ¡Húndete, Roma, que el emperador está tocando la lira!

De pronto se acordó.

—Oye, tú, el día de la fiesta de Inma fue muy raro porque me dijo la mujer del notario que había sido novia de... —Hizo chasquear los dedos, no se acordaba—. ¿Cómo se llamaba el contable que me presentaste? *Il trovatore.*

Los italianos, que evidentemente no se perdían palabra, creyeron que hablaban de ellos y levantaron, halagados, su copa. Ellas correspondieron.

Maca les gritó:

—¡Renato Carosone! —Los otros la miraron con sorpresa, Maca cantó—: *Piccolissima serenata...*

Gestos de extrañeza de los italianos, que cogieron los móviles para averiguar quién era ese tal Renato Carosone. Andrea le dio un golpe.

—¡Hazme caso!

La otra se frotó el brazo.

—Oye, perdona, haces daño, ¿vale? —Rebobinó—. ¿Quieres decir A-dol-fo? Pero si ya lo sabías, ¿no? El otro día en el club de polo me dijiste que no te extrañaba que no quisiera casarse nunca y no sé qué historias.

—Ya, es que es todo muy raro, porque él me dijo que ella era demente y que la habían ingresado en un psiquiátrico. La sabihonda, sin embargo, me contó que él la había dejado plantada en el altar y...

—¿En serio te dijo eso Adolfo? —la interrumpió Maca—. Ella de loca no tiene nada... Qué cosa más rara, llámalo y pregúntaselo.

—¿Cómo voy a llamarlo después de lo que me contó ella? Además, no me importa. —De repente se le había despertado un aborrecimiento horroroso a los hombres en general, una llamarada de odio insoportable—. ¡Me importan una mierda él y todos!

—¿El notario también?

Andrea ya había olvidado que al principio le gustaba y dijo con gesto despectivo:

—Lo encontré bastante tonto.

—Ya te digo, ¡pero picaste! Me contó Inma que habíais salido al jardín con las mantas. —Hizo además de tocar un violín imaginario—. Tiru, tiru, tiru.

Andrea no pudo evitar ser mala.

—Como tú con Javier, el poeta. Era mi novio, ¿sabes? Y me lo pispaste en mis mismas narices.

La otra tuvo a bien sonrojarse un poco.

—¡No me digas que me guardas rencor por eso! —Sirvió más *champagne*—. Me parece que estaba borracha.

—¿Follasteis?

—¡Qué dices! Muchos besos, eso sí, me quedó el pelo todo mojado y te metía la lengua en la oreja en plan baboso. —Se puso reflexiva—. Igual por eso he perdido oído, claro, ¡tanta saliva no puede ser buena!

Andrea exhibió cara de asco.

—Ay, calla. ¿Te ha llamado?

—Sí, pero no he querido salir con él. Aunque no lo creas, soy una amiga muy leal.

—¡Y una polla! O sea, que no te gustó.

Pasó un grupo de chicas riéndose, con el uniforme de las teresianas, pasó una pareja joven arreglados como para ir de boda y él le estaba diciendo con tono rencoroso «No me toques más los cojones», pasó una niñera empujando un cochecito de bebé y con un niño pequeño de la mano que a su vez arrastraba un peluche, pasó Neneta Espinosa de los Montes, la que se había casado en el Ritz. A pesar del frío (y la edad), iba con botas altas y una falda a medio mulso que se movía con el viento. Se detuvo un momento frente a ellas, iba fumando y expelió una larga voluta de humo mientras barría con los ojos mesas, bares, la plaza, la ciudad entera.

Los italianos se reían mirando sus móviles y viendo que el tal Renato Carosone se había retirado en 1960.

—Hola, niñas, no os veía desde la cocina de Miri. —Neneta suspiró con desaliento—. Qué mal de chicos está Barcelona, ¿verdad?

Las dos amigas asintieron fervorosamente e iban a decir algo cuando la otra mujer atisbó un conocido más interesante y las cortó.

—Bueno, a ver si nos vemos un día de estos, llamadme, va.

Abordó a un hombre con loden verde, se dieron dos besos, se cogió de su brazo y se perdieron en el lechoso atardecer. Maca comentó con cierta envidia:

—Mira la hija de puta lo ágil que va.

Y Andrea remató:

—¡Y lo feliz que es! —Luego bajó la voz hasta un susurro emocionante—. Me han dicho que va a locales de intercambio de parejas.

—Podríamos ir nosotras también.

—Te recuerdo que para intercambiar pareja la primera condición es tener una.

—Sí, hombre, si tengo pareja voy a ir a un sitio de esos a que folle con otra —dijo Maca y luego confesó en un susurro cómplice—: Yo fui una vez.

Andrea puso la boca en O y se llevó las manos a la cara.

—¡No me lo puedo creer!

—Pues sí, fui con el músico. —Puso ojos soñadores—. Era un piso muy bonito y estuvimos con una pareja de Valencia.

—¿Y?

—El músico se fue con ella a otro cuarto... El marido era muy agradable, era anticuario. De hecho, me vendió ese secreter que está en el recibidor de casa. —Puso expresión de tristeza—. No creo que yo le interesara mucho... ni ninguna mujer en realidad.

—¿Y el músico?

—Me dijo que ella era la bomba.

Se oyó una voz joven que llamaba «Olivia, Olivia», de

un coche salió música, el aire se volvió más ligero, a Andrea dejó de dolerle la rodilla, su nuca se liberó y tuvo la absoluta certeza de que no muy lejos de allí estaban hablando en esos momentos su hija y Nieves.

Maca y ella intercambiaron una mirada de complicidad, se rieron sin saber por qué mientras unas nubes con bordes plateados se empezaron a mover majestuosamente por el cielo.

La amiga cogió la botella de champán, la puso boca abajo, la sacudió a ver si caían unas gotas... Después se llevó el cuello de la botella al ojo.

—No queda.

Levantó dos dedos y el camarero asintió. Trastabillando un poco, Andrea se levantó para ir al lavabo. Maca gritó para que la oyeran los italianos:

—¡Menos mal que llevas támpax!

En el espejo del cuarto de baño se miró, sacó lápiz de ojos y el pintalabios, se maquilló torpemente, parpadeó, puso morros, ahora de perfil, de espaldas... Le tenía que preguntar a Maca dónde se compraba esas bragas con relleno.

Luego le dijo a la Andrea del espejo:

—La palabra *braga* es muy fea.

Cuando volvió a la mesa el camarero estaba sirviendo más *champagne*. La temperatura había descendido de golpe y Andrea se arrebujó en su chaquetón. Ahora se sentía bien, jugueteó con su copa; las cadenas verticales de burbujas titilaban como estrellas fugaces. La pregunta de Maca no le sorprendió:

—Hablando de Adolfo... ¿No has sabido de él, entonces?

Andrea puso la voz campanuda de político profesional.

—Mire, amiga, me alegro de que me haga esta pregunta.

—Dame el móvil.

—Qué te voy a dar.

—Dame.

—No.

Forcejearon y el teléfono se cayó al suelo y reptó hasta los pies del camarero, que lo recogió, solícito. Se había apagado y se ofreció con gentileza.

—Señora, si me da la contraseña, se lo enciendo.

Maca se llevó las manos a la cara fingiendo horror:

—¿La contraseña? ¿No sabes que eso es lo peor que le puedes preguntar a una mujer? ¡Peor que preguntar los años!

Andrea le contó con la precisión del beodo:

—Pues yo me he ido a lo fácil y mi contraseña es «danadana».

—Mira, ese señor que pasa por ahí ha ido corriendo a vaciarte las cuentas. —El hombre desconocido marchaba al trote, con rostro exhausto, con pantalón de deporte, una cinta en la frente y los codos apretados contra la cintura—. ¡Corra, corra, antes de que cobren lo de los audífonos y acuérdese de que la contraseña es «danadana»!

Las dos se sentían muy graciosas y se rieron tanto que casi se hicieron pipí. Empezaron a gritar ¡señor, señor, no se moleste en ir, le harán pagar un descubierto!

Los italianos de la mesa de al lado las miraban divertidos y gritaron levantando las copas, las camisas abiertas sobre el pecho a pesar del frío:

—*Cent'anni.*

Maca susurró torciendo la boca:

—Deben de ser mafiosos porque eso sale en *El padrino.*

Pero las dos respondieron con entusiasmo brindando a su vez:

—*Cent'anni.*

Maca le dio un codazo.

—Vamos a hacer diabluras.

Brillaban sus ojos como cuando eran unas crías y pintaban los labios a las estatuas de Clará, se metían en el estanque del Turó Park y llamaban a los timbres de las casas para después irse corriendo.

Una vez, un exhibicionista se abrió la gabardina delante de ellas y, en lugar de huir, se lo habían quedado mirando con curiosidad. Era la primera vez que veían a un hombre desnudo, aunque lo que más les llamó la atención es que llevaba los muslos sin ropa y unas perneras que le llegaban desde la rodilla al tobillo.

Al ver que no se asustaban, el hombre al final se cerró de nuevo la gabardina y se fue entre imprecaciones.

Se quedaron hasta que cerraron el parque hablando de cómo se aguantaba ese artilugio sin que se cayera. Andrea opinaba que:

—Llevaba ligas.

Maca tenía otra hipótesis:

—Se los aguantaba por detrás con tirantes.

Estuvieron varias noches rondando por el parque a ver si lo encontraban para pregúntaselo, pero no lo vieron más.

—¿Diabluras? —repitió Andrea, expectante, esperando los elefantes, los equilibristas, el baile de los abanicos, todo se lo esperaba porque con Maca todo era posible.

El corazón le empezó a latir en el pecho de una forma descabellada. Más allá había ruina, cárcel, muertos, tormentas y una hija medio alemana y caballos al galope. Sin embargo, ahora la diversión venía ligera de equipaje y con un toque de su varita mágica lo volvía todo joven y radiante.

—Qué. A ver, dime.

14

Le despertaron los coros del ejército ruso, el mugido de una vaca y la fiesta mayor de Gracia, todo a la vez.

Andrea sepultó la cabeza bajo la almohada, pero el estruendo era tal que le parecía que tenía las enormes orejas del centro auditivo en lugar de las propias. Sentía la garganta agostada, un sabor agrio en la boca y le dolían todos los músculos del cuerpo.

¿Qué había ocurrido el día anterior? ¿Maca y ella? ¿Se habían hecho la revisión y les habían cobrado cien euros? ¿Qué había pasado después?

Estaba sudando, tenía las sábanas enredadas en las piernas, ahora se daba cuenta de que en realidad eran dos los ruidos atroces que la torturaban; uno le venía de la derecha y el otro por la izquierda.

El de la izquierda era el móvil, bien, eso lo había identificado. Pronto se detuvo.

¿Y el de la derecha? El de la derecha era un sonido que hacía mucho que no escuchaba. En dos tiempos, primero una sirena en ascenso hasta un punto insoportable, seguían unos segundos de silencio angustioso y después media docena de trompeteos cortos y descendentes. Al final, una pedorreta. Y otra vez la sirena y el trompeteo... El caso es que le resultaba vagamente familiar.

Como si fuera... No, no.

Sacó un momento la cabeza de debajo de la almohada. Un instante que le sirvió para ver un bulto a su lado. Volvió a cubrirse con horror. El bulto no cesaba en su horrendo trompeteo, el móvil volvió a sonar.

¿Y Dana? ¡Momento de pánico! ¿Dónde estaba su Danufieta? Dana, que a esas horas siempre le lamía la cara para que se despertase y luego se echaba lomo contra lomo. Gritó:

—¡Dana!

La perrilla estaba en la colchoneta que nunca utilizaba, en un rincón de la habitación. Tenía los pelos tiesos, como si hubiera metido las patitas en algún enchufe, y la miraba, en un mudo reproche, con sus ojos velados por las cataratas. ¿Qué has hecho, amita? ¿Qué cosa te has traído a casa, a este santuario sagrado que es tuyo y mío? ¿Qué hago en el puto suelo cuando debería estar compartiendo tu cama?

Porque ese ronquido, ahora ya no podía negárselo a sí misma, pertenecía a ¡un hombre!

¡Un hombre en su cama!

¿Su tálamo nupcial, en el que no dormía nadie desde que Rolf se fue de este mundo? ¡Ninguno de sus novios, amantes o ligues, no sabía cómo llamarlos, había dormido en su cama! Con Javier, el poeta, se acostaba en su casa. Con los otros había compartido noches en algún viaje, como cuando se fue con el escultor a Santorini y estuvieron la semana entera enfadados, sin dirigirse la palabra. Aunque yaciendo juntos. O en el viaje a Nueva York con el profesor de autoescuela. A pesar de que se acostaron, dormir no durmieron mucho, para ser sinceros.

Una sonrisa boba le atravesó la boca... Imbécil, borra eso, que ahora no toca.

¡Pero en su casa nunca!

Y en estos momentos estaba con un desconocido. Ahí, a su lado. Una colina de carne, unos Pirineos con sus picos y sus simas.

El hombre se removió y emitió unos ruiditos no expelidos por la boca, Dana enseñó los dientes en una mueca de asco y Andrea reptó hasta el extremo de la cama, se tapó la cara con las manos y así estuvo hasta que oyó de nuevo el trompeteo. Puestos a elegir, prefería que el sonido llegara desde las partes altas.

Intentó recordar la noche anterior. La ostrería, sí, donde estaban esos italianos. ¡Se horrorizó! ¿Estaría con una de esas criaturas que podían ser sus hijos? ¿Unos jovenzuelos que desconocían la existencia del gran Renato Carosone?

Cent'anni!

Dirigió una mirada al bulto. Ahora estaba de espaldas, pero el poco cabello de la nuca era blanco y se tranquilizó. Al mismo tiempo, se sintió desilusionada, qué carrusel de emociones, se estaba mareando.

¿Estaría desnudo? Levantó la sábana y atisbó unos calzoncillos blancos. Cuando ya iba a lanzar un suspiro de tranquilidad, pensó ¿y ella? ¡Ella sí estaba desnuda! De la cabeza a los pies. Una mujer adulta. Qué coño adulta, adultísima. Su barriga flácida, expandida a su aire sin la braga faja, sus cicatrices, los pechos que caían a cada lado como dos huevos fritos, unos cuantos pelos grises, pero no en las piernas, menos mal que ya no tenía que preocuparse de depilárselas. ¡Lo único bueno que había traído la edad!

Maca le había dejado un libro de Leila Guerriero en el que comentaba que, cuando a las guerrilleras argentinas las llevaban a torturar a una celda especial, se lamentaban de no haber tenido tiempo para depilarse. ¡La depilación!

¡Esa noria infernal a la que te veías sometida desde que eras adolescente hasta que la edad te traía una alopecia corporal galopante! Claro que eso implicaba que de repente, en medio de la barbilla, te brillara una cana dura como un alambre. ¿Por qué el mundo pelo estaba tan mal repartido, por qué?

Como le pasaba siempre, se le había ido el santo al cielo. ¡Que estaba en la cama con un tipo que no sabía quién era, como le ocurría en su remota juventud, cuando no existía el sida y lo único que podías pillar eran unas entrañables ladillas! Trató de recordar de nuevo la noche anterior, se iban disipando los tupidos velos que ocultaban sus recuerdos. Después de la ostrería habían ido al otro lado de la iglesia redonda, al bar de siempre. Maca gritaba:

—¡Vamos a tirar la casa por la ventana! ¡Paga Inma!

La sábana le molestaba como si fuera de esparto, se oyeron unas campanadas lejanas, si las escuchó es porque las calles estaban en silencio. Se puso alerta, debía de ser muy temprano porque Mariel no había llegado aún. La noche anterior no había corrido las cortinas ni bajado las persianas y a través de la ventana se advertía esa hora incierta en la que se mezclan la luz de las farolas y la del amanecer. Dirigió una mirada a su alrededor... A través de la puerta abierta se veía el salón... y, en el salón, enhiesta en la butaca, como un invitado trasnochador que no se hubiera ido a dormir, había una guitarra.

Cuando estén secas las pilas
De todos los timbres
Que vos apretás
Buscando un pecho fraterno
Para morir abrazao.

Se le encendió una bombilla. En un momento dado, a las tantas de la noche, cuando ya no quedaba nadie en la calle, el bar había echado media persiana y el camarero estaba esperando que se fueran. Después de una botella más de *champagne* y algunos *gin-tonics* para acompañar el salmón ahumado y las tostadas de caviar, habían llamado a Adolfo. Una llamada de borracha.

—Yuhu, Adolfo... ¿Por qué no vienes? —Maca por señas fingía rasguearse el estómago—. Tráete el... —risas ebrias— ¡instrumento!

Y fueron. Adolfo y su guitarra.

Y ahora estaba aquí... No había que ser Sherlock Holmes para deducir qué había pasado.

El trompeteo alcanzó su punto álgido, seguro que ni Louis Armstrong en sus mejores momentos conseguía alcanzar esas notas tan altas con su utensilio de trabajo. Andrea estaba segura de que se habían roto todas las copas de cristal que tenía en casa, mecachis, una pena, porque quería regalárselas a Loti en su próxima visita, una cristalería de Bohemia que le habían comprado sus suegros en una fábrica artesanal de Checoslovaquia, de vidrio rojo rubí con aplicaciones de uvas en oro, cuarenta y ocho piezas.

Mientras dedicaba a los padres de Rolf un piadoso recuerdo, Adolfo se quedó en suspenso, en silencio.... Andrea lo miró con angustia sin atreverse a acercarse. ¿Podría ser que hubiera fallecido? Una amiga suya se había encontrado a su amante muerto en la cama después de una sobredosis de viagra.

¡Si tomó viagra es que...! ¿Habrían...?

Cerró las piernas instintivamente, no sentía nada... En ese momento, el presunto muerto volvió a la vida y dijo con la boca pastosa:

—Buenos... —exhaló una vaharada de aliento fétido que casi la hizo desmayar— ... días.

Ella gritó como si la hubiera sorprendido desnuda en la bañera; por contagio, él gritó también. Cuando acabaron de montar su número, Andrea balbuceó:

—¿Qué haces aquí?

El hombre pareció desconcertado.

—Bueno, ejem, cómo te lo diría... Anoche...

—Ya, ya sé, pero ¿hicimos algo?

—Ah, ¿eso? —El hombre hizo un gesto como si le preguntara por la remota Patagonia—. No, me pareció que estabas bastante perjudicada.

Andrea tradujo «No me había tomado la pastilla azul» y se tranquilizó. No es que temiera un embarazo, sino que había pasado tanto tiempo sin hacerlo que se sentía casi virgen y quería entregarle esa flor a alguien especial. Claro que esto era antes de comprender que un hombre en la intimidad no tiene nada que ver con el ser atildado y lleno de cortesía con el que te encuentras en el exterior. Ya está, ¡el milagro se había producido! ¡Curada de golpe y porrazo de todas sus ilusiones románticas! ¡Unos ronquidos de nada habían bastado para conseguirlo! Y pensó de inmediato en su amiga Nieves y en que quizás podrían grabar unos casetes con ronquidos y venderlos como elemento disuasorio para no cometer tonterías.

Debía llamarla.

Bueno, ahora sabía que el intruso en su cama no era más que Adolfo, aunque no dejaba de ser un señor que pasaba por allí. En esos momentos ni recordaba cómo se habían conocido ni cuándo, ni las veces que se habían visto. No quería que estuviera en su casa ni en su vida, le molestaba su presencia, ¡vuelve, soledad, ayer tan denostada y hoy tan necesaria como el aire que respiramos!

¿Y si quería hacer algo ahora de tipo sexual? Quizás era la única forma de que se fuera. Se veía incapaz de realizar esos movimientos de caderas arriba y abajo, esos grititos forzados, ya no se acordaba de cómo se fingía un orgasmo, sí, la respiración entrecortada, morderse los nudillos, ojos en blanco... Podría llevar a cabo un último esfuerzo; ¡tantas veces lo había hecho sin mayor recompensa que poder dormir en paz!

En realidad, no se le notaba al pobre Adolfo ninguna intención erótica. Claro que si la viera desnuda igual se despertaba la fiera que todos los hombres llevaban dentro, se envolvería en la sábana y se levantaría.

Cuando tiró de la sábana con disimulo, el otro también y a partir de ahí tuvo lugar un combate silencioso y ciego a ver quién se la quedaba. En ese momento volvió a sonar el teléfono, Andrea dio un último tirón a la desesperada, consiguió el trofeo y pudo sentarse de espaldas sin mostrar ni un centímetro de piel.

Era Loti.

A esas horas solo podía ser algo importante.

—¡Dime!

Voz quejumbrosa:

—Mamá, llevo toda la noche llamándote, y ayer por la tarde.

Se pasó la mano por la cara, trató de arreglarse el pelo como si su hija pudiera verla.

—Salí con Maca, cené fuera. ¿Qué pasa? Dime.

—Estoy en el despacho, ¿puedes venir?

Miró la hora, las seis y media.

—Loti, me asustas, ¿qué pasa? ¿Cómo es que has ido tan temprano?

—He dormido aquí. Ven, por favor, te espero.

Clic. Sí, hija, sí, no digas adiós, como en las películas,

que nunca se despide nadie antes de colgar por teléfono. Qué importa que tu madre tenga vida privada, sabes que irá adonde sea si tú la llamas.

Se volvió con un suspiro. Ante su sorpresa, advirtió que el hombre se había levantado y se paseaba desnudo por la habitación buscando sus cosas, tranquilo y aplomado. Lo que ella había confundido con calzoncillos era la marca del bañador, debía de tomar rayos UVA. Se indignó a la vista de su pachorra. ¿Por qué los hombres tenían esta impudicia de mostrarse tranquilamente en pelotas aunque el físico no los acompañase? ¡Ni el dios Apolo caminaría con esa arrogancia y ese desenfado! Adolfo incluso se agachó de espaldas para coger sus calcetines, Andrea apartó la vista, pero a él le daba igual, se acercó a la cama con las piernas abiertas y con su virilidad bamboleante, y le dijo, mientras se abrochaba la camisa despacio:

—Mira, Andrea, esto que te voy a decir te va a doler, porque, aunque pareces una mujer dura, sé que tu femineidad es muy delicada. De verdad, aunque eres una chica estupenda, creo que somos muy diferentes. —Andrea lo miró con asombro—. Quizás te he hecho concebir esperanzas, pero solo busco amistad, no necesito nada más, soy un hombre que ha nacido para estar solo.

¿Perdón? ¿Es a mí?, tenía ganas de preguntar una estupefacta Andrea. ¿Es que acaso señor Miedo al Compromiso y don Ronquidos a la vez estaba abandonándola? ¿Estaba rompiendo con ella? ¿Rompiendo qué, Dios, qué?

Se quedó tan desconcertada que solo atinó a balbucear:

—Ah.

Él señaló con gesto trágico hacia el salón:

—¡Solo yo... y mi guitarra!

Pobre diablo, pensó. En el fondo le dio pena y fingió

que se enjugaba una lágrima, porque, a ver, ¡a ella, a mujer mujer no la ganaba nadie! ¡Dura pero delicada! ¡Si hay que llorar se llora! Y tuvo tiempo de enjugarse otra y otra mientras él acababa de vestirse con gestos graves, es difícil mantener la dignidad mientras te pones los calcetines, te abrochas los pantalones y te subes la cremallera de la bragueta escarranchándote. Al final lo consiguió.

Cuando estuvo dispuesto a irse le dirigió una última mirada y luego le tiró un beso como hacen los niños pequeños, con la mano muy abierta y mucho ruido.

Pero Andrea ya se había cansado de parpadear y poner caras y estaba dando golpecitos en la cama para que se subiera Dana, de modo que apenas lo vio.

Para morir abrazao.

Hacía semanas que no iba al despacho y le sorprendió su aspecto desangelado, porque los lugares también se contagian del humor de las personas que lo habitan. Las plantas de la recepción, normalmente lozanas, estaban mustias, dobladas sobre sí mismas, en actitud rendida ante un destino aciago. Las mesas, siempre llenas de maquetas, papel vegetal, fotos, tazas, estaban casi vacías, algunas con cajas de cartón apiladas. Los ordenadores permanecían con la tapa cerrada y las papeleras rebosaban. Loti caminaba sin cesar con las manos en la espalda. Gaudí, echado en el suelo, con sus miembros tan desmadejados que parecía una alfombra, no apartaba la mirada de ella, la seguía con el ceño fruncido. Todo tenía aire de abandono y desesperanza.

Aunque Andrea no dijo nada, la mirada que dirigió a su alrededor fue tan expresiva que Loti protestó como si la hubiera abofeteado.

—¿Qué quieres, mamá? Tuve que hacer recortes, ayer era el último día para tres de mis arquitectas, mi secretaria se fue hace dos semanas, todo el Departamento de Interiorismo está desmantelado, ¿te crees que a mí no me duele?

Andrea asintió. Aún recordaba la primera pena de cualquier empresario, incluso para uno tan pequeño como Nieves y como ella: despedir a un empleado.

—Te entiendo, sé cómo te sientes.

Iba a acercarse para hacerle una caricia de consuelo en la cara, pero Loti levantó la mano.

—No, mamá, eso era ayer. Hoy todo ha cambiado.

15

Andrea se sobresaltó.

—¿Qué quieres decir?

Con una expresión remota y serena, Loti le contestó:

—Hoy les comunicaré a todos que se pueden reintegrar al trabajo, que vamos a seguir, que contamos con fondos, aunque no sé si tendremos clientes.

Andrea sonrió con precaución porque nunca se sabía con Loti.

—Entonces, bien, ¿no? ¿Estás... contenta?

El tono amargo de su hija no le sorprendió.

—Debería estarlo, ¿verdad? —Le dio la espalda mientras observaba la calle a través de la vidriera, con las manos detrás, como hacía siempre Rolf. Tenía los hombros cargados como si fuera una mujer mayor. Gaudí se levantó y se dejó caer con pesadez frente a ella para no perderla de vista—. Ayer vino tía Nieves.

No sabía si tenía que decir que ya estaba enterada o no, optó por un neutro:

—Ya.

Loti se volvió y la miró directamente a los ojos.

—¿Lo sabías? —Apartó la vista—. No me importa.

—¿Y qué te dijo?

—Me preguntó qué pensaba hacer y le conté que cerrar. Acabar con los proyectos que teníamos abiertos, nuestra parte de la torre de Altafulla ya está concluida y entregada, lo de la finca de pisos de la calle Entenza está en vías de solución porque... —se resistía a continuar—, porque...

—Porque el defecto estaba en los forjados del edificio, las vigas del piso tercero. —Andrea no pudo evitar que se le notara cierto regocijo, aunque se mordió los labios para no añadir «Como yo te dije». Fue igual porque su hija completó la frase.

—... como habías dicho tú. —Loti era así, un perfecto caballero—. Y, bueno, no le conté nada de lo otro, lo del accidente de Hospitalet, a ver qué nos dice el nuevo abogado. Me llamó ayer desde los depósitos del juzgado y me pidió la dirección del herrero que hizo la barandilla. La verdad es que no sé si hemos hecho bien en confiar en alguien tan verde.

La madre se molestó, pero intentó que no se le notase.

—No puedes ser tan derrotista, hija, vamos a confiar. Tú también estabas verde cuando cogiste el estudio.

La hija le interrumpió con amargura.

—¡Y así me ha ido! —Y se le quebró la voz—. ¡Dilo, que no soy como tú!

—Claro que no lo eres, Loti.

—Qué más quisiera yo que ser como tú. —Lo dijo en voz tan baja que apenas la oyó.

Andrea se sorprendió; siempre le había parecido que Loti la miraba con conmiseración y se creía por encima de ella. Se burló de su comentario.

—¡Sí, claro, como yo vas a querer ser! A ver, ¿qué te ha dicho Nieves?

La hija meneó la cabeza y miró al suelo.

—Pues mira, me ofreció una cantidad de dinero, la

misma que le diste por su parte, lo suficiente para ir tirando unos meses. Pagar nóminas, proveedores, deudas con Hacienda... Por el gestor se había enterado de todo, me he quedado en *shock*, por cierto, porque no ha esperado a ver qué decidía. Supongo que nadie se niega a recibir una limosna.

No, si ya sabía ella que a esta cabezota le costaría dar su brazo a torcer, estaba con su idea fija de cerrar y cerrar. Con mucho cuidado, caminando por tierra ignota, se atrevió a dar su opinión.

—Pues no sé, a mí me parece que está bien, no es caridad, sino generosidad. —Su hija resopló y se apresuró a completar la explicación para resultar convincente—: Es decir, si ella tiene dinero de sobra no me extraña que quiera ayudar, te quiere mucho y sabe que este es un pequeño bache. ¡Si te contara todos los baches que hemos sufrido las dos!

La hija la miró, sus párpados estaban hinchados, llevaba el cuello de la camiseta mal puesto y Andrea sintió ganas de arreglárselo, de sacar un cepillo y peinarla, de gritarle ¡ponte derecha! De llevarla al lavabo y limpiarle la cara como cuando era pequeña y se caía de la bicicleta porque no sabía montar aún, pero gritaba:

—¡Sola! ¡Loti sola!

Su hija la miraba ahora con ojos maliciosos. Y es que resultaba obvio que había algo más, algo que Nieves se había sacado de la manga sin consultarle, alguna condición estrambótica que solo podía salir de una fantasiosa como su amiga. Qué cabrona era, siempre conseguía sorprenderla.

Iba a preguntar cuando su hija se adelantó.

—Es que eso no es todo, mamá.

—Qué, a ver qué dice esa loca.

Se tomó su tiempo, fingió repasar con el dedo una pequeña grieta en la mesa y al final dio un suspiro.

—Quiere que tú te reincorpores al estudio, es su condición.

La madre abrió la boca y se quedó así un buen rato. Hasta Gaudí levantó la cabeza con curiosidad y miró a su alrededor sin entender nada. Después Andrea se señaló el pecho creyendo que había entendido mal.

—¿Cómo? ¿Que yo qué? ¿Qué quieres decir?

Loti fue hasta la antigua mesa de dibujo de su madre, la primera que se compró cuando acabó la carrera. Grande, con un tablero inclinable, las bandejas laterales todavía contenían las reglas y los utensilios con los que trabajaba. Un anacronismo en medio de una decoración ultramoderna y funcional que enseñaban a las visitas como se enseña el kilómetro cero en la Puerta del Sol de Madrid a los forasteros. Loti acarició la superficie de madera y miró a su madre.

—En realidad no te has ido nunca, mamá. Cada vez que veía esta mesa te veía a ti, dibujando. ¿Te acuerdas cuando salía del colegio y venía aquí a esperar que terminaras? Fingía hacer los deberes, pero te miraba a ti.

Andrea se sorprendió con el tono nostálgico de su hija. Nunca la había visto de esa manera, dulcificada por los recuerdos.

Afirmó sin estar muy convencida:

—Y así te nació la vocación de arquitecta.

Loti esbozó una sonrisa triste.

—¿Sabes qué es lo que más envidiaba de ti? —Andrea negó con la cabeza—. No que fueras tan guapa ni nada parecido.

La madre intentó protestar.

—¿Guapa? Por favor, si tú eres...

—Deja eso, no me importa. Lo que envidiaba era la pasión con la que te ensimismabas delante de los planos, ¡nada te importaba excepto tu trabajo! Cuando estabas muy concentrada hasta sacabas la punta de la lengua. ¡Y cómo cogías el lápiz!, ¡cómo te inclinabas sobre el tablero!

—Pues como tú.

La otra negó con dulzura.

—Como yo no.

Andrea intentó protestar.

—Porque nosotras entonces lo hacíamos todo con lápiz y ahora con el ordenador se ha perdido ese aspecto artesanal del oficio. Mira, Michael Graves dijo que solo los dibujos expresan la interacción de nuestras mentes, ojos y manos...

A la hija, profesional al fin, se le despertó medio segundo de interés.

—¿Es el del Ayuntamiento de Portland? ¿Que dibujaba en papel de calcar amarillo?

La madre contestó con entusiasmo:

—Sí, he visto los planos en la colección del MoMA, son...

Cuando ya iba a enfrascarse en una explicación técnica, la hija la interrumpió.

—Calla, mamá, por favor.

Se quedaron en silencio. Andrea ya había dejado de atender a la conversación con su hija y se había ido muy lejos. Nieves le había lanzado un anzuelo y se le había clavado en la piel, ya no podía arrancárselo.

¿No estaba harta? ¿No decía que no podía más?

¿Por qué le salían globos de colores del corazón? Pero su cabeza le decía eres mayor, te duele la espalda, te olvidas de las cosas.

Caray, ¿y la gente joven qué? ¿No se olvidaba?

—Loti, una pregunta que no tiene nada que ver con esto.

—Dime.

—Hace poco me dijiste que siempre te olvidas de si habías puesto la cápsula en la cafetera y tenías que abrirla para comprobarlo, ¿no?

—Hombre, siempre siempre, no, pero muchas veces.

—¿Te acuerdas de cómo se llamaba tu profesora de piano?

—¿Remedios?

—No, Gemma. Y el otro día, cuando fuimos a comer a casa de tus suegros, a El Pescadito, ¿qué comimos?

—No sé... ¿Berenjenas rellenas? No... Pasta, ¿verdad?

Andrea movió la cabeza con satisfacción.

—Ensalada de lentejas. Y otra cosa, no me riñas, por favor.

—Qué.

—¿Te sigue doliendo el hombro?

—Claro, ya lo sabes, me ha dicho el traumatólogo que al final me tendré que operar. ¡Y si solo fuera el hombro! También tengo a veces un dolor aquí. —Se llevó la mano a los riñones, pero enseguida saltó, exasperada—: Mamá, ¿a qué viene todo esto?

Pero se interrumpió porque su madre, con la mano levantada y los ojos cerrados, le pidió tiempo.

¡Y sonreía! ¡Los jóvenes también se olvidaban, joder! ¡Y también tenían achaques!

Se llevó la mano al corazón, temía que le diera un ataque.

Eh, que a los jóvenes también les pasaba.

¿Y ese regocijo, la ilusión, el miedo gustoso que sentía ahora? ¿Esas emociones que creía que ya no iba a sentir nunca?

¿Pasó por su cabeza en algún momento la sensación de

que ya no valía para el trabajo? Luego, cuando recordaba ese momento, no entendía cómo no había dudado de su propia capacidad. ¿No se había retirado hacía tiempo?

Es que no lo había hecho por vieja, sino porque estaba harta.

Harta, harta y harta.

Pero eso era el año pasado. O el otro.

¿Quería volver a discutir con los clientes, estar años con un proyecto para al final ganar una mierda, que te llamen al cabo de una década para protestar por la posición de una pared? ¿Quieres?

¡Sí, padre, en la salud y en la enfermedad, hasta que la muerte nos separe!

No, no, no podía ser, no aguantaría los horarios, las visitas a la obra, las discusiones... ¿Las katiuskas aún le servirían? ¡Cuidado, que los pies también se empequeñecen con la edad!

¿No le dolería la rodilla? Ahora no recordaba qué era eso de la rodilla, sí, una parte del cuerpo, a la altura de un niño de cinco años quizás.

Su hija observaba la tormenta de emociones que pasaban por el rostro de su madre. Al final soltó una risita y concluyó en tono burlón:

—Va, mamá, no te hagas la disimulada, que en el fondo añorabas todo esto.

La madre protestó con grandes espavientos.

—No, ¿qué dices? Con lo bien que me lo paso jubilada.

La hija se echó a reír y al final Andrea no tuvo más remedio que corearla a carcajadas también y conceder.

—Bueno, a veces me aburro un poco. —Señaló una pequeña porción con los dedos—. Muy poco.

Loti meneó paternalmente la cabeza.

—Es que al final quien más te conoce es tía Nieves, te

conoce más que tú misma. —Se puso a meter objetos en su bolso, las gafas, bolígrafos, el móvil, un pañuelo. Gaudí se levantó y se estiró sobre sus cuartos traseros con un ruidoso bostezo—. Por cierto, te espera ahí al lado para desayunar, te quiere presentar a no sé quién.

¿Por qué se sentía avergonzada y culpable delante de su hija? Le preguntó con timidez:

—¿Vienes?

Loti se olió la camisa y dijo:

—Voy a casa a ducharme y a cambiarme.

—¿No guardas aquí ningún niqui limpio?

—¿Qué es un niqui?

Andrea se rio.

—Una camiseta, un polo, ay, hija, estoy tan nerviosa que no sé ni lo que digo. —Se vio obligada a explicar—: Es que yo tenía aquí recambios de ropa y como hay una ducha...

La hija le dijo, distraída:

—Ahora podrás hacerlo de nuevo. —Su rostro se animó de pronto—. Cuando vuelva podré reunir a todos y decirles que de momento seguimos y que tú vas a volver.

La otra protestó.

—Oye, que aún no he dicho que sí.

—¡Pero lo estás deseando!

Era un día gris de invierno. Las ramas negras de los árboles sin hojas se dibujaban contra el cielo blanco como manos engarfiadas. El sol trataba de abrirse paso entre las nubes como un pálido fantasma. Circulaban pocos coches aún, las calles estaban mojadas por la humedad nocturna y parecía que el mundo estuviera envuelto en esponjoso algodón.

Andrea recorrió despacio los pocos pasos que la separaban del bar de la esquina. Había olvidado la noche anterior, no se acordaba del hombre con el que había compartido la cama, si alguien se lo hubiera recordado habría dicho qué, estás loco, qué dices, qué inventas, porque las nuevas emociones la llenaban entera. Sonreía sin querer, se quedaba parada delante de un árbol y levantaba los hombros, movía las manos, pero qué... Respiraba hondo, apretaba los puños, y volvía a detenerse. Hasta dio un saltito, un paso de chachachá que debía de tener cincuenta años. Menos mal que aún había muy poca gente por la calle. Cómo ha cambiado tu vida, Andrea, ¡cómo ha cambiado!

Comprarse ropa nueva.

Casi oculta con su enorme chaquetón, Nieves estaba sentada al fondo del bar, tenía el pelo completamente blanco y lo llevaba tan corto que se le veía la piel del cráneo de color rosa. Estaba pálida a la cruda luz matinal, aunque, cuando entró su amiga, sus ojos chispearon. Se levantó para abrazarla. A su lado una chica joven se puso de pie a su vez. Nieves la señaló con un ademán vago de la mano e intercambiaron dos besos.

Ahora Andrea se sentía confusa, no sabía si podía hablar delante de una extraña. Al final, fue Nieves la que preguntó mientras la camarera le llevaba un café con leche:

—¿Qué te ha parecido nuestro soldadito valiente? ¿Cómo está?

—Muy contenta, por supuesto.

—No te lo crees ni tú, pero parece que al final aceptará mi ayuda.

—Ya sabes que es orgullosa y terca como una mula. —Agitó el dedo índice riñéndola—. Y anda que eso que le has dicho. ¿Cómo se te ha ocurrido?

La otra se hizo la despistada.

—¿El qué? —Como Andrea esbozó el ademán de pegarle con la servilleta, fingió recordar—. Ah, lo de que entres tú, mira, me ha dado por ahí.

Andrea tuvo un momento de pánico. ¿Y si era una broma?, toda ella ya estaba en el futuro, dibujando en esa mesa.

—¿Lo has dicho de coña?

Nieves se rio de nuevo.

—Que no, es que me he hartado de verte con esos líos de hombres y esa vida desperdiciada.

La otra emitió un inmenso suspiro de alivio, pero fingió picarse.

—Oye, que no es para tanto.

—Ya me gustaría saber qué has hecho esta noche. Algo me ha contado Maca.

—¡Esa traidora!

La amiga las escuchaba atentamente. No era tan joven como Andrea había supuesto; era bajita y delgada, con melenita a lo paje de color castaño. Los ojos separados y la cara ancha le daban un aspecto muy aniñado.

Nieves se volvió hacia ella.

—Si he visto a alguien entregada a su trabajo ha sido esta mujer... —Señaló a Andrea—. Una vez estuvo treinta y seis horas con una maqueta, la rehízo cuatro veces. Sin dormir.

La chica abrió la boca por primera vez para preguntar:

—¿Tomando Red Bull?

Las amigas se dieron con el codo.

—¡Centramina con Coca-Cola! ¡Eso era dinamita pura!

Nieves siguió.

—Estuvieron a punto de darle un premio FAD. Habría sido la primera mujer y hubiera marcado un hito, pero al final le tocó como siempre a un tío con todo el bigote. ¡El disgusto que nos llevamos!

Andrea hizo como si lanzara el pasado por encima del hombro.

—Ay, ¿quién se acuerda de eso ahora?

La muchacha tuvo un gesto de aprobación.

—Pues me encanta cómo te lo tomas.

—Es que la arquitectura me gusta mucho.

—He visto proyectos tuyos. —Se volvió a Nieves, disculpándose—. Bueno, vuestros, y me he dado cuenta de que hacéis casas para que la gente sea feliz, no para ganar premios ni para pasar a la posteridad.

—La posteridad, ¿eso qué es?

Nieves se levantó y se señaló el culo.

—Esto es la posteridad.

Las tres se rieron tapándose la cara con fingido horror, qué ordinaria, se nota que vives asalvajada, fuera de la civilización. De las mesas vecinas las miraban, eran las ocho de la mañana y seguro que eran las únicas personas que se divertían en toda Barcelona.

Andrea gritó:

—*Le derrière!* —La chica sonreía ampliamente, Andrea la empezó a mirar con simpatía—. ¿Tú eres arquitecta también?

La muchacha negó con la cabeza y después se giró hacia Nieves, que la observaba con las cejas alzadas como un signo de interrogación. La otra asintió con cierta solemnidad.

Andrea contemplaba la pantomima sin entender nada.

Nieves se levantó e hizo una reverencia.

—Ángeles, te presento a Andrea, Andri, te presento a Ángeles, ya sabes, la nuera de tu amiga Fefa Recoder.

Por instinto, la chica y Andrea tendieron los brazos y

cruzaron los índices de ambas manos como si quisieran ahuyentar al demonio y ambas se echaron a reír de forma incontenible. Cuando se calmaron Andrea inquirió:

—¿Eres la mamá de Bertinet?

A Ángeles se le pusieron unos hoyuelos seductores en las mejillas.

—Sí, mi yegua cabriolera, la reina de las yeguas... ¡Voy todas las semanas a verla! Nieves ayer quiso hablar conmigo y después me pidió que la bajara a Barcelona, y aquí estamos.

Andrea miró a una y otra, las dos tenían cara de satisfacción, la joven le dio un codazo a la mayor y Nieves lo soltó así, como si no tuviera importancia.

—Ya le puedes decir a Loti que vuelva a presentar su proyecto. El concurso lo han ganado los de Madrid, es verdad, pero se necesita un grupo de apoyo en Barcelona y se ha lanzado una nueva convocatoria.

Ángeles, emocionada también al ver la emoción de Andrea y de Nieves, añadió:

—Te garantizo que no se va a presentar nadie más.

A Andrea se le llenaron los ojos de lágrimas, Nieves pidió una botella de *champagne* para celebrarlo. Y Ángeles señaló con la copa, saltó el chispazo del brillo diamantino de un anillo y le dijo:

—Y quiero que ese proyecto lo dirijas tú.

16

El vagón «silencio» del tren Barcelona-Madrid no iba en silencio, pero a Andrea no le importaba. La conversación sobre compra de material de oficina, «No lo vamos a utilizar casi nunca, tú verás...», que mantenía el señor que iba en el asiento contiguo, el veloz picoteo de las decenas de pasajeros, todos con los auriculares puestos, utilizando sus ordenadores, la diputada del Congreso que hablaba tapándose la boca con la mano, y a pesar de eso eran audibles sus «qué cojones tenéis», ese ruido incesante la hacía sentir exaltadamente viva.

Primero no se atrevió a mirar a su alrededor y había hundido la cabeza en su *tablet*, temerosa de que la vieran como una impostora, qué hace esa señora en el mercado laboral y en un AVE a las ocho de la mañana. Después empezó a lanzar tímidas miradas de reojo a sus acompañantes y cuando vio que nadie le hacía caso, enfrascados en sus asuntos, se relajó y una pequeña sonrisa apareció en su rostro mientras los campos amarillos y un cielo azul pálido pasaban de forma veloz, dejando atrás miedos, penas y quebrantos.

Ella también iba a Madrid a trabajar. A pesar de ese ligero dolorcillo en la rodilla, insignificante, tanto que ahora, por ejemplo, ni siquiera lo notaba y se la frotaba por costumbre más que por otra cosa, ella también estaba empujando y sosteniendo el mundo sobre sus hombros, era una más en esa infinita fuerza de trabajo que operaba desde Pekín hasta Detroit, desde México a Indonesia. Al subir al vagón vio que la azafata que atendía en el andén tenía la tentación de ayudarla, pero Andrea le dirigió una mirada tan feroz que la pobre estuvo a punto de caerse a las vías.

Cuando le trajeron la bandeja con el desayuno ya se sentía lo suficientemente cómoda como para sonreírle al señor de al lado, que le respondió de la misma manera mientras se colocaba la servilleta sobre el pecho para protegerse la corbata. Ella lo imitó con desenvoltura colgándosela en el pico de la blusa de seda.

—Que aproveche —dijo el hombre dándoselas de fino.

—Gracias, igualmente.

Lo que llevaba puesto había sido fruto de sesudas reflexiones porque quería parecer profesional y al mismo tiempo desenfadada para que a nadie se le ocurriera pensar por qué extraño motivo llevaba la voz cantante en las negociaciones Madrid-Barcelona esa señora que era la madre de la titular del estudio.

Porque iba a reunirse con el equipo de EstudioArquitectos XXI, los ganadores del concurso para urbanizar los terrenos donde había estado la colonia Recoder.

Aunque resultó que Andrea los conocía de oídas y, pese a que habían intercambiado ya documentación, planos, ideas, fotos, objetivos, era la primera vez que iban a encontrarse físicamente. Tanto Ángeles, como Nieves, como su hija le habían insistido para que fuera sola.

—Mamá, tú siempre te has sentido a tus anchas hablando con los demás y socializando —le había dicho Loti—. Ya sabes que yo para eso soy un desastre.

Le conmovía y le enfadaba la forma en que su hija se había tomado su nueva posición, con resignación, distanciamiento y un punto de humor. Incluso le pareció aliviada cuando ella misma le comunicó que no solo se iba a poner al frente del estudio, sino que iba a dirigir el proyecto de la colonia.

—Me parece normal, mamá, a mí me iba muy grande.

En ese momento, en esa confesión de humildad, se dio cuenta de que su hija nunca sería una profesional de primera clase en un oficio en el que se necesita un ego descomunal, aunque la condición de mujer en realidad y en el fondo las hacía sentir a todas muy inseguras.

Sin poderlo remediar le dijo con voz conmovida:

—Hija mía, eres mucho mejor que yo.

Loti se echó a reír quitándole importancia.

—Nunca me he sentido jefa, ¡tu espíritu siempre estaba sobrevolando el estudio! Como un fantasma.

—¡Supongo que llevaba una sábana de algodón cien por cien egipcio!

—¿Y yo qué? —protestó Nieves, que se había quedado unos días en Barcelona para echarles una mano—. ¡Que el estudio es de las dos!

Levantando una ceja como un lord inglés, Andrea le dijo:

—Creía que solo nos habías prestado el dinero.

—¿Ahora es «solo»? ¡Pues bien que viniste a arrastrarte a casa con el timo del tocomocho!

Loti se volvió a su madre con el ceño fruncido.

—Mamá, no me digas que intentaste colarle el falso Picasso.

La madre fingió no oírla y se dirigió a Nieves.

—Ay, mujer, ¿lo del Picasso? Qué memoria tienes, es de mal gusto tener tanta memoria, de verdad, lo digo por tu bien. No es elegante.

La otra refunfuñó.

—Cállate, qué me importa a mí lo que es elegante o lo que no... Además, que yo sepa el estudio se sigue llamando Capdevila-Novoa.

Loti se apresuró a intervenir dedicándole una mirada furiosa a su madre y halagadora a Nieves.

—Tú también sobrevolabas, tía Nieves, pero como un hada de los bosques.

Andrea aún se permitió decir:

—¡Como una fantasmona!

Todas rieron. Estaban impresionadas porque este era un momento importante en sus vidas y ninguna de las tres era dada a frases solemnes. Andrea se miró las manos y dijo:

—Tengo que ir a María Dolores a hacerme la manicura.

Y Loti comentó:

—Yo prefiero morderme las uñas, es más barato.

Y añadió Nieves:

—Y más nutritivo.

Pero, por mucho que bromearan para que no estuviera nerviosa y le quitaran relevancia a todo para animarla, Andrea se notaba desentrenada, aunque solo se había atrevido a confesarle sus miedos a Maca mientras merendaban en una cafetería de la rambla Catalunya. Una camarera iba pasando con un carrito con todo tipo de dulces y pastas, la amiga tenía un apetito voraz y Andrea no podía tragar bocado:

—Cuando me lo dijo Ángeles me ilusioné como no te imaginas, pero ahora no quiero ir, hace siglos que no tengo que defender un proyecto, lo haré fatal.

—Pues me parece muy buena idea, es como tirarte de cabeza al mar desde el barco, tienes que nadar sí o sí.

—A mí siempre me da miedo clavarme el ancla.

—Qué idiotez, por Dios. —Sin transición le cogió una lionesa del plato—. No te la vas a comer, ¿verdad?

—Se me ha cerrado el estómago.

Maca la señaló con el dedo pringado de nata.

—Llévate el Ventolin por si acaso, acuérdate de decir «fenomenal» a todo pasto...

Andrea se ofendió y puso morros.

—Oye, ni que fuera una cateta, que he ido a Madrid miles de veces...

—Cállate. Y no se te ocurra ponerte tejanos, en Madrid nadie lleva porque todo el mundo va muy elegante y además allí se llaman «vaqueros».

—Pues entonces ¿qué? —El proyecto que había diseñado el estudio estaba cuidadosamente pensado, había añadido algunas ideas, suprimido otras y corregido unas medidas, y reconocía que era bueno. Pero ahora le atenazaba la eterna preocupación de no saber qué ponerse—. ¿Falda?

—Si vas corta te parecerás a Neneta y, si vas larga, una monja seglar.

Andrea se cruzó de brazos y frunció el morro como una niña.

—¿Sabes qué? Ya me he decidido, no voy.

—Qué dices, loca. —Le cogió la mano—. No puede ser que ahora te hundas por una tontería. Mira todo lo que has conseguido. Acuérdate de que hace cuatro días tu estudio estaba en bancarrota y tú te liabas con aquellos tíos patéticos.

A Andrea se le escapó una risita mientras le daba un sorbo a su té.

—Si vieras cómo roncaba el locatis ese.

La otra bostezó.

—No me lo vuelvas a contar, por favor. —Le acarició el brazo—. Lo harás de cine, ya verás.

Andrea lloriqueó.

—No voy a dar la talla.

—¿Quieres callarte? ¿Tú te crees que Nieves, con lo lista que es, te habría metido en este lío y a ella misma si no estuviera segura de que eres la mejor? —Le dio un abrazo—. Acuérdate de que estuvieron a punto de darte un premio PUF.

Andrea soltó una carcajada.

—¡FAD, boba!

—Ah, ¿un fado? Son tristes, pero me gustan.

Andrea ya no la escuchaba. Y aquí dijo las dos frases quizás más repetidas del universo.

—¡No tendré más remedio que comprarme algo! —Se olvidó de su vestidor, en el que podía vivir tranquilamente una familia entera, abarrotado de ropa—. ¡No tengo nada que ponerme!

Así, las dos amigas, sin moverse de la zona, entraron en una tienda a comprar unos pantalones de pinzas a lo Diane Keaton.

—Te quedan monos. ¿Con qué camisa te los pondrás? Debe ser blanca.

—No tengo ninguna.

Un recuerdo emocionado para las dos docenas de camisas blancas que colgaban de las perchas de su casa.

El dependiente se apresuró a sacarles una camisa blanca y ponerle en el cuello un collar de eslabones dorados.

¿No pasaré frío?

Rápido, había aparecido como de la nada una chaqueta de *tweed* y un *foulard.* Y corre, corre, hay que ir a la zapatería a por unos botines de ante negro que hagan juego, dónde vamos con tanta bolsa, cojamos un taxi, pero mira qué ideal ese abrigo del escaparate, del mismo color que el pantalón. ¿Verdad que no tienes ninguno?

Jesusito de mi vida perdóname:

—No.

Y aquí estaba, en el tren, con su viejo bolso Birkin y una cartera que le había dejado Loti para el ordenador. Antes de salir le había dado un beso a Dana y le dijo lo mismo que a todos sus perros cuando se iba a trabajar, «Me voy a ganar el pan con el sudor del de enfrente», una frase de su juventud algo rojilla que ya no le hacía gracia a nadie.

A su llegada a Madrid la estaba esperando un coche con los cristales tintados. Un chófer le abrió respetuosamente la puerta, que cerró con un golpe suave dejando fuera el habitual bullicio callejero. Le pareció que uno de los «cabezones» colocado ante la estación de Atocha —esculpido por Antonio López hacía veinte años y que ya había dejado de despertar el asombro y las risas de los primeros tiempos— le guiñaba el ojo.

El coche olía a importante, como a secretario de Estado por lo menos.

Como siempre, le asombró la corriente eléctrica que parecía recorrer a los habitantes de Madrid: no caminaban, corrían, no paseaban un perro, sino dos o tres. La circulación, caótica, que no habían arreglado las decenas de rotondas y pasos subterráneos construidos, no ponía nervioso a nadie; los conductores se lo tomaban con deportividad y se limitaban a hacer sonar la bocina de vez en cuando, más como saludo que como protesta.

—¿Por dónde quiere ir?

Andrea, que a pesar de haber visitado cientos de veces Madrid no conocía las calles, contestó como siempre:

—Por donde usted vea.

Y el conductor, envalentonado, se lanzó a una rápida carrera sorteando coches, peatones, semáforos en ámbar, como si estuviera en el *rally* de Montecarlo, lo que obligó a Andrea a agarrarse al asidero de encima de la ventanilla con las dos manos. Creía que había llegado su última hora, hasta que desembocaron en un barrio tranquilo, bordeado de árboles, y el vehículo se detuvo frente a un elegante palacete de piedra gris con tejado de pizarra. Debajo de la placa del estudio, aparecían tres nombres en un tamaño muy modesto: Cullen-Montes-Rivas.

Bueno, ya. Aunque había pensado en tomarse un Valium, un ibuprofeno y ginseng, al final había decidido ir a pecho descubierto... Uy, no, con el pecho colgando hasta la cintura no, menudo espectáculo. ¿Pero no declaraba al mundo que estaba tan contenta de no haberse operado? Andrea, como le decía Rolf, ¡eres una contradicción con patas! Se le escapó una sonrisa y así estaba, sonriendo como una idiota, cuando abrieron la puerta.

Tartamudeó a la chica alta, guapa y bien vestida, por cierto, con tejanos/vaqueros.

—Soy Andrea Capdevila.

Se sorprendió porque, cuando esperaba encontrar discreción elitista y un ambiente relajado, se topó con el follón habitual de todos los lugares en los que se trabaja mucho. Se oían voces, puertas que se cerraban, unos hombres, seguramente recaderos, cargaban unas cajas enormes, el que llevaba más peso tenía pinta de boxeador y los otros parecían expresidiarios, llenos de tatuajes. Uno de ellos, con una colilla apagada que colgaba del labio, trataba de escaquearse hablando con una chica sentada detrás de una mesa que no le hacía caso y tecleaba en un ordenador.

La muchacha que le había abierto la puerta le estrechó la mano y le contestó:

—Buenos días, Andrea, espero que hayas tenido buen viaje. Te estamos esperando, adelante.

La precedió por un largo pasillo enmoquetado con puertas a ambos lados hasta una sala con una enorme y elegante mesa de cuero gris y patas de aluminio. La pared era de rayas y había una gran pantalla rectangular encastrada en medio y bolígrafos y folios distribuidos delante de cada silla. Y unas carpetas sencillas rotuladas, «escala», «área de proyecto», «compromiso del encargo tras el fallo del jurado»...

Le preguntó si quería tomar algo y dijo que no por el tema de no poder lavarse los dientes y el consiguiente mal aliento. Con un gesto eficiente la chica le comunicó que en unos minutos se reunirían con ella.

Es verdad, mecachis, había llegado antes de la hora, ¡esa maldita puntualidad catalana!

Se preparó para aguardar mucho tiempo, pensó en escribirle un mensaje a su hija, aunque, después de la docena que le había enviado desde el tren, la imaginaba aburrida y harta. Pensó enviarle a Nieves unas fotos de sus botines; luego se dijo que Nieves estaría aguardando sus noticias con impaciencia y cuando recibiera la foto de unos pies se iba a cagar en sus muertos con toda la razón del mundo.

Solo habían pasado cinco minutos cuando se abrió la puerta. Primero entraron dos mujeres en la cuarentena, le dieron un fuerte apretón de manos y a Andrea le pareció advertir sorpresa, burla, curiosidad en sus expresiones, pero quizás era cosa suya.

Se sentaron. Empezaron a hablar entre ellas de una cena a la que habían asistido el día anterior.

¿Eso era todo?

Después entró un chico negro muy bien vestido. Se dirigió hacia ella, la saludó cariñosamente y se sentó a su lado.

—¿Qué tal el viaje?

Los nervios le hicieron decir:

—Fenomenal, por cierto, me encanta África.

El hombre intercambió una mueca divertida con sus compañeras y después preguntó:

—¿Ah, sí? No he estado nunca, soy de Torrejón.

Tierra, trágame.

Voces masculinas se oían por el pasillo hablando alto, una era grave, las otras no. Abrieron la puerta y apareció un chico joven cargado de carpetas y rollos de planos en cilindros que dejó sobre la mesa, la saludó con la mano y se puso a toquetear la cámara para hacer las presentaciones en vídeo. El otro, un larguirucho de hombros caídos y barriga incipiente, más o menos en la cincuentena, se sentó a su izquierda y, antes de que pudiera preguntar, ella se apresuró a decir:

—El viaje muy bien.

La miró con cierto asombro, pero no dijo nada.

El último en entrar fue el hombre fornido con aspecto de boxeador que cargaba cajas y que Andrea había tomado por un recadero. Era más o menos de su edad, tenía el pelo canoso cortado al rape, la piel curtida, la nariz torcida y unos ojos inesperadamente azules. Se estaba poniendo la americana, sacando por las mangas los puños de la camisa mientras esbozaba un gesto incómodo como si la ropa le molestara.

El ambiente de la sala cambió con su presencia, vital y

magnética. Las chicas irguieron el busto, los hombres abrieron sus carpetas con aire eficiente. A Andrea, de una forma que no supo explicarse, le subió la temperatura de todo el cuerpo, le pareció que enrojecía y tenía fiebre. Y él, ajeno al efecto que causaba, o quizás no, se acercó a ella con paso felino, le tendió una mano dura, llena de callosidades, y le dijo con una sonrisa rara, porque tenía una pequeña cicatriz en el labio superior:

—Hola, Andrea, soy Ignacio Montes.

17

Después de tres horas de reunión, Andrea no sentía su cuerpo desde la cintura hasta los tobillos. Los botines le apretaban tanto que maldecía a Maca y a la madre que la parió por haberse dejado convencer para comprárselos. Intentaba mover los dedos de los pies y hacer tijera con las piernas. Por un momento, consideró seriamente la posibilidad de amputárselas frotándolas con el borde de la mesa, pero ni aun así haría un gesto de dolor, imperturbable como la esfinge de Gizeh. Mientras que de la cintura para abajo estaba destrozada, en la parte superior no dejaba de sonreír, de dar cabezazos aprobatorios, de emitir gruñidos de aquiescencia, de hacer un semiaplauso con las manitas, de ser, en suma, una persona eficiente, atenta y en la flor de la vida.

Y eso que una de las arquitectas se levantó de la silla varias veces sin disimulo para estirarse, con las manos en los riñones, con la excusa de que estaba embarazada. ¿Y ella qué? ¿No llevaba en su interior varias decenas de años que también pesaban lo suyo?

Y no solo la embarazada. El hombre negro estuvo fuera diez minutos y regresó con una sonrisa de disculpa, oliendo a tabaco, y la otra arquitecta fue al lavabo; dos veces exactamente.

Ella no, por Dios, no fueran a creer que no podía aguantar ni siquiera una reunión de tres horas. Claro que entonces pensarían quizás que llevaba pañales... ¿No había leído que lo hacían las fans que iban a los conciertos de Taylor Swift? Ah, cuando los llevaban ellas, qué divertido, pero si eres mayor, mira, esa no se aguanta, tiene incontinencia urinaria.

Los únicos que no se habían movido, aparte de Andrea, habían sido el muchacho que proyectaba vídeos en la pantalla y el larguirucho barrigón, que era el que llevaba la voz cantante.

—Como sabéis, se trata de edificar una manzana entera en el Eixample de Barcelona construyendo quinientas viviendas, de las que el treinta por ciento tienen que ser de protección oficial. Estará a cargo de EstudioArquitectos XXI y del estudio... —Aquí se detuvo para pronunciar bien—: Capdevila y Novoa.

Todos la miraron y ella enrojeció, no sabía si saludar o decir unas palabras. Se limitó a musitar:

—Fenomenal.

Cuando el ponente vio que no iba a añadir nada más, prosiguió.

—La zona contará además con un parque central de mil doscientos metros cuadrados y equipamientos por valor de tres millones de euros. El metro cuadrado ha de costar —sacó unas gafas del bolsillo, como si no pudiera leer bien— dos mil doscientos euros.

Las frases tenían cierta capacidad adormecedora, quizás porque todos los que estaban en la sala conocían el proyecto de memoria. Al mismo tiempo se proyectaron unas viejas filmaciones en blanco y negro sobre la colonia cuando estaba en funcionamiento, niños a la puerta de unas casitas bajas con flores en las ventanas, un borriquillo tirando un carro seguido de unas cabras, hombres que se detenían mirando al camarógrafo, inmóviles, como si les estuvieran sacando una foto, las tarteras de aluminio entre las manos, con gorra de visera y alpargatas. Al fondo unas mujeres con delantal se tapaban la cara con vergüenza.

«En el año 1915 se construyeron cien viviendas de treinta metros cuadrados cada una para los obreros de la fábrica textil Recoder y hermanos. Llegaron a vivir setecientas personas procedentes, sobre todo, de Murcia y de Valencia». Andrea recordó las protestas vecinales y los litigios de la propiedad con los inquilinos, que se negaban a marcharse. Los pleitos habían durado veintidós años y las últimas cuatro familias habían sido desalojadas el año anterior.

—Dentro de dos semanas se procederá a la demolición de las barracas que aún quedan en pie.

La película se quedó fija en un fotograma de un niño que levantaba un perro en brazos para que también lo enfocaran. Guiñaba los ojos al sol y reía enseñando una boca desdentada.

Era muy raro que se aportaran este tipo de historias a la presentación de un proyecto, aunque fuera tan importante como aquel.

Andrea no pudo apartar la vista de esa imagen. Ese niño ya estaría muerto, pero habría crecido en esa casa, habría tenido hijos allí y después habrían vivido los hijos de sus hijos. No solamente iban a demoler unas construcciones, sino que iban a acabar con los recuerdos, la infancia, el pasado de muchas personas, y con una parte del alma de una ciudad.

Se conmovió de forma inesperada, inoportuna, y apartó la vista. Y sintió que unos ojos la miraban, la taladraban, la llamaban con tanto ímpetu como si le estuvieran gritando:

—¡Andrea!

Ignacio Montes apenas había hablado durante toda la reunión, estaba distraído, golpeaba con el lápiz un papel, observaba el techo, echaba hacia atrás la silla. A pesar de ello, todos estaban pendientes de él, aunque nadie se dirigiera a él directamente. Y ahora la estaba mirando. Ella lo miró a su vez. Sintió una llamarada que le encogió el estómago y tuvo ganas de llevarse la mano al pecho. No supo cómo se dio cuenta de que él estaba pensando en lo mismo, en esas personas que habían vivido allí, y que él sabía que ella se había dado cuenta de que pensaba lo mismo.

Sin palabras, ella le dijo:

—Esto es cosa tuya, ¿verdad? Querías que todos viéramos esas imágenes.

Fue un instante de intimidad del que nadie se percató.

Entonces él parpadeó con lentitud como para ocultar el fulgor de sus ojos azules y después desvió la vista y no volvió a prestarle atención. Le dejó ese navajazo dentro.

En realidad, la reunión era innecesaria. Ambos equipos sabían lo que se iba a aportar, las competencias de cada uno estaban perfectamente delimitadas y no había discusión posible; aunque era inevitable, ambos lo sabían, que habría roces. La importancia del estudio de Madrid era mayor y mayor su capacidad, también eran los ganadores de la licitación. El estudio de Barcelona, sin embargo, al estar sobre el terreno, llenaría aquellos huecos que los de Madrid desconocían incluso que existieran. En concreto, el proyecto del parque público, con un espacio para conciertos, y la conservación de dos casitas como museo sobre la vida de la colonia había sido idea del estudio barcelonés.

Cuando acabaron hubo un suspiro de satisfacción y Andrea hizo un gran esfuerzo para levantarse de un salto, pero solo logró desenroscar sus entumecidas piernas después de varios segundos de esfuerzo. Le pareció que todos habían oído el crujido de sus articulaciones. Y, como tantas veces, pensó en lo injusto que era que, por mucho que tengas el corazón de una adolescente y la inteligencia de un Premio Nobel, vayas al cirujano plástico a que te rehaga de arriba abajo y practiques gimnasia dos horas diarias, nunca vas a ejecutar algo tan simple como levantarte de una silla de la misma manera que lo hacen los jóvenes. ¡Ese brinco celestial no se extiende más allá de los cuarenta años!

Entró un hombre elegante, con unas espesas cejas grises y nariz aguileña, y le contó algo a Ignacio, que lo escuchaba atentamente con la mirada baja, poniéndose una mano en la parte trasera del cinturón y la otra apoyada en la mesa. De vez en cuando asentía y cuando el arquitecto de Torrejón se acercó a ellos, lo cogió por los hombros, aunque era más alto que él, y le dijo algo al de las cejas pobladas, sonriendo con calidez.

Las dos arquitectas se acercaron a Andrea.

—¿Qué te ha parecido todo? ¿Tenéis reuniones tan largas en Barcelona?

Ella agradeció el esfuerzo que hacían por mostrarse coetáneas.

—A veces sí, claro que nuestro estudio es más pequeño. Tenemos la décima parte de arquitectos que vosotros.

—¡Pero sois míticas! ¡Capdevila y Novoa! Yo quería ser como vosotras, se hablaba mucho de vosotras en la escuela.

Andrea se sorprendió, incrédula.

—Qué dices, ¿en serio?

La embarazada, que se llamaba Sofía, se apresuró a corroborarlo.

—Yo soy canaria y estudié en La Laguna... Pues fui a Barcelona expresamente para ver la casa por la que estuvisteis a punto de ganar el premio FAD y me fascinó porque tenía movimiento, era lo contrario de los mazacotes que se hacían en ese momento. Escribí un artículo en nuestra revista denunciando la misoginia del mundo de la arquitectura.

Andrea enrojeció de placer. Las encontraba muy simpáticas, eso que al principio temía que fueran desdeñosas y altivas. ¿Por qué tenía que ser siempre tan desconfiada? ¡Y luego se lo echaba en cara a Loti!

—Muchas gracias, de verdad. —Hizo una pequeña reverencia, las otras la miraron con cariñoso interés—. La suerte es que ahora ya no tenéis que luchar contra esos prejuicios.

Una suspiró, la otra puso los ojos en blanco. Al final la canaria confesó con su dulce acento:

—Aquí, no, la verdad, porque Ignacio es... Bueno, ya lo conocerás, mira, ese con el que habla —lo señaló discretamente con la barbilla— es Pablo Cullen, su socio, casi nunca viene porque está delicado del corazón.

—Cullen, Montes... ¿Y el tercer socio?

—Es Carolina Rivas, su mujer, una arquitecta especializada en urbanismo por la Universidad de Illinois. Un coco.

Una porción muy pequeña de su corazón, la cuarta parte de una aurícula quizás, se acababa de morir. Pero siguió sonriendo y consiguió afirmar después de tragar saliva:

—Así que aquí no habrá problemas.

La embarazada dijo bajando la voz:

—No te creas, el hecho de tener una jefa no te garantiza nada; de mi anterior estudio me despidió una sénior cuando me quedé en estado.

Por cortesía, Andrea preguntó, aunque no podía apartar la mente de esa tal Carolina Rivas, a la que adjudicaba ya todo tipo de cualidades además de ese coco privilegiado:

—¿De cuánto estás?

—De cinco meses.

Se sorprendió.

—Pero ¿cuánto tiempo hace que trabajas aquí?

Las dos mujeres se rieron y fue la otra la que contestó:

—Desde entonces ha tenido dos hijos más, aquí no contamos por años, sino por embarazos de Sofía. ¡Este es el tercer embarazo que pasamos todos porque todos contribuimos!

Ahora se rieron las tres. El chico del proyector apagó las luces, la muchacha que le había abierto la puerta recogió las carpetas, la canaria preguntó:

—¿A qué hora tienes que estar en la estación? ¿Te da tiempo a comer?

Ante el asombro de Andrea fue Ignacio el que contestó desde el otro lado de la sala de reuniones:

—Ya comeremos en el tren, tenemos el coche fuera, esperando.

Andrea abrió la boca.

—¿Cómo?

El otro se extrañó.

—Sí, ¿no te lo habían dicho? Yo voy contigo, quiero ir a echar un vistazo al lugar antes de que entre la piqueta.

Las arquitectas la miraban divertidas ante su pasmo. Ella tartamudeó.

—Sí, claro, lo entiendo.

¿Tres horas con este hombre codo con codo y nunca mejor dicho?

Adiós a descalzarse y desabrocharse el sostén con disimulo y tal vez el botón del pantalón... ¿Y comiendo juntos, ese acto tan íntimo? ¡Comer juntos une más que un polvo, eso lo sabía todo el mundo desde Monforte hasta Pompeya! ¿De qué hablarían?

¿Cómo podía ella sostener una conversación inteligente con un hombre inteligente? ¿Qué se hacía en estos casos?

¡Ya no se acordaba! Cuando eran jóvenes hablaban de Marcuse y de la escuela de Frankfurt, pero ¿y ahora? Quizás le daría tiempo a mirar en Google «temas de conversación para hombres inteligentes».

Apenas unos minutos más tarde, mientras él daba instrucciones minuciosas al conductor, como se suele hacer en la capital, «Mejor que vaya por la glorieta Luis Rosales y de ahí la calle Torrelavega hasta Méndez Álvaro...», Andrea sacó el móvil y buscó con disimulo. Ahí estaba, «Los hombres inteligentes suelen hablar de videojuegos, su ciudad de origen, armas, viajes en el tiempo y bailes». ¿Cómo? ¿Viajes en el tiempo? ¿Armas? ¿Bailes? ¡No tenía ni idea, estaba desfasada!

Vale, Andrea, respira hondo. La primera pregunta no puede ser qué tipo de arma utiliza, es evidente. Mejor empezar con algo ligero como los bailes y después, ya en confianza, entrar en materia y preguntar por los viajes astrales. Y esperaba llegar antes a Barcelona que a los videojuegos porque nunca había jugado a ninguno.

No tardaron en alcanzar la estación y, una vez localizado su vagón, Ignacio buscó los asientos y la ayudó a quitarse el abrigo, que luego dobló y puso en lo alto, al lado de su maleta. Se sentaron. Ella en la ventanilla. Sonrieron.

El tren arrancó. Bien, ahora había llegado el momento. Carraspeó. Él la miró, expectante. Ella dijo:

—¿Qué baile es tu preferido?

Los ojos de Ignacio expresaron el mismo asombro que Balaam cuando oyó hablar a su burro. Andrea enrojeció, pero qué iba a hacer, ¡mejor sostenella que enmendalla! Y siguió.

—¿Rápido o lento?

Él se apartó un poco y la observó con desconfianza, como si le estuviera tendiendo una trampa. Antes de que pudiera elaborar una respuesta o quién sabe, llegó la azafata con las bandejas y preguntó a su vez:

—¿Agua, cerveza o vino?

Andrea pidió vino, y su compañero, agua. Entonces ella dijo, perdón, prefiero una cerveza. No, mejor agua.

Se quería morir.

La azafata preguntó con impaciencia:

—¿Agua, cerveza o vino?

Voz bajita, muy bajita:

—Agua.

Comieron en silencio.

Cuando les retiraron la comida solo estaban en Zaragoza y Andrea pensó que todavía les quedaba una larga hora y media por delante y, como el tema del baile no había despertado interés, recurrió a otro. ¡Hablando a la egipcia, los dos de perfil!

¿Cuál tema? Ah, sí:

—¿Qué piensas de los viajes astrales?

Esperó. Ninguna respuesta. Se atrevió a mirarlo después de unos largos segundos de silencio. Se había quedado dormido.

Tenso, con los brazos cruzados sobre el pecho, dispuesto a saltar en cualquier momento como un animal en la selva. No roncaba.

¡Adiós a los viajes astrales!

Con un cuidado infinito, ella se desabrochó todo lo que se podía desabrochar y suspiró profundamente, ¡qué largo se le estaba haciendo el día!

Cuando circulaban por Sitges se fue al lavabo a recomponerse procurando no molestarlo. Volvió y ya estaba despierto. Se levantó para dejarla pasar.

—Perdona, llevo mucho sueño atrasado.

Tenía la voz ronca y sensual. Su mujer no lo debería dejar dormir, ¡toda la noche queriendo follar!

Andrea carraspeó y osó decir con una voz que no parecía la suya:

—Me ha emocionado esa forma de presentar el proyecto.

Ignacio la observó pensativo.

—Ya sabía que te iba a gustar. —Ella se sorprendió e iba a comentar algo, cuando él prosiguió apartando los ojos—: Hagas lo que hagas, nunca tienes que perder de vista al ser humano.

Cuando llegaron a la estación él le dijo que le había venido a buscar un coche y que si quería la dejaba en casa. Ella contestó que no con cierta altivez, que a ella también la venían a buscar, entonces Ignacio le tendió la mano.

—Pues mañana si quieres te recojo en tu despacho a las diez.

Ella balbuceó:

—Sí, vale, bien, gracias.

Se perdió entre la gente y Andrea se quedó clavada en el sitio como si tuviera los pies en un bloque de cemento. Empalideció, enrojeció, con una sonrisa congelada en los labios.

Se dio la vuelta para esconderse en la tienda de productos naturales. Después de observar atentamente unas zanahorias durante veinte minutos, se dijo que ya había pasado el tiempo suficiente para que Ignacio hubiera desaparecido y se fue a la parada de taxis. Había una larga cola, tuvo que esperar media hora, de pie, con un viento helado que le acuchillaba el cogote.

El chófer la miró por el espejo retrovisor y le dijo:

—¿Qué tal el viaje?

—Fenomenal.

El hombre se encogió de hombros porque a Andrea le caían las lágrimas por el rostro, qué raras son las mujeres.

Estaba agotada y con una rara congoja, nostalgia de lo que pudo haber sido y lo que nunca será. Solo se consoló pensando en lo contenta que se iba a poner Dana al verla y darse cuenta de que no la había abandonado.

18

La mañana barcelonesa era dulce y con viento suave. Cuando bajaron del coche, Ignacio encendió un cigarrillo ahuecando la mano para proteger la llama. Andrea se sorprendió, no creía que fumara. Él inhaló profundamente y los dos se quedaron en silencio, impresionados por el enorme descampado que se mostraba delante de ellos. Un trozo de muro desconchado permanecía en pie a duras penas y alguien había escrito con espray «Colonia Recoder, aquí descansan muchos recuerdos».

Avanzaron y se dieron cuenta de que había algunas construcciones más, algo parecidas a las casitas humildes que habían visto en la película que les habían pasado el día anterior, pero sin ningún ornamento, con las ventanas y las puertas tapiadas. Otro muro, casi intacto, estaba lleno de pintadas y con restos de hogueras en el suelo, ropa vieja, papeles, bolsas de plástico y algún saco de dormir. Era como una isla llena de sonidos y objetos minúsculos en medio del fragor de una ciudad ruidosa y ferozmente activa.

Caminaron el uno al lado del otro.

Feos bloques de pisos de los años setenta custodiaban el lugar, como los soldados de terracota de Qin Shi Huang.

Andrea dijo en voz alta sin darse cuenta:

—O también podrían estar diciéndole a este solar con gesto antipático «Dentro de poco serás como yo».

Ignacio la miró, divertido.

—Como esas sepulturas de los cementerios del siglo XIX en los que hay un esqueleto señalándote y en la lápida pone...

Ella lo interrumpió:

—*Eram quod es...*

Él completó la frase:

—*... eris quod sum*!

A Andrea se le escapó la primera risa espontánea de la mañana mientras por dentro le agradecía sus clases de latín a la odiosa *mutter* Leonarda.

—Sí, como eso de polvo al polvo que yo solo he visto en las películas y mira que he ido a entierros en mi vida.

—¡Polvo seremos, pero polvo de arquitecto!

—¡Y siempre habrá alguien que diga, yo esto te lo hago por la mitad de precio!

Se rieron a carcajadas. Lo más asombroso es que a ninguno de los dos le sorprendió que sus pensamientos fueran al unísono. La palabra *polvo* de pronto los hizo toser, carraspear y mirar para otro lado... Vaya momento incómodo.

Menos mal que en ese momento advirtieron que una mujer se dirigía hacia ellos. Aunque iba con zapatillas de fieltro sorteaba hábilmente el suelo lleno de baches y piedras. Se había echado un abrigo sobre los hombros, que se agarraba con las dos manos en el cuello para ocultar la ropa de estar por casa.

Les preguntó:

—¿Son ustedes de la constructora?

Ignacio contestó:

—Somos los arquitectos.

La mujer les tendió una mano firme.

—Soy Rosa Gómez, la presidenta de la asociación de vecinos, bueno, lo era porque ya se ha disuelto.

Ignacio le preguntó con delicadeza:

—¿Usted era de aquí?

—Sí, nací hace cincuenta y dos años en una de las primeras casas que arrasaron las excavadoras. —Hizo un gesto hacia un punto indeterminado—. Todavía tengo el recibo del alquiler de mis padres: treinta y cinco pesetas.

—¿Vive cerca?

—En uno de esos pisos, los he visto a ustedes por la ventana. —Señaló el edificio feo—. No quise irme del barrio. Ahora la verdad es que no sé si hice bien, porque mirar día a día cómo se degrada esto me duele mucho. La mayoría de los que se han ido no han querido volver nunca.

Andrea trató de consolarla.

—Seguro que está mejor, con más comodidades.

La mujer tenía grandes bolsas bajo los ojos y parecía mayor de su edad. Se encogió de hombros.

—Disfruto de agua corriente y calefacción, pero cierro la puerta y es como estar en una cárcel, me siento aislada. Aunque hemos luchado mucho, al final lo dejé, como todos. Mis hijos se han cansado de oírme hablar de cuando éramos pequeños y jugábamos frente a casa y esto era como un pueblo. Para ellos este lugar es solo un nido de ratas y delincuencia por el que les da miedo pasar de noche. Y, si no luchas por los hijos, ¿para qué luchas?

Ignacio tiró el cigarrillo al suelo y lo apagó con la suela y Andrea se vio obligada a decir:

—Los edificios tendrán un estilo moderno y aquí —señaló un pequeño montículo formado por trapos viejos y basura— habrá un parque muy bonito, con una zona central para conciertos. Conservaremos dos casitas que serán como la memoria del barrio.

—La memoria del barrio está aquí. —Se tocó la cabeza—. Por mí pueden tirarlas también, como el resto.

Andrea insistió.

—Mejorará la zona, ya verá.

La mujer sonrió con una punta de escepticismo.

—Perdonen que los haya molestado, adiós y gracias.

Se fue con pasitos cortos, sorteando los socavones, el abrigo revoloteaba a sus espaldas.

Ignacio y Andrea caminaron un poco a la ventura, sin saber dónde detenerse. Se sentían intrusos, demasiado bien vestidos, demasiado ajenos; eran como figurillas colocadas en una maqueta.

Parecía que el lugar, como un ser vivo, estuviera a la espera, en esa eterna vigilia cuando se sabe que va a pasar algo de forma inexorable. En suspenso. El lunes la maquinaria rugiría de manera salvaje, hombres con casco gritarían por encima del ruido de las excavadoras gigantescas que arrojarían tierra y piedras en una enorme montaña que luego se llevarían los camiones. Y quizás aparecería algún juguete, las cartas de amor secretas ocultadas debajo de un ladrillo, las colillas de los primeros cigarrillos fumados a escondidas, una muñeca sin ojos, páginas amarillentas de revistas con desnudos, una pistola recuerdo de la guerra, un zapato de niño.

Siempre hay un zapato suelto en los escombros de las casas.

De pronto se levantó un viento frío y lejano. Andrea se estremeció e Ignacio, en un gesto espontáneo, le subió el cuello del abrigo.

—Abrígate.

Aunque no era un gesto galante, sino de compañero, Andrea deseó hundir su rostro en el hombro de él y que ese instante durara miles de años. Le temblaban las manos.

Ignacio la observaba balanceándose levemente sobre sus pies bajo la cruda luz de la mañana. Era una presencia tan abrumadora que parecía robarle el aire y le costaba respirar. Con un gran esfuerzo de contención recordó que este hombre estaba casado, que su mujer era socia del estudio con el que trabajaba y que todo eran ridículas sugestiones de su mente calenturienta.

Habían quedado en ir a comer con Loti y con Nieves. Y después su hija lo llevaría al despacho para presentarle al resto del equipo. Pero tenían mesa reservada a las dos y no eran ni las doce, qué hacer hasta entonces. Allí no había nada más que ver. Ambos se sentían contagiados por la desolación que trasmitían aquellas piedras y aquellos hierbajos polvorientos como trozos de moqueta vieja.

—¿Quieres que vayamos a tomar algo?

Ella asintió mudamente.

El barrio era muy feo, sin personalidad, podría estar en cualquier ciudad. Unos árboles raquíticos pugnaban por sobrevivir en medio de la intensa contaminación y unos alcorques demasiado exiguos para sus necesidades.

Entraron en un bar mientras un hombre colocaba una pizarra en la puerta, menú, tres platos, nueve euros. Luego se fue detrás de la barra a pasar la bayeta por el mármol, donde languidecían unos boquerones en vinagre y una tortilla de patatas de un enfermizo color amarillo pálido.

No había nadie, demasiado tarde para desayunar, demasiado pronto para comer.

A Andrea le apeteció de forma inexplicable un anís con coñac, un sol y sombra, como los que tomaba cuando era estudiante, pero no se atrevió y pidió un café con leche. Se alegró porque él pidió lo mismo. Mientras echaba un azucarillo en su taza la observaba intensamente, con sus ojos azules brillantes y juguetones. La pregunta la cogió a contrapelo.

—Esta no es tu Barcelona, ¿no?

Andrea fingió que no entendía.

—¿Qué quieres decir?

—Que tú no eres de este barrio.

Ella contestó con sencillez:

—Pues no.

—¿Eres de las que no bajan nunca de la Diagonal?

Ella se sulfuró ante su tono burlón y soltó aire como si le hubieran dado un puñetazo en el estómago.

—Como comprenderás, después de cuarenta años de profesión, me he pateado todos los barrios de Barcelona. —De pronto pensó que quizás sabía que habían conseguido este proyecto por mediación de Ángeles en un acto claro de nepotismo entre iguales y preguntó con un deje de frustración y también de miedo—: ¿Por qué lo dices? ¿Crees que mi estudio no tiene categoría suficiente para este trabajo?

—Yo no he dicho nada de eso. Al contrario, te admiro. Si no lo hiciera, no hubiera aceptado la propuesta de trabajar contigo.

Ella aparcó un momento su enfado para sorprenderse.

—¿Te consultaron?

Ignacio contestó con naturalidad:

—Normal, ¿no? Al fin y al cabo, habíamos ganado la licitación en solitario.

Ella ya no escuchaba y su voz sonó cabreada, hostil, como una adolescente enfrentándose a un estúpido mundo adulto.

—¡Qué admiración o qué ocho cuartos, que ya conozco ese tonillo condescendiente, tengo mucha mili ya! ¡No eres el primero que intenta tratarme como una pija!

Él la miró con sorna.

—¿Lo eres?

Ella levantó la barbilla, desafiante, llena de rabia.

—No, ¿y tú?

Él se rio mientras le daba vueltas tranquilamente a la cucharilla.

—Yo nací en París, soy hijo de exiliados republicanos; o sea, que este hubiera sido como el barrio de Salamanca para mí.

Aún estaba indignada. Y, aunque empezaba a sentir interés, no quería rendirse y demostrarlo y se puso a buscar en su móvil como si estuviera esperando una noticia importante. Leyó con gran concentración y el ceño fruncido un mensaje sobre el estado del tiempo en Barcelona, «frío y nublado». Se tecleó a sí misma «muchas gracias».

Él le agarró la muñeca con mano audaz y tramposa y le dijo:

—Perdóname, Andrea, he sido grosero.

Ella repuso, sin deponer las armas aún:

—Y machista.

Él puntualizó:

—No, eso nunca. Yo hablaba de clase social y no de sexo. —Levantó las manos—. Soy un gilipollas integral, de verdad. Y un acomplejado, aunque me cueste reconocerlo.

Ella dejó pasar unos segundos y entonces se dio cuenta de que no era para tanto y se estaba portando como una criatura, suspiró, meneó la cabeza e intentó retomar la conversación.

—Entonces ¿estudiaste en Francia?

Ignacio quería, sin embargo, la absolución completa, el perdón de los pecados y la comunión.

—¿Me perdonas? —Seguro de sí mismo, con un destello animal en la mirada—. Dame la mano.

Puso la palma hacia arriba, ella dudó y luego lo rozó levemente, como jugando. Él la cubrió con la otra y se la apretó con una sonrisa que le iluminó todo el rostro. Luego la depositó con cuidado sobre la mesa, como si se tratara de un objeto muy valioso.

—Estudié en Francia hasta que mis padres decidieron regresar a España. Yo tenía trece años.

Andrea se lo imaginó con trece años, todo furia, puños apretados y acento francés; le conmovió.

—Pero esa es una edad muy difícil para adaptarse a lo nuevo, ¿no?

Él la miró como calibrándola y luego le habló de forma íntima, como si fuera una amiga.

—Sí, la verdad es que lo pasé muy mal, porque al final no eres de ninguna parte. Cuando esa mujer contaba que sus hijos estaban hartos de que hablara de la colonia, he recordado que a mí me pasó lo mismo con mis padres, me harté de oír hablar de España, odiaba esa añoranza, quería sentirme francés, pero todo saltó por los aires cuando regresamos. —Resopló, agitó la cabeza para disipar los malos recuerdos y cambió bruscamente de conversación—: Bueno, Andrea, aquí estamos, a punto de unirnos en una relación tan sólida como un matrimonio, te pido perdón de nuevo, estoy seguro de que nos vamos a llevar muy bien.

La risa de Andrea sonó como un graznido.

—Será un matrimonio a tres.

Él rio también.

—Sí, claro, lo dices por Pablo... Es como si fuera mi marido. Es verdad, llevamos juntos treinta años, la pena es que le han puesto dos baipás y no puede mostrar todo lo que vale. —Tenía una expresión sinceramente apenada—. Es un arquitecto extraordinario, a la altura de vuestro Sert. Fue uno de sus discípulos.

—Bueno, me refería a tu mujer también.

El camarero traía los manteles de papel para la comida y les dejó la factura sobre la mesa. Antes preguntó:

—¿O van a comer?

Ambos negaron. Ignacio la miró de hito en hito.

—¿Mi mujer, dices?

—Rivas.

—¿Carol?

Andrea no entendía su sorpresa. Quizás lo llevaban en secreto y estaba metiendo la pata, pero de perdidos al río:

—Sí.

Ignacio se echó a reír, sacó la cartera, ella creyó que le iba a enseñar una foto de su familia. En su lugar, puso unos billetes encima de la mesa, se levantó y le retiró la silla para que se levantara también. Así Andrea no le vio la cara cuando dijo:

—No es mi mujer, es la de Pablo.

Menos mal que él no la vio a ella tampoco. Porque Andrea sintió una súbita inyección de alegría y un sol cálido y misericordioso le empezó a alborear en el pecho.

19

Sonaban cuatro campanadas en la cercana iglesia de Montsió cuando acabaron de comer. Lo último que vio Andrea de Ignacio fue cómo se metió la mano en el bolsillo de la americana, seguramente buscando el paquete de tabaco, y la forma natural en que abrió la puerta del restaurante y dejó salir a Loti. Le dijo algo al mismo tiempo y Loti sonrió. ¿Su hija, que nunca sonreía? Y después desaparecieron sin echar la vista atrás y Andrea bajó la cabeza y miró sin darse cuenta las tazas de café, las botellas de agua, su copa, la única con restos de vino, el almidonado mantel de hilo blanco, como blanco era el suelo y la larga barra ondulada. Y las paredes desnudas lacadas en blanco también, excepto una de ellas, que estaba llena de estanterías con botellas de distintos colores con la luz dirigida de tal manera que parecía que fuera un acuario.

Nieves primero la observó ladeando la cabeza como si se tratara de un fenómeno extraño y después se inclinó a su oído para gritarle:

—¿Me quieres decir qué coño te pasa?

Andrea tenía el color ceniciento. Fingió que no entendía la pregunta y contestó con un hilo de voz:

—Que tengo muchas cosas en la cabeza. Loti le quiere enseñar a Ignacio el despacho y presentarle a las personas del equipo. —Era como si la expresión de su amiga le pasara desapercibida—. Hoy además se incorporaban los interioristas, responsables del diseño de las casitas museo.

La otra hizo un gesto despectivo con la mano enviando a la porra las casitas museo.

—Ya me entiendes, Andri.

Pero Andrea proseguía, impertérrita, con un tono de voz mecánico, como una cinta grabada.

—Serán unas construcciones curiosas porque tratamos de reflejar un tiempo que ya no existe, la forma de vida de una colonia textil. Incluso estamos pensado en contratar actores para una jornada de puertas abiertas.

Nieves envió la jornada de puertas abiertas al mismo sitio adonde había enviado las casitas y agarró perentoriamente la mano de su amiga.

—Oye...

La voz de Andrea alcanzó ribetes histéricos.

—Y en el parque pondremos cien palmeras que ya hemos encargado en Marrue...

—¿Quieres callarte?

Nieves dio un golpe en la mesa que sonó tan fuerte que las copas temblaron y los clientes de al lado las miraron con curiosidad. Y es que, a pesar de la hora, el local estaba lleno todavía de esa clientela cosmopolita dominada por el elemento japonés que suelen tener los restaurantes de lujo si están situados en el Ensanche. A los turistas les habían dicho que en España se comía tarde, pues ellos llegaban a las cuatro, qué risa, comer a las cuatro, cuando en sus países estaban a punto de cenar. Y, como en una conspiración nacional en la que todos se hubieran puesto de acuerdo, nadie les contaba que en Barcelona en realidad se comía a las dos. ¿Por qué estropear una leyenda con algo tan aburrido y tan sin importancia como la verdad?

Un discreto ruido de cristalería y el murmullo educado del personal eran interrumpidos de repente por el tono de voz alto o la risa estertórea de algún indígena. Los camareros llevaban delantales hasta los pies, a la antigua, y se inclinaban con respeto cada vez que presentaban un plato.

Ahora sí que Andrea levantó la vista y miró a su amiga con ojos de angustia. Y, haciendo un esfuerzo para que no se le quebrara la voz, preguntó:

—¿He estado muy mal?

—Horrorosamente mal, te has comportado todo el rato como una estúpida, con cara de culo como una pueblerina rencorosa. ¡No has abierto la boca y encima riñes a tu hija porque se reía y disfrutaba! Que tu hija se ría con todo lo que está pasando es una noticia fantástica, ¿no tenéis pronto la reunión con el abogado del pobre hombre muerto en el accidente del estudio?

Andrea contestó, apesadumbrada:

—Sí, el martes... —Un clavo más en el corazón—. Espero que vaya bien.

—Bien es que paguéis y evitéis ir a juicio. Ya te dije que Ángeles no sabe nada... Me la he jugado contigo porque, si se llega a enterar de que habéis provocado una muerte, si se hace público ese escándalo, os retira el contrato por mucho que quiera fastidiar a su suegra. ¡Todo pende de un hilo hasta que no lo arregléis!

Andrea no pudo evitar decir en tono lastimero:

—¡Qué difícil es todo!

Pero la amiga la miró con severidad.

—Difícil para tu hija más que para ti. ¡Y aún te molesta que se lo pase bien, aunque sea unas horas! —Movió la cabeza con incredulidad—. ¿No sabes qué me dijo la última vez que vino a Zabriskie Point? ¡Que estaba tratando de convencer a Gloria para irse a vivir a Alemania con Klara porque no soportaba que todo el mundo la mirase como una fracasada y la comparara contigo!

Andrea se apuntó el corazón con el pulgar.

—¿Conmigo?

—Sí. Yo ya le digo que vale mucho más ella que tú, que tú eres buena persona sin ningún esfuerzo porque te han parido así.

—¿Soy buena persona? ¡Qué dices, ojalá!

La otra no le hizo caso, era como uno de sus caballos a punto de desbocarse.

—Y si no llega a ser por mi padre no sé cómo hubiéramos sacado el chiringuito adelante, o sea, que tan buena como arquitecta tampoco eres...

Andrea mantenía los ojos bajos, el suelo era de microcemento, pero en algunas partes se estaba estropeando.

—Gracias por hacerme sentir más mierda todavía.

Encorajinada, Nieves la cogió por los brazos y la zarandeó.

—No te enteras de nada, por Dios, Andrea, que tu hija está tomando antidepresivos desde lo del accidente.

A Andrea se le llenaron los ojos de lágrimas y se puso a temblar. Lo que más le dolía era que Loti hubiera confiado en Nieves y no en ella. Preguntó en voz baja, tan baja que apenas se escuchaba:

—¿De verdad?

Nieves se debió de arrepentir de haber sido tan catastrofista, porque concedió.

—No te preocupes, está mucho mejor. De verdad.

—¿Qué medicamento le han recetado?

La otra se vio obligada a rectificar.

—Bueno, no llegó a tomar, creo, pero está a tratamiento, eso sí.

Andrea cerró los ojos, guardó silencio unos segundos y luego preguntó:

—¿Está en buenas manos?

—Sí, la lleva Mario Torrico.

El instinto social va en el ADN de ciertas personas y se manifiesta incluso en las circunstancias más duras, sin que ello quiera decir que se sufra menos.

—¿Mario Torrico?

La otra depuso un momento su actitud de monja severa y gruñona, copiada de la legendaria *mutter* Leonarda.

—¡El mismo! ¡Torrico, el Borrico!

—¿El de los bañadores Tarzán, el que hizo la mili con el marido de Maca y los arrestaron porque los pillaron fumándose un porro?

Nieves le dio un sorbo a su café, ya frío, y le hizo una seña al camarero, una firma en el aire, para que llevara la cuenta.

—¿Te acuerdas de cómo nos daban el coñazo con esa historia? En el bar Taita pusieron una pizarra e iban anotando las veces que la contaban.

—¡Sí, llegaron a setenta!

Suspiraron ambas al unísono, apearon las sonrisas nostálgicas y volvieron al presente. Ahora Nieves se había suavizado porque vio que su amiga tenía los ojos vidriosos, se frotaba los brazos como si tuviera frío y su aspecto volvía a ser lamentable.

—No te preocupes, lo importante es que está en vías de solución, ya verás.

Andrea miraba un punto fijo. Nieves le hizo una caricia en la mejilla.

—Pero, cuéntame, ¿qué te ha pasado hoy? ¡No parecías tú! Díselo a la señora Francis. —Puso voz de consultorio amoroso—. Dime, amiga, ¿qué ha ocurrido para que hoy te comportaras como una auténtica gilipollas?

—No sé, estaba pequeña... Me sentía pequeña, estaba emocionada, impresionada, ¡soy una imbécil!

—Es que no eras tú, no has abierto la boca y, cuando el madrileño te preguntaba algo, no contestabas y te ponías a mirar a otro lado con cara de mojigata estreñida.

Andrea se llevó las manos a las mejillas; las notaba ruborizadas recordando su cortedad, su sosería, su falta de inspiración.

La comida había empezado muy bien. Una corriente de simpatía fluyó de Loti a Ignacio, que empezó contando sus impresiones de la colonia Recoder, de la mujer que los había abordado, del ambiente del barrio, girándose simpáticamente hacia Andrea para que interviniera, pero ella no hacía más que soltar risitas sin venir a cuento y asentir como esos muñecos que van en los cristales traseros de los coches.

Por la mañana había estado natural, como era ella, porque lo creía fuera de su alcance. Sin embargo, al saber que no estaba casado...

Al final el hombre, desconcertado, le preguntó a Nieves por la finca y los caballos. Mientras, Andrea seguía sonriendo a lo Gioconda, como si se estuviera contando una historia muy entretenida a sí misma, ajena a la conversación general, desmigando el pan, mirando alrededor, haciendo, en fin, todo eso que hacemos cuando no sabemos qué hacer en realidad.

Si Ignacio decía:

—¿Y tú, Andrea, no has sentido la tentación de cambiar de actividad, como Nieves?

Ella se encogía de hombros como si le hablara en chino y miraba para otro lado, o fingía que se le había roto una uña y la observaba con el ceño fruncido, o, en el sumun de la desesperación, se ponía a contestar mensajes imaginarios en el móvil mientras su hija le daba tremendas patadas por debajo de la mesa.

No podía hablar normal. Le había invadido una timidez absoluta, inabarcable, insuperable. Se había convertido en la mujer estatua de sal de Lot, en la muda Belinda, en un témpano de hielo, en un gusano, todo en una pieza.

Con un esfuerzo titánico, logró enhebrar algunas oraciones, pero solo se le ocurrían tópicos y frases hechas.

—Mejorando lo presente... No hay mal que cien años dure. —La última le salió tan baja que nadie la oyó, afortunadamente—: Quien con niños se acuesta...

Se apagó como un juguete al que se le hubieran acabado las pilas.

Ignacio, al final, y después de una larga mirada inquisitiva que no tuvo respuesta por parte de Andrea, dejó de dirigirse a ella. Cuando el camarero tomó nota de las bebidas, ella lo tuvo muy claro, como el que se agarra a un clavo ardiendo (sí, también había dicho esta frase).

—Vino.

Fue la única, porque Nieves, Loti e Ignacio pidieron agua. No le importó. Apuró la copa tan rápido que el camarero, que aún no se había retirado, la volvió a llenar solícito.

Y ¿qué hiciste, Andrea Capdevila?

Fue como si se le hubieran pegado los labios con cinta adhesiva y solo pudiera emitir ruidos, intentando darles la máxima expresividad posible. Temía que le fallaran ciertas palabras difíciles, como «arquitrabe» o «esternocleidomastoideo», y que le oliera el aliento. Así, un mmmh apagado era que sí, dos mm, mm cortos era tal vez, una especie de tos era risa... Al final todos se cansaron de tratar de interpretar ese código tan complicado como el de Hammurabi y se dedicaron a su comida. Enormes platos y una porción microscópica en el centro de algo cubierto por dos judías verdes en aspa.

La que más hablaba era Loti: le había contado a Ignacio entre risas lo del libro de recetas que había heredado de su abuela.

—Es una monada, parece una obra de arte, una miniatura, te lo tengo que enseñar... Mira, tengo una prima que trabaja en Simon and Schuster en Hamburgo...

—¿La editorial? —preguntó Ignacio mientras cortaba las dos judías verdes con tenedor y cuchillo—. Es verdad, la sede está en Hamburgo.

—Sí, bueno, ella es gestora de cuentas, pero me ha dicho que se lo iba a enseñar a uno de los editores para publicarlo porque le parecía muy gracioso.

—Quita, gracioso —le decía Nieves a Ignacio—. Lo que pasa es que Klara, la prima, tiene mala conciencia porque ella recibió cuadros, pisos y joyas de su abuela y a Loti solo le dejó ese cuaderno.

Loti fingía picarse.

—Oye, que si se publica sacaré más que ella por el Cézanne.

Ignacio se rio. Cuando reía, se le arrugaba la nariz, solo por un lado, y la cicatriz del labio se le abría un poco dejando ver una mínima línea sonrosada.

—Me parece una idea genial.

Todos reían, cuando llegó el tío Paco con las rebajas. Andrea puso tono de funeral para soltarle a su hija con reproche:

—No me habías dicho nada.

Se apagó la sonrisa en la cara de Loti como un grifo que se cierra.

—Ya, perdona, mamá... No me parecía importante, lo más probable es que no salga.

Un manto de fastidio cayó sobre la mesa cubriéndolos a todos. Ignacio carraspeó y Nieves trató de disipar el ambiente incómodo con anécdotas de su finca y de «sus chicos», como ella los llamaba. Pero aquello ya no había quien lo levantara. Ignacio con educación dijo:

—Me gustaría mucho ir a verte allí un día.

Cuando se fueron Loti y él, mucho antes de lo que habían previsto, Andrea los miró con tal desconsuelo que rompía el alma, solo le faltaba aullar a la luna y levantarse sobre las patas traseras. Querría decirles volved, por favor, lo volveré a intentar, estaré ingeniosa y simpática, habladora y brillante, de mi boca solo saldrán palabras inteligentes, divertidas y cultas. Volved, por favor. Ignacio, por la mañana te gusté, ¿verdad? ¡Esa soy yo, la auténtica Andrea! Loti, cuéntale que soy divertida y eso de que me admiras y tal.

¡Pero era irreversible! ¡No se puede cruzar el mismo río dos veces!

Nieves la miraba ahora con cierta compasión risueña, lo que consiguió que Andrea confesara con vergüenza:

—Ya sabes que me pasa eso, siempre me pasa eso cuando...

La amiga completó la frase:

—Cuando un hombre te gusta. ¿Y te gusta Ignacio?

—Sí, me gusta.

—¿Como el profesor de autoescuela? ¿Como el escultor?

—Más, más.

—¿Como te gustaba Javier?

—Más.

—¡Como te gustaba el Pedos!

Andrea enrojeció por dentro por esos errores vergonzosos que figuran en todo currículo amoroso que se precie y le enseñó el dedo medio a su amiga.

Ninguna de las dos dijo como te gustaba Rolf, porque los maridos eran sagrados, sobre todo si estaban muertos. Recuerdo piadoso para Rolf.

—Si te lo imaginas en el váter o metiéndose el dedo en la nariz, ¿continúa gustándote?

Andrea le dio un golpe mientras le bailaba la risa en una comisura de la boca, esa sonrisa torcida que expresa vergüenza, pero también ilusiones, sueños, futuro... ¡Viejos anhelos siempre jóvenes porque cada vez es como si fuera la primera!

—¡Continúa!

—¿Te has... enamorado?

No se atrevió a verbalizarlo porque lo había conocido hacía solo veinticuatro horas. Pese a ello, así era su corazón, una víscera loca que se inflamaba y ya no había marcha atrás. Solo asintió con la cabeza y no tenía ni un día más de veinte años. Nieves abrió exageradamente los brazos.

—¡Acabáramos! No, si yo ya sabía que volverías a caer. Cuando Maca me contó lo de ese tío que roncaba —¿quién?, Andrea tardó varios segundos en recordar, ah, sí, Adolfo, pobre hombre, con su pequeño drama a cuestas, porque el amor la volvía benevolente y bondadosa—, pues yo le dije, no te creas que Andrea se va a dar de baja en esto de los enamoramientos por mucho que diga...

Con voz débil la otra intentó llevarle la contraria.

—Pues yo ya había desistido.

Nieves la miró con cómico desprecio.

—¿Quién, tú? ¡A otro perro con ese hueso! ¡Cursi! ¡Que eres una cursi!

Cursi, sí, porque Andrea se sentía flotando en una nube de algodón, pero de pronto la nube hizo pfffff y se cayó al suelo con todo el equipo.

—No creo que después de esta comida se vuelva a interesar por mí. ¿Cómo voy a remontar eso?

—Hija mía, ¿cuánto van a durar estas obras faraónicas? ¿Cuatro años? Pues ahí lo tienes, te dará tiempo a mostrarle tu cara más fascinante. —Agitó los dedos, puso boca en U y aflautó la voz—: Holaaa. Igggnacio, ¿cómo te va? ¡No te olvides del parpadeo *made in* Andrea! ¡Marca de la casa!

—Cállate, idiota.

En ese momento llegó el camarero y les dijo que todo estaba arreglado, que el señor las había invitado. De forma incongruente las dos le dieron las gracias al camarero con tantos espavientos como si hubiera pagado él y cogidas del brazo salieron del restaurante.

La tarde languidecía y una luz color piedra bañaba el pasaje de la Concepción. Subieron por el paseo de Gracia y se pararon delante de los escaparates de las tiendas echándoles un vistazo distraído sin dejar de hablar.

—Pero ¿tú qué sabes de ese hombre?

—¡Nada!

—¿No lo has buscado en internet?

—Creo que no está casado.

La amiga la miró como si fuera un caso perdido.

—¡No me digas que ni eso sabes!

—Pues no, me pasaron la ficha técnica del estudio y los conozco porque han llevado proyectos importantes. Es que hasta ayer no me interesaba como hombre, solo como arquitecto.

Llegaron a los jardines del Palau Robert, Nieves le dio un pequeño empujón para que entrase. Había muchachas sudamericanas con niños muy pequeños que comían tierra tranquilamente; dos adolescentes mirando el móvil; una niña corriendo con los brazos abiertos que imitaba a un avión y espantaba a las palomas, que levantaban un vuelo corto con gran exageración de alas para volver a posarse en el suelo unos metros más allá.

Nieves sacó el móvil.

—Vamos a ver.

Andrea, de forma instintiva, le detuvo la mano.

—Ay, no, deja, ¿y si hay algo que no me gusta?

—Oye, vamos a hacer esto: yo miro y luego te digo si vale la pena o no, te hago un resumen. ¿Te parece?

Empezó a clicar y a mascullar: «Ignacio Montes, Ignacio Montes...», y en ese momento les sobresaltó un agudo:

—Cucú.

Estaban tan abstraídas que dieron un grito, Nieves echó una mirada instintiva a su reloj.

—Ay, perdona, Maca, ¿ya son las seis?

La amiga, tan abrigada como si fuera al Polo Norte, la miró con impaciencia.

—Sí, reina, me has enviado el mensaje de que veníais aquí hace media hora.

Nieves apagó el móvil, lo metió en el bolso y se levantó.

—Pues vamos.

Andrea, sentada en el banco, miró a una y a otra con estupefacción y dijo con acento entre indignado y lastimero:

—Pero ¿habíais quedado SIN MÍ? ¿Adónde vais?

Maca miró a Nieves para animarla a hablar. Esta se limitó a llevarse el dedo índice a los labios.

—Ssshhhh, ¡ya te contaré!

Y se perdieron entre niños y palomas.

20

Aunque Andrea no hubiera tenido ese martes escrito con letras de sangre en su mente, el dios de los momentos excepcionales quiso señalarlo con un clima infernal. La mañana estaba oscura como si fuera de noche y llovía con tal violencia vertical que en una hora el agua empezó a correr calle abajo, rebosando las alcantarillas. Rayos de violencia inusitada zigzagueaban en el cielo en todas direcciones y, después, el bramido hosco de los truenos hacía temblar los vidrios de las ventanas y se ahuecaban los visillos como si hubiera un fantasma. De vez en cuando se oía una sirena.

—No pasa nada, Danu.

Andrea acariciaba monótonamente la barriga de Dana, que estaba tan tranquila patas arriba gruñendo de gusto, cuando en el fondo lo que quería era calmarse a sí misma. Sentía un vacío angustioso dentro, como si fuera un muñeco al que le hubieran sacado el relleno.

El taxi tardó media hora más de lo acordado y el conductor se disculpó.

—Están los semáforos estropeados y unos atascos de cojones.

Así que hoy era el día. Tenía que entrevistarse al fin con el abogado de la familia del hombre muerto en el accidente del estudio y eso iba a modificar su futuro; y el de una veintena de personas, incluida su hija. Iba sin planes, sin alternativas que ofrecer. Había quedado con Loti y con Floren en una cafetería de la calle Tuset. No había visto al joven abogado, el sobrino de María Dolores, desde que le encargaron el caso, aunque le había pedido la provisión de fondos y ella le había hecho la transferencia consecuente. No obstante, sí le había llamado varias veces de forma apresurada por teléfono, desde el juzgado, desde un almacén de chatarra, desde un herrero. Desde la casa de su abuelo porque no debía de tener ni bufete.

Andrea también sabía que estaba intentando encontrar a la desesperada a la fotógrafa propietaria del piso, la que les había encargado la reforma, la que había dado hospedaje al hombre muerto. La mujer trabajaba para el National Geographic y se pasaba la mitad del año viajando, en esta ocasión por Asia.

Floren, sin embargo, hablaba a menudo con Loti y también con Márquez. Cuando fue a pedir la venia simpatizaron y se reunieron en varias ocasiones. Poseía buena voluntad, pero ¿qué podía hacer él?

El abatimiento la cubría como un sudario.

Justo en la puerta de la cafetería el paraguas se le giró del revés a causa de la violencia de la lluvia y del viento, y estuvo a punto de caer al suelo. Entró sacudiéndose el agua de la gabardina como un perro mojado y vio que su hija y Floren estaban hablando con las cabezas juntas. Cuando ella llegó se separaron y le hicieron gestos para que se sentara.

Con el proyecto de la colonia, el estudio estaba en plena efervescencia, como en sus mejores tiempos. Gracias a la inyección de dinero de Nieves, hasta habían contratado una secretaria nueva, ya que los trabajos de construcción se cobraban a tres meses. La mitad de la plantilla estaba en visita de obras y la otra se ocupaba de los incesantes problemas del día a día. Madre e hija se veían poco, pero, cada vez que se cruzaban, se decían lo mismo con los ojos, encogiéndose de hombros con la resignación del condenado al patíbulo.

—Si no sale bien lo del martes, todo esto a tomar por culo.

Y ¿qué era salir bien? O se plegaban a los deseos del denunciante sacando el dinero de quién sabe dónde, o iban a juicio, un juicio adverso, con la consiguiente publicidad, nefasta para ellos. No solo perderían el proyecto de la colonia, sino que el estudio quedaría señalado para siempre por su negligencia y malas prácticas. ¿Quién querría contaminarse de eso? ¡Cuántos estudios de arquitectura, empresas de construcción o de ingeniería habían tenido que cerrar después de un incidente así!

En las listas de morosos de Hacienda, la mitad eran empresas relacionadas con la construcción que no habían podido superar accidentes como el suyo y habían ido a la quiebra.

Andrea debía de haber estado pensando todo aquello en voz alta sin darse cuenta, porque inmediatamente después Floren intervino.

—Sí, la situación es la que describes, Andrea —corroboró en plan alegría de la huerta—. Además, Lucas Salmerón, el abogado al que nos enfrentamos, es el típico letrado al que le gusta hablar con los medios.

—¿A alguien le puede interesar esta historia?

—Sí, claro, tiene todos los ingredientes para ser atractiva: un pobre hombre muerto por la mala praxis de unas arquitectas sector pijo de Barcelona.

Loti parecía resignada. Andrea, al contrario, se sulfuró.

—¡Qué injusticia!

—Ah, los periodistas son unos cabrones, ¡todo el mundo lo sabe!

Andrea pidió un café con leche y le conminó a hablar.

—¿Hay alguna novedad?

Floren miró a Loti, que a su vez miraba al vacío, y contestó con timidez:

—He intentado que aplazaran la reunión porque estoy esperando que me llegue una información valiosa —enseñó el móvil en alto—, pero Salmerón no ha querido. Dice que ya lleva meses con esto y que la familia está pasando apuros, que lleguemos a un acuerdo o nos denuncia por la vía penal, que es la más rápida.

Andrea lo observó con desconfianza. ¿Qué valiosa información debía de ser esa? Sospechaba que lo hacía para darse importancia. Ahora se arrepentía de haber seguido su instinto y haberlo contratado; ¿qué sabía él de todos estos asuntos? ¿Qué pleito había llevado? Ah, sí, contra unas gallinas que se cagaban en el patio vecino. Suspiró.

—¿Te ha dicho algo Márquez que pueda ayudarnos? ¿Esas sospechas que tenía...?

Floren se mostró nervioso.

—Sí, llevaba razón, nada es lo que parece, pero sin el documento que te digo no vale nada lo que tenemos. Todo se queda en el terreno de la especulación. —Intentó poner voz animosa—. Quizás lo recibimos en minutos.

Andrea levantó las cejas con un recelo tan evidente que un desamparado Floren se volvió a Loti. Esta miró a su madre con severidad y le dijo:

—Mamá, Floren ha hecho un gran trabajo, ha descubierto muchos agujeros en su versión.

Aun así, el chico admitió con desaliento:

—Pero sin esa declaración no valen nada.

Andrea ya se mosqueó.

—¿A qué tanto misterio? —Sin embargo, la hija le señaló la hora en su reloj y ella dijo desabridamente—. Sí, vamos, vamos, es tarde, ya sé que por mi culpa.

Mientras corrían al despacho y se arrimaban a las paredes para evitar la lluvia, Andrea comentó:

—Ese tal Lucas Salmerón debe de ser un pieza.

Floren asintió.

—Cuenta con mucha experiencia, en juicios penales, sobre todo. Ha sufrido un par de tropiezos, Márquez me contó que tenía fama de chanchullero. Se quedó con la indemnización de un cliente, por ejemplo. Eso Márquez lo sabe de buena tinta. El cliente se enteró por casualidad, él creía que no habían conseguido nada. Lo iba a denunciar, pero al final no lo hizo, supongo que el otro lo compensaría.

Floren se calló unos instantes y pareció dudar. Luego añadió:

—Aunque no me gusta admitirlo, si gana tantos casos es porque no tiene escrúpulos, es agresivo y también muy inteligente.

El despacho no era lujoso, tenía un mostrador de madera, como un estanco. Una secretaria mayor, con pelo gris, rebeca, medias gruesas, zapatos de medio tacón y las gafas colgando de una cinta sobre el pecho, los hizo pasar a una sala grande y austera donde los tres se veían perdidos. En medio de la mesa había una bandeja con cuatro vasos y una jarra de agua.

—El señor Salmerón viene ahora.

—Gracias.

Floren no parecía saber dónde poner la cartera, si en el suelo o en otra silla, como si fuera un invitado más. Al final optó por dejarla en sus rodillas, igual que el que va a vender una enciclopedia. Seguía pendiente del teléfono y se le veía intimidado por la evidente hostilidad de Andrea y por su responsabilidad en este encuentro.

Por lo que ella pudo deducir de su breve intercambio en la cafetería, los últimos días habían sido una carrera contrarreloj para el joven abogado y ahora temía que sus esfuerzos no hubieran servido para nada.

Andrea no tuvo más remedio que reconocer en Floren esta timidez y esa cortedad que le resultaban tan familiares. Como yo en la maldita comida con Ignacio, se dijo con tristeza. No había dejado de pensar en él, con una añoranza inexplicable de sucesos que nunca habían ocurrido. Echaba en falta viajes, paseos, risas, comidas nunca compartidos. ¡Besos que nunca se habían dado! Creía que era una emoción sin sentido y que solo le pasaba ella, ¡quizás se estaba volviendo loca! Sin embargo, durante esas últimas noches huérfanas en la cama, con los dedos distraídos recorriendo alocadamente la pantalla de su móvil, se había enterado de que la nostalgia por algo que no se ha vivido hasta tenía palabra propia: anemoia.

Le decía a Dana:

—¡Anemoia! ¿Qué te parece? ¡Ni sufriendo puedo ser original! ¡Todo está inventado! —La perrilla, aburrida de sus soliloquios, bostezaba con una abertura de quijada impresionante y ruido de viejo. Y Andrea se quejaba mientras apagaba el móvil—. ¿Pero no puedes bostezar como las personas normales?

Como el amor la hacía buena, le dio un apretón en el brazo a Floren, que el chico agradeció con una sonrisa temblorosa y que a todas luces apenas sirvió para paliar el agudo síndrome del impostor que debía de estar poseyéndolo en esos momentos.

La puerta se abrió con firmeza y Lucas Salmerón entró en la sala.

Era muy distinto a como Andrea se lo imaginaba. Parecía un artista de cine de los años cincuenta. La piel bronceada, pelo muy negro y brillante, bigotillo, barbilla partida y sonrisa deslumbrante. Iba vestido con una llamativa corbata amarilla y un traje muy caro.

Detectó enseguida las jerarquías y saludó primero a Andrea, después a su hija y luego al abogado, que se había puesto en pie. A él le dijo con cierta condescendencia mientras le propinaba un golpe en el hombro:

—Encantado, compañero, ¿nos sentamos?

Llevaba unos cuantos papeles, que arrojó sobre la mesa con un poco de chulería. Cruzó las manos frente a sí, en la muñeca izquierda un Rolex de oro, en la derecha una pulsera de clavos de plata de Cartier. Miró a los tres alternativamente y dijo sonriendo:

—Bueno, ¿qué me cuentan?

Se miraron entre ellos y fue Andrea la que preguntó:

—¿Qué quiere decir?

El otro dejó de sonreír y se hizo el asombrado.

—Pues mi propuesta, creía que después de tantos meses estaba claro.

Andrea se fingió horrorizada.

—¿Lo del millón de euros como compensación?

El hombre guardó unos segundos de silencio, abatió los párpados como si estuviera apenado y sorprendido a la vez, y luego se arrellanó en la butaca con las manos juntas e hizo girar los pulgares.

—Pues sí, vamos a hablar claro, yo defiendo a la familia de un pobre hombre que murió por su negligencia. —Miró a Loti y a Andrea alternativamente—. La suya, la suya o la del sursuncorda. Los responsables son ustedes. Pusieron una escalera defectuosa en el dúplex de la señora Ana Segura y, al apoyarse en la barandilla, el hombre se cayó, sufrió lesiones irreversibles, entró en coma cuando llegó al hospital y al cabo de un mes falleció.

Andrea iba a decir algo, pero Floren la cortó.

—¿Cómo fue al hospital?

Salmerón pareció incómodo.

—Supongo que ya lo sabes. Lo llevó su hijo mayor.

—Fue el hijo el que les dijo a los médicos que se había caído por la escalera, ¿no?

El abogado sacó una pluma, de oro, por supuesto, y se puso unas gafas para leer los papeles que tenía sobre la mesa, frente a sí. Antes miró a su colega como si fuera un insecto, muy pequeño y muy molesto.

—Es evidente, dado que él estaba prácticamente en coma y no pudo decir nada. Antes de perder el conocimiento, llamó a su hijo, que fue a buscarlo. Tuvo que entrar por la ventana porque la puerta estaba cerrada y su padre le dijo lo que había pasado. De inmediato lo llevó al hospital.

Ahora dirigió una mirada al documento que tenía delante, de arriba abajo, desenroscó el capuchón de la pluma, añadió un acento y leyó:

—El fallecido —lo dijo con dificultad, como si fuera la primera vez que viera su nombre— Fructuoso Gómez Alpuente, sufrió una caída de tres metros que le ocasionó heridas graves de las que murió un mes después.

Les tendió un documento a través de la mesa.

—Ese es el certificado médico de los doctores del Hospital Clínico que confirma su muerte, «ya que las lesiones "causadas por una caída" eran irreversibles».

Esperó a que lo leyeran los tres y les tendió otro papel.

—Y aquí el informe de los peritos judiciales personados en la calle Juan Marsé número 15. En él se indica que la escalera tenía dos peldaños rotos y la barandilla caída, lo cual evidencia que estaba mal construida al no poder soportar el peso de una persona de sesenta kilos. Miren estas fotografías.

Extendió sobre la mesa un grupo de fotografías como si fuera una baraja de cartas. Se veía una escalera de hierro con la barandilla suelta y dos peldaños torcidos. Loti, Andrea y su abogado no hacían más que asentir mudamente, aunque Floren no dejaba de dar miradas subrepticias a su móvil.

Ante su silencio, Salmerón prosiguió, con una seguridad aplastante:

—Este hombre tiene, mejor dicho, tenía, mujer y tres hijos, dos de ellos menores, y uno de ellos es discapacitado. Se quedan en indefensión, ya que la madre no puede trabajar porque debe ocuparse de este hijo. El cálculo lo he hecho atendiendo a sus necesidades presentes y futuras.

La tensión se podía cortar con un cuchillo; Loti estaba con la mirada baja, Andrea cerraba los ojos y apretaba los labios y Floren hizo un último intento de mirar el móvil, pero al final desistió.

Salmerón frunció el ceño, ya borrada la sonrisa, con los labios delgados y ávidos.

—Decídanse, ¡o esto o el juzgado! Va a ser fácil. Además de las irregularidades evidentes y manifiestas, no cuentan con permiso de obras. —Tras unas décimas de segundo de duda, añadió una aportación de última hora, que se le había ocurrido en ese momento para presionar más—: Y reclamaremos el doble.

El hombre se tiró el pelo hacia atrás, se toqueteó la cadena del reloj, se guardó la pluma en el bolsillo interior de la chaqueta y volvió a juntar las manos mientras los miraba con impaciencia.

Y entonces se oyó a la vez un aviso en el móvil de Floren y un taconeo apresurado en el pasillo.

21

La secretaria abrió la puerta de la sala con rotundidad, Lucas Salmerón frunció el ceño y dijo con violencia:

—¿Qué coj...? —Luego se dio cuenta del estremecimiento súbito de las tres personas que tenía delante y rectificó—. ¿Qué pasa, Engracia? Sea lo que sea, ya me lo contará luego, ahora estamos ocupados.

—Perdone, señor Salmerón, pero es urgente y tiene que ver con el caso que están tratando. —Se acercó sin miedo, como si estuviera acostumbrada a los exabruptos de su jefe, y depositó unas hojas delante de él—. Unos abogados de Hanói nos han enviado por *mail* un documento escaneado.

El otro dijo con una extrañeza:

—Hanói, ¿dónde coño está eso?

Cuando Floren, que estaba consultando su móvil, levantó la cabeza, ¡era otro! El muchacho pueblerino, impresionado por el ambiente, de aspecto derrotado como un perdedor, había desaparecido. Respiraba hondo, a pleno pulmón, sus mejillas habían enrojecido de placer, la excitación hizo que se moviera, inquieto, en la butaca. Parecía incluso más elegante, más alto, más apuesto, como una persona nueva, ¡fue brutal la transformación de su fisonomía! Loti lo miraba con alegre complicidad y también le brillaban los ojos, aunque en el fondo se advertía una punta de temor.

El cerebro de Andrea trabajaba a toda velocidad imaginando a qué podía deberse el cambio en la actitud de su joven amigo, qué sería ese documento misterioso llegado de Hanói. Se volvió hacia Salmerón en busca de más pistas y lo que vio en su rostro fue el desconcierto más absoluto.

Floren contestó a la pregunta del otro abogado con el semblante risueño:

—Está en Vietnam. —Salmerón lo miró como si estuviera loco—. Digo que Hanói está en Vietnam.

El hombre no sabía si reír o enfadarse.

—¿Me estás tomando el pelo o qué? —Señaló el papel que le había puesto la secretaria delante como si fuera un artefacto peligroso—. ¡Carajo, soy un profesional muy ocupado! ¡No estoy para bromas ni lecciones de geografía!

Floren no se arredró. Era evidente que se sentía como un guerrero medieval salvando a su dama del dragón. ¡A sus damas! ¡Con este papel era invencible! De forma un poco repelente y redicha, puntualizó:

—Todos tenemos trabajo, compañero, estas señoras son arquitectas reputadas y dirigen un estudio prestigioso con proyectos importantes que llevar a cabo. —El otro levantó una ceja con escepticismo y abrió la boca con la clara intención de soltar una grosería, pero luego se calló—. Lo mejor para todos es acabar lo antes posible.

Salmerón suspiró como si un grupo de niños pequeños y tontos requirieran su preciado tiempo y le dijo a su secretaria, que permanecía a su lado como un cancerbero:

—Está bien, Engracia, vaya a ocuparse de lo suyo. —Y, para que nadie se olvidase de lo importante que era, añadió—: Acuérdese de cambiar la hora de la reunión con los abogados de la compañía de aviación. Y dígale al ministro que ya lo llamaré yo luego.

La mujer masculló alguna vaguedad que nadie escuchó y salió de la sala con paso lento.

Antes de que volviera a preguntar nada, Floren dijo con una seguridad en sí mismo insospechada diez minutos atrás:

—Es un documento escaneado y firmado por doña Ana Segura, la propietaria del piso. Procede del despacho —miró su móvil, donde había recibido el mismo *mail* que Salmerón, y leyó el membrete que encabezaba el documento— Kiem Lawyers, de la calle Lieu Giai Street...

—«Street» quiere decir «calle».

Floren levantó la vista, confuso.

—¿Cómo? No entiendo.

Salmerón dijo con impertinencia deliberada:

—Es como si hubieras dicho que vive en la calle Aribau, calle.

El otro se quedó desconcertado, que era lo que Salmerón pretendía, pero retomó el hilo.

—... número 60. Como sabrás, un documento escaneado tiene el mismo valor del documento original, que, de todas formas, nos está siendo enviado por burofax.

Salmerón levantó la mano y la hizo volar por encima de su cabeza. No pudo evitar lanzar este dardo:

—Veamos qué patochada se te habrá ocurrido.

—¿No quieres leerlo?

—Se me ha levantado dolor de cabeza... Prefiero que me lo leas tú.

Aunque no tenía necesidad, ya que era claro que lo había escrito él mismo y se lo sabía de memoria, empezó.

—Yo, Ana Segura Gutiérrez, nacida en Barcelona el...

—Sáltate la paja, por favor, que no tenemos todo el día.

—Ana Segura está en Vietnam desde hace tres meses, pero declara que su amigo, Fructuoso Gómez Alpuente, al que conoce desde la infancia y que se aloja en su casa en ocasiones, pues no tiene contacto con su familia por una serie de problemas personales, se cayó en la calle dos días antes de su hospitalización. En concreto, el —con el dedo repasó las líneas para leer meticulosamente la fecha— 3 de octubre. Recuerda que lo ingresaron el 5. La llamó para que fuera a buscarlo y la señora Segura lo quiso llevar a Urgencias, pero él dijo que estaba bien, que solo necesitaba descansar.

Andrea empezaba a ver por dónde iban los tiros.

Salmerón, por su parte, movía impaciente una pierna y fingía estar aburrido.

—Bien, no veo nada raro en todo esto.

Floren prosiguió como si no lo hubiera oído.

—Ella tenía el billete cerrado y un complicado itinerario de trabajo mediante diversos sistemas de locomoción, desde autobuses locales hasta trenes. Lo único que pudo hacer es dejarle su casa y la nevera llena de comida. Lo vio adormilado y le dijo que si empeoraba llamara a su hijo mayor, el único con el que tenía cierta relación.

El otro dijo, despectivo:

—Bah, todo es un invento de esa mujer. A saber cómo la habrás convencido.

Sin hacerle caso Floren prosiguió, transfigurado por la emoción.

—Por cierto, aporto los antecedentes penales de ese muchacho, el hijo... Bueno, no tan muchacho, porque tiene treinta años. Ha sido condenado varias veces por estafa y hurto.

—¿Y eso qué más da?

Su voz empezaba a perder arrogancia. Un imparable Floren siguió como una máquina de destrucción masiva.

—Hemos contratado un detective para encontrar testigos de la caída en la calle, lo socorrieron dos personas, no será difícil identificarlas.

El otro rio, fuerte de nuevo.

—O sea, que no hay ninguna prueba.

Impertérrito, Floren prosiguió.

—El bar donde lo llevaron sí nos ha hecho una declaración.

Loti y Andrea miraban a uno y a otro como si estuvieran en un partido de tenis. Permanecían mudas, era un momento decisivo, aún no se sabía quién iba a ganar, su futuro pendía de un hilo. Andrea se agarraba al borde de la silla con tal fuerza que tuvo muchos días los dedos doloridos.

El abogado soltó una risita y preguntó con incredulidad:

—Ah, ¿sí? Vamos a verla.

Ahora sí que Floren puso la vieja cartera encima de la mesa, sacó con parsimonia una carpeta, la abrió, cogió un papel y lo hizo resbalar a través de la madera hasta su oponente.

—¿Ves? Ahí dice que el hombre se negó a que llamaran a una ambulancia y que avisó a su amiga Ana Segura para que fuera a buscarlo. Está firmado por el propietario del bar Sierra Nevada y un camarero.

Salmerón agarró el papel por la punta, lo leyó someramente sin prestar atención mientras pensaba en lo que iba a objetar. Al mismo tiempo, si uno se fijaba bien, se atisbaba una punta de asombro por la deriva de este encuentro, que él preveía solo de trámite.

Aun así, su voz sonó irritada.

—Pero, hombre, a ver, menuda tontería, ¿qué tiene que ver esta caída con la otra? Será que el hombre es torpe.

—Es que ahí está la cosa, que yo no creo que hubiera dos caídas, sino solo una.

El otro soltó una risotada falsa.

—Sí, claro, cómo va a perder la conciencia al cabo de dos días, ¡es absurdo!

—No, precisamente, en este informe médico —otra vez rebuscó en el maletín, que parecía un pozo sin fondo— de los doctores Palacios y Ventura, se dice que no es infrecuente que pase un tiempo, incluso días, entre el accidente y la pérdida de consciencia. Si hay pequeñas sufusiones hemorrágicas extendidas por todo el cerebro, que son inoperables, solo cabe esperar. Hablando en plata, el paciente se muere o no se muere. En este caso se murió.

—Porque se cayó por la escalera.

—O por la caída en la calle. Esta la vieron varias personas, la de la casa no la vio nadie y solo tenemos el testimonio del hijo, que tampoco la presenció.

El hombre no se iba a dejar vencer sin luchar.

—Coño, ¿y la escalera? ¡No me negarás que estaba en mal estado!

—Mira, nosotros hemos hablado con el herrero que la construyó, con cuarenta años de oficio, y nos ha hecho una declaración jurada —volvió a meter la mano en la cartera— de que pasó controles de seguridad y que estaba forjada según la normativa vigente.

Sacó más papeles, que el abogado rechazó con gesto despectivo.

—¡Qué va a decir él!

El tono era tan ofensivo que las dos mujeres se miraron entre ellas. Iban a protestar, pero Floren se mostraba impermeable a los agravios.

—También hemos enviado un perito al piso. —Antes de que el otro dijera nada, aclaró—: La llave nos la dejó la madre de la propietaria, con su permiso.

—¿Y qué dijo?

—Que los desperfectos pudieron haber sido hechos expresamente.

El otro tiró de ironía:

—¿Con un martillo?

—Eso no lo determina, es imposible saberlo. —Se apoyó en el respaldo de la butaca y lo miró con una calma brutal copiada de Clint Eastwood—. Si unimos los antecedentes por estafa del hijo, la caída en la calle dos días antes delante de testigos, el testimonio de los médicos, del herrero y del perito, no es difícil adivinar a quién hará caso el juez.

—Nosotros también tenemos un certificado de los médicos que lo atendieron en el que se dice que falleció a consecuencias de una caída.

—Pero es imposible saber si fue el día 3 o el día 5.

—Los peritos judiciales...

—Los confrontaremos con los nuestros, que dicen que es imposible saber si la escalera se rompió sola o fue una acción deliberada.

Los tres le miraban ahora, Loti, Floren y Andrea, con los ojos muy abiertos, esperando su próxima jugada. Salmerón casi escupió en vez de hablar.

—Vaya tontería de pruebas. —Ahora se le veía nervioso, levantó el dedo y señaló amenazante a Floren con los ojos entrecerrados—. Ve con cuidado en el lío en que te estás metiendo, chico, que esto te queda muy grande, no te vayas a estrellar.

Impertérrito, Floren prosiguió sin poder ocultar una sonrisa triunfal.

—Por cierto, que la señora Ana Segura está dispuesta a venir a declarar delante del juez cuando sea necesario y contará además todo lo que antecede. —Floren empleaba términos jurídicos alternados con palabras corrientes que le brotaban sin darse cuenta, como brota el agua de la fuente—. Dará fe del estado de indefensión de Fructuoso, porque esa madre abnegada de la que usted habla en su auto, ese modelo de madres, es un pedazo de...

Andrea le puso la mano en el hombro a Floren para calmarlo y él se vio obligado a pedir disculpas.

—Perdón, lo siento, quiero decir que esa mujer echó a su marido de casa cuando se quedó sin trabajo, después lo incapacitó y más tarde trató de encerrarlo de por vida en un manicomio.

El otro levantó una ceja tratando de tomarlo en broma.

—¿Manicomio? Creía que ya no se llamaban así. —Y remató con voz burlona—: Menudo dramón, parece un serial de la radio.

Floren ni se molestó en contestar.

—Los hijos menores no son de Fructuoso, sino del hombre con el que convive, otro prenda, por cierto, con numerosos antecedentes penales. Es igual, porque Fructuoso al fin y al cabo les dio el apellido, pero esto también debe constar en acta.

Salmerón ya estaba impaciente y valoraba si le compensaba seguir con este asunto.

—Qué acta ni qué narices... Me parece que has visto tú muchas películas.

El otro, aunque enrojeció, prosiguió sin poder evitar que un «gallo» adolescente quebrara sus primeras frases. Loti y Andrea lo contemplaron con ternura y orgullo de madres.

—Por supuesto acudiremos encantados a juicio. Nuestro único pecado es no haber pedido licencia de obras. Sin embargo, no creo que la multa supere los seiscientos euros. —Y aquí soltó la estocada final—: Y a continuación os denunciaremos nosotros.

Un brillo peligroso aleteó en los ojos de Salmerón.

—Ah, ¿sí?

Floren fingió no verlo y siguió con perfecta naturalidad.

—Claro, por intento de chantaje. Primero intentasteis colgarle el muerto a Ana Segura, le enviasteis una carta amenazándola a casa de sus padres, carta que ella no recibió y que nosotros le reexpedimos la semana pasada. Como no la pudisteis localizar, fuisteis a por nosotros. —Rectificó—: A por mis clientas, quiero decir.

El otro rio con seguridad mientras se sacudía la solapa de la chaqueta, como si ya estuviera aburrido del tema.

—Se llaman «acuerdos extrajudiciales», se hacen centenares a diario. —Lo miró con desprecio—. Me parece que estás muy verde aún para jugar en esta liga.

—¿Acuerdo extrajudicial es exigir dinero utilizando pruebas falsas? Veremos qué dice el juez.

Pasaron unos segundos. Todo el mundo estaba agotado, solo la tensión los mantenía alerta. La lluvia retumbaba contra los cristales y se oía el viejo ascensor deteniéndose en cada planta.

El abogado respiró hondo. Tenía la vista fija en la mesa, las manos en los bolsillos, las piernas cruzadas y movía un pie como un péndulo. Calibrando la situación, casi se podían ver los pensamientos corriendo por su mente como liebres. Al final dijo con voz firme:

—Yo te juro que de todo eso no sabía nada.

Con estas sencillas palabras se derrotó y los tres se dieron cuenta.

El aire retenido en sus pechos salió libremente y la habitación se hinchó como un globo Montgolfier. A Andrea le pareció que iban a echarse a volar, tan ligera se sentía. Pero los que volaban eran los pajarracos negros que hasta hacía escasos segundos habían estado posados sobre sus hombros; le pareció incluso que se despedían con una pata, adiós, adiós, nos vamos a joder a otra parte. Fue una sensación tan física que estiró el cuello y movió los hombros, liberada.

Los dos abogados se quedaron unos segundos mirándose a los ojos. El joven no iba a olvidar nunca este momento. Por muchos años que trabajara, por muchos pleitos que defendiera, este se iba a mantener en su recuerdo para siempre. El veterano, con más conchas que un galápago, calculaba, medía, apostaba o no apostaba, como el jugador estudiaba sus cartas. ¿Se tiraba un farol? ¿Valía la pena? Preveía enojosas complicaciones sin ninguna garantía de éxito y escasa retribución.

Después pareció decidirse, se levantó de un salto, dio la vuelta a la mesa con la mano tendida y estrechó la de Floren, mustia como un lenguado porque no se lo esperaba.

—Compañero, ¡buen trabajo! —Ya estaba, adiós, hasta nunca, no quería dedicar más tiempo al asunto y por dentro se encogió de hombros. A veces se ganaba, otras se perdía. Cuando se dirigía a la puerta después de haberse despedido de los tres, añadió—: Espero que volvamos a vernos en otras circunstancias... Y, si te apetece venirte conmigo, aquí tienes un sitio, necesitamos abogados espabilados como tú.

Bajaron en silencio sin atreverse a mirarse entre ellos. Andrea abrazada a su bolso, Loti abrochándose el anorak y Floren accionando los cierres de la cartera, con las iniciales A. M. Andrea comprendió que se la había regalado Antonio Márquez.

—Ahí tengo el coche, ¿os acompaño?

Un destartalado todoterreno con un golpe en la puerta trasera. Andrea se sentó delante, con Floren, y fue entonces cuando una titubeante Loti preguntó sin acabárselo de creer:

—¿Hemos ganado?

Floren se volvió, emocionado.

—Hemos ganado.

Andrea quiso felicitar a Floren, abrazarlo. No obstante, sin poder evitarlo se puso a llorar con desconsuelo. Loti le echó la mano por encima y fue ella la que le dijo al abogado:

—Gracias, de verdad.

Floren, con los ojos también humedecidos, se sentía incapaz de mover el coche y asentía con la cabeza, «bien, bien», como si fuera consciente de que esa alegría pura e incontaminada solo la iba a sentir una vez, que a partir de ahora todas las satisfacciones que le iba a deparar su profesión iban a ser de segunda mano.

—Mamá, por favor, son buenas noticias.

Andrea daba grandes suspiros.

—Sí, ya lo sé..., pero es que ... No sé cómo explicarlo. —Se dio cuenta de que solo había una persona en el mundo que iba a entenderla, metió la mano en el bolso—. Voy a llamar a Nieves.

No encontraba el teléfono, con los nervios se le cayó todo al suelo. La hija la tranquilizó:

—Ya la llamaré yo luego, no te preocupes. También quiero llamar a Gloria. —Le apretó el hombro—. Vamos a felicitar a nuestro héroe.

Una sonrisa inconsciente bailaba en el rostro del abogado y le hacía parecer muy joven. Las dos mujeres intentaron abrazarlo torpemente, una desde atrás y la otra desde al lado.

—Has estado de cine, Floren. De cine de suspense porque yo no sabía cómo iba a acabar aquello. —Un ligero reproche tiñó sus palabras—. Como no me habíais contado nada...

La hija trató de disculparse.

—Perdona, mamá, todo se ha precipitado, no queríamos crearte falsas ilusiones.

Floren le dijo en tono contrito:

—Es que no sabíamos hasta el final si Ana se iba a decidir. Sabíamos que su declaración era crucial, pero tuvimos que convencerla porque ella no quería pronunciarse.

—¿Y cómo la convencisteis?

—Pues mira, siendo malas personas. Cuando fuimos a buscar la llave para mirar la barandilla, la madre nos dijo que precisamente tenía una carta de Salmerón y que no se la había enviado a su hija porque le daba mala espina. La abrimos y vimos que el abogado la responsabilizaba a ella del accidente y le pedía una indemnización para no ir a juicio. Decidimos enviársela y ella se enfadó mucho porque se dio cuenta de que todo era una artimaña de la familia para sacarle dinero.

Loti le quitó la palabra.

—Ella se había portado siempre tan bien con él que se sintió estafada por partida doble. Al parecer, a este hombre, que era profesor, lo habían despedido por pegar a un alumno y, desde que había perdido su trabajo y roto con la familia, iba dando tumbos y muchas veces dormía en la calle. Era irascible y pendenciero. Ella a veces le pagaba una pensión o le prestaba dinero. Era irrecuperable, pero también su mejor amigo.

Floren completó el relato mientras ponía el coche en marcha.

—Márquez nos buscó ese despacho de abogados de Hanói y ella tuvo que ir para redactar el documento. Las oficinas cierran a las tres de la tarde, hora de allí, y no estábamos seguros de que al final no se arrepintiera o que no llegara a tiempo.

Maniobró hábilmente para sacar el coche de la fila e incorporarse a la caótica circulación. Sonreía, aún no se lo creía. Que hubieran estado a punto de fracasar lo hacía todo más emocionante, por lo que Andrea dijo extasiada:

—¡Fue por los pelos!

La hija le tocó la cabeza.

—Mamá, ¿llevas los gatos?

—Ay, calla.

La hija le levantó un mechón y tiró para comprobar que no era postizo. Andrea reaccionó y le pegó en la mano. Floren no hacía más que menear la cabeza con incredulidad. Los limpiaparabrisas eran tan viejos que apenas cumplían con su cometido, los semáforos cambiaban de luz de forma alocada y su coche daba bandazos y le pitaban, pero él asentía con expresión beatífica. Hoy todo estaba bien.

En la ciudad inmensa, de dos millones de personas, por lo menos tres de ellas eran felices.

22

El enorme camión, cuando daba marcha atrás, emitía pitidos cortos, pero de una estridencia tan insoportable que los viandantes se llevaban las manos a las orejas y los que lo manejaban debían usar protectores.

A Andrea, de visita en las obras de la colonia, se le taponó el oído. Sacudió la cabeza y a continuación emprendió todas las maniobras pertinentes: bostezó como Dana varias veces seguidas a quijada limpia y con los ojos en blanco, se tapó la nariz e hinchó los carrillos hasta parecer un anuncio de Netol (oyó la voz de Loti: «¿Quién es Netol?, ¿qué anuncio es ese?») y, por la fuerza que hizo, su rostro pasó del blanco al rojo y estuvieron a punto de saltársele las lentillas intracorneales que se había puesto hacía años para corregir su miopía y los puntos de su antigua cesárea. Pero nada funcionaba. Botó cual rana varias veces, se metió el dedo en la oreja, ese gesto tan ordinario, y lo movió espasmódicamente.

De repente vio cómo alguien a lo lejos la observaba con curiosidad mientras ladeaba la cabeza y trataba de descifrar ese extraño comportamiento. Se imaginó la pinta que tendría con el casco amarillo, que encima le venía pequeño. Entonces quiso hacerse diminuta hasta desaparecer porque el que la miraba era Ignacio.

No lo veía desde que habían comido juntos. Aunque la obra llevaba en marcha dos semanas, Ignacio no había vuelto a Barcelona. Andrea estuvo tentada de llamarlo varias veces con cualquier excusa; después de haber resuelto el asunto de Salmerón se sentía empoderada y llena de energía. Cogió su móvil, fue a la agenda y, cuando apareció su número, lo apagó enseguida mirando a su alrededor, con miedo a que alguien la estuviera mirando.

Maca le decía:

—Hija mía, como ahora tienes una flor en el culo y todo te sale bien, el día menos pensado te lo encuentras. Tú, todos los días que vayas a la obra, arréglate y ponte mona por si acaso.

Sin embargo, precisamente ese día ni siquiera se había pintado.

Ignacio estaba unos metros más allá, en una zona aún sin intervenciones. Hablaba con gran expresividad, en su habitual postura del pulgar metido en el cinturón por la parte de atrás, por lo que se levantaba un poco la chaqueta; siempre parecía dispuesto a salir corriendo. Lo acompañaban dos hombres con los tubos cilíndricos portaplanos debajo del brazo, con casco también. A su alrededor todo era caos, polvo y ruido. Se excavaba para hacer los cimientos, pero a Andrea le pareció de pronto que todo enmudecía y solo se escuchaban sonidos inocentes y primitivos, el imposible canto de un pájaro, la risa de un niño, un galopar de caballos a lo lejos.

Ignacio seguía observándola.

Andrea se quitó el casco inclinándose con un florilegio y una reverencia, como un caballero en la corte de Versalles. A pesar de la distancia, vio que él echaba la cabeza atrás y se reía, porque destelleó, fugaz, el fulgor de sus dientes. Una fuerza sobrenatural la impulsó a acercarse y, cuando ya avanzaba el pie, el jefe de obras y los aparejadores se acercaron a Ignacio, aunque él continuó mirándola hasta que ellos lo reclamaron con impaciencia. Ella se detuvo. Y él le hizo un gesto con el dedo índice dando vueltas que tanto podía ser nos vemos luego, o te llamo, o..., o...

Andrea se quitó el chaleco amarillo y lo llevó, junto con el casco, a la caseta provisional que habían construido para utilizarla mientras duraban las obras.

Un hombre mayor, con mono y botas de goma, estaba tomando un café. Cuando vio que se frotaba las manos de frío le ofreció.

—¿Quiere?

—Pues sí, muchas gracias. —El hombre desenroscó el tapón de un termo y echó café en un vaso de plástico—. ¿Se lo trae de casa?

Estaba dulce y muy fuerte, tendría que ir pidiendo hora al dentista para un blanqueamiento de dientes. El hombre la observaba atentamente.

—Sí, me lo hace la mujer. —Tendió la diestra—. Soy Daniel Teixeiro.

Su mano era fuerte y rugosa.

—Yo Andrea Capdevila.

Él sonrió mientras volvía a enroscar el tapón y depositaba el termo en la rústica mesa de tablones de madera.

—Ya lo sé, la arquitecta. ¿Cómo está Nieves?

Andrea se sorprendió.

—Muy bien. ¿La conoce?

El hombre se demoró en contestar con una sonrisa intrigante mientras buscaba un cigarrillo electrónico y se disponía a ponérselo entre los labios con un gesto de excusa.

—Cosas del médico, para mí que esto es peor que un

cigarrillo, que al fin y al cabo está hecho con hierbas que crecen en los campos, ¿no? ¡Bien dicen que la verdura es buena! Y qué sé yo, solo fui a la escuela hasta los nueve años. —Ella esperaba en silencio, calentándose las manos con el vaso de café—. Pues sí que la conozco, sí, soy del mismo pueblo de su padre, de Sobrado del Obispo, provincia de Orense. He ido muchas veces a verla a su centro de refugiados, ese de nombre tan raro...

—Zabriskie Point.

—¡Con lo bonito que sería haberla llamado Villa Nieves! ¿Sabe que la casa la hizo Jacinto Novoa para que veranease la familia?

—Sí, pero a la madre de Nieves no le gustaba porque estaba muy apartada. Cuando murieron los padres, se la quisieron comprar para hacer un hotel rural. Las hermanas se negaron. —De repente, se extrañó—. No es un centro de refugiados.

El hombre se sacó el vapeador de la boca y lo miró con aversión antes de volverlo a guardar en el bolsillo.

—Pues ¿qué es aquello entonces? Si prefiere, llámelo santuario, o refugio, es un lugar inspirado por el dios de las buenas personas, el único en el que yo creo.

Andrea se enorgulleció por su amiga y sintió una emoción muy grande.

—Siempre ha sido así. Cuando éramos pequeñas Nieves lo daba todo, el bocadillo, los lápices... Una vez le regaló la pluma Montblanc de su primera comunión en un examen a la niña que estaba al lado porque se le había acabado la tinta del bolígrafo.

El hombre meneó la cabeza con pesar.

—Cuando se vaya le hará un roto al mundo, me cago en todo. —Andrea se sorprendió porque el hombre era bastante mayor que ellas—. He enviado a mis nietos dos veranos a trabajar a ¡Za... nahoria! con ella y ahora todos se quieren hacer cooperantes. Hasta el pequeño de cuatro años dice que se quiere ir a África.

Se rieron los dos, Andrea preguntó, ya que no había conocido demasiado al padre de Nieves:

—¿Cómo era su padre?

El otro movió la cabeza como si todavía no lo entendiese.

—¡Jacinto era así, como la hija! La otra, la monja, igual. ¿Sabe que un día la cogió la superiora de la orden y la riñó porque decía que una cosa era el voto de pobreza y otra el voto de miseria, que eso no existía y se ofendía a Dios con estas exageraciones?

La hermana de Nieves, Isabel, estudiaba Ingeniería Industrial en Tarrasa. Era una de las pocas mujeres que cursaban la carrera y un día los había sorprendido a todos diciéndoles que se metía a monja. Dominica. Había estado en misiones de Ruanda y Angola, pero hacía ya muchos años había vuelto «porque el tercer mundo está aflorando en muchos barrios de Barcelona y nadie se entera».

—¿Y al padre no le importó que se hiciera monja?

—¡Qué le va a importar! ¡Estaba orgulloso de las dos hijas, una se la había entregado a Dios y la otra al ladrillo! —Andrea lo escuchaba con embeleso y, como el hombre se dio cuenta, se regodeaba jugando con las palabras—. El padre vino muy joven a Barcelona y, cuando le empezó a ir bien, se puso a reclamar vecinos del pueblo, la mitad de Sobrado se vino a trabajar con Novoa.

—Qué bonito.

—Gracias a él le he podido dar estudios a mis hijos. —Señaló al grupo del que formaba parte Ignacio—. Uno de esos es mi chico mayor.

—Lo ha conseguido gracias a él y gracias a su trabajo.

Él miró a lo lejos.

—Sí, pero sobre todo gracias a él, porque en la aldea también se trabajaba. Y como bestias, además. —Adivinó su pregunta antes de que la formulase—: Estoy jubilado y, mire, tanto esperar la jubilación y ahora me doy cuenta de que añoro el trato con los compañeros y todo esto.

Extendió la mano de forma ampulosa, como si presentara su finca de olivares y encinas. Andrea miró también y por un momento lo vio con los ojos del hombre: un lugar en el que personas que aún no existen crecerán y se convertirán en la sal de la tierra.

—Es el principio de algo.

Él se sorprendió.

—Eso mismo decía Novoa; yo no levanto edificios, ¡yo levanto futuro! —La nostalgia se instaló en sus ojos—. Tenía unos golpes... Yo le pedía, cuando ya era muy mayor, que escribiera todo lo que había pasado, pero él se lamentaba, Teixeira, yo por desgracia solo sirvo para hacerme rico. Y lo decía con pesar. Por eso sigo pasándome por las obras, a echar una mano y porque a veces me parece que siento su voz entre tanto ruido. —Pronto cambió de expresión y se apresuró a decir, por si había algún inspector del trabajo cerca, con ese temor ancestral de la gente mayor de incurrir en alguna ilegalidad—. Sin sueldo, porque cobro mi jubilación entera.

Andrea se puso a reír y él se añadió a su risa.

Ahora ya tenía una excusa para llamar a Nieves, se mostraba muy esquiva últimamente. Aunque habían quedado en El Pescadito para celebrar el éxito de Floren, no lograba contactar con ella, a pesar de que sabía que había bajado varias veces a Barcelona. El último mensaje de Andrea fue un «Ya te vale» con el emoticono del martillo y la pistola, que Nieves ni siquiera abrió.

Aunque ella tenía también su parte de culpa, porque tantas emociones bullían en su cabeza que, cuando algo turbaba la marcha de las cosas, lo apartaba sin darse cuenta. ¿Pues no había llamado ayer un importante promotor para encargarles la construcción de cinco casas en la Cerdaña? ¿No había contactado con ella por wasap su amiga Inma Alfarrás para que remodelara la casa de la Costa Brava, que se caía de vieja (tenía cinco años)? Como cebo le había dicho que la decoraría Maca.

O sea, la gente haciendo cola cuando cuatro días atrás estaban al borde de la suspensión de pagos, la cárcel y comprar en Sepu. ¿Seguirían existiendo los populares almacenes de las Ramblas? De pequeñas, Andrea y Nieves convencían a las «tatas» para que las llevaran a comprar bisutería al Sepu por unas pesetas y se paseaban endomingadas por la plaza Cataluña con grandes collares de perlas y pulseras de oro fingiéndose madres: yo voy a la peluquería, ¿y usted? Yo a la modista. Movían las muñecas, las manos abiertas con grandes espavientos, y, al llegar a casa, las niñeras confiscaban el material para que nadie lo encontrase.

Nieves, coño, vieja amiga, contéstame.

Le devolvió el vaso al hombre y ya iba a despedirse, cuando él le dijo:

—¿Ha tenido usted buenas noticias?

Ella lo miró con incredulidad y una sonrisa asombrada.

—¿Cómo?, ¿qué quiere decir?

—El día que empezamos la obra vino aquí triste y preocupada, yo pensaba que se le había muerto alguien. Y desde hace unos días se la ve con otro semblante, ¡como si le hubiera tocado la lotería, carallo!

¡Que ilusión le hizo, carallo! Lo hubiera abrazado, pero se limitó a darle la mano, menos mal que se acordó de su nombre.

—Pues sí, podría decirse que he tenido buenas noticias, supongo. Hasta otra, Daniel, y gracias por el café.

—Gracias a usted por la compañía, recuerdos a Nieves.

Se fue con la sonrisa aún prendida en los labios. Era verdad. Desde la reunión en el despacho del abogado de la calle Tuset se sentía ligera como una pluma. Lucas Salmerón le había enviado un ramo de flores con una tarjeta: «Espero que nos veamos pronto... tomando una copa». Se la había enseñado a Loti con una sonrisa torcida y la hija había alucinado.

—Mamá, este tío quiere algo, además de que es un hortera.

Ella había contestado, entre coqueta y enfadada:

—A lo mejor es que, simplemente, le gusto.

La hija había soltado una risotada ante tan gran disparate y, aunque Andrea agradecía que estuviera, al fin, de buen humor, no dejaba de sentirse algo picada.

Loti, la huraña, Loti, señora malhumor, Loti, la amargada, había sido sustituida por una versión de sí misma joven y juguetona. Agarraba a Gaudí por las patas delanteras y lo hacía bailar. Y, el día en que de repente le hizo cosquillas a su madre en los costados, Andrea estuvo a punto de desmayarse y no pudo evitar ponerle la mano sobre la frente por si tenía fiebre. Pero la hija la cogió en brazos, la levantó del suelo y la llevó unos metros por el despacho, con los pies colgando como si fuera un muñeco de José Luis Moreno. Canturreaba como un hincha de fútbol:

—Mutti, muttiiiii, mutti, mutti, mutti.

Andrea sonreía también tratando de desasirse porque se veía muy ridícula, asombrada de este súbito entusiasmo de su hija por la buena marcha del estudio; ¿empezaría a amar ya por fin el oficio?

—Sí, hijita, *meine libesche,* al final todo se soluciona en la vida.

Loti la dejó en el suelo con tal brusquedad que casi le parte una pierna y contestó con impaciencia, como si lo del estudio fuera una minucia:

—Sí, sí, pero ¿sabes que me ha llamado Klara?

Andrea, aunque no veía nada de extraordinario en que la llamara su prima alemana, fingió regocijarse también.

—¡Qué bien!

Aquí la sonrisa de Loti se hizo más amplia y la madre la miró, preocupada. A ver cómo le podía sugerir que era mejor que no sonriera tanto para evitar el efecto boca de buzón que también tenía Rolf. Pensando en estas cosas se había distraído y se sobresaltó cuando la hija le dijo:

—¿Te acuerdas del libro de recetas de la abuela? —Cómo iba a olvidarse de ese libro, y asintió—. ¡Pues lo van a publicar! ¿Qué te parece?

—Ah, bien.

La hija se llevó las manos a la cara con exageración.

—¡Tu hija se va a convertir en el Arguiñano y el Marcel Proust del siglo XXI y a ti solo se te ocurre decir «Ah, muy bien»! —La miró entre los dedos con fingido horror—. ¿Pero qué clase de madre tengo? ¿Un monstruo?

Andrea se rio sin querer e intentó separarle las manos de su cara dedo a dedo.

—Que sí, que me alegra mucho. ¿Y cuánto tienes que pagar para que te lo publiquen?

—¡Mamá, eres imposible!

Por eso y por muchas cosas más, Andrea sentía que volaba. Incluso había dejado de dolerle la rodilla o si le dolía le decía «Ahora no tengo tiempo para ti, rica, ya me dolerás luego», y ese luego nunca llegaba. Las inyecciones de exosomas, el último grito, habían sido pospuestas *ad infinitum*, pero cuando miraba su cara por las mañanas en el espejo no tenía ni un día más de treinta años. Bueno, cincuenta. ¡Sesenta! ¡La mejor edad! ¿No se lamentaba la Mistinguett poco antes de morir «Ay, quién pudiera volver a los sesenta añitos»?

Andrea, ¿a quién quieres engañar? ¡Si tampoco tienes sesenta añitos!

Ahora, tras hablar con Teixeiro y en medio del caos de la obra, se miraba las manos con orgullo. Había conseguido tener de nuevo todas las uñas rotas.

Llamó a María Dolores.

—Preciosa, que sepas que si no voy es...

—Porque has encontrado a otra esteticién más barata y mejor que yo, no te preocupes, no me enfado.

Rio.

—No, no, es que he vuelto a la obra.

La otra bromeó.

—Bendiciones, ¿te has hecho del Opus Dei?

—Tonta, a la obra, al tajo. —No se cansaba de alabar la pericia de su sobrino y sus trucos de leguleyo, pero daba igual porque María Dolores era la típica bulímica de elogios que nunca tenía bastante—: Todo gracias a Floren, ¡no sabes lo bien que lo hizo!

—Ah, sí, cuéntame.

Le había referido cien veces la reunión en el despacho de Salmerón punto por punto y en cada una de las cien veces María Dolores permanecía en silencio, escuchándola con una atención tan descomunal que después Andrea se sentía agotada, como si hubiera corrido un maratón. Si se apartaba del relato, la otra la corregía.

—Entonces yo dije que Hanói está en Vietnam y...

—Andrea, eso lo dijo Floren.

—Sí, es verdad.

—Y no lo dijo así, dijo: «Está en Vietnam. Digo que Hanói está en Vietnam».

Pero Andrea cada día tenía menos tiempo y la vez ciento uno no tuvo más remedio que resumir.

—Floren llegó, vio y venció.

Ya se iba Andrea a coger un taxi a la calle Numancia para pasar por el despacho, cuando vio de nuevo que Ignacio aparecía detrás de una excavadora, absorto, mirando su *tablet*. Mientras los otros iban con abrigos y bufandas, él llevaba solo la americana, sin corbata, y se adivinaban debajo de la chaqueta unos hombros anchos y fuertes. Poseída del espíritu de Juana de Arco y la reina Berenguela, Andrea decidió dar un paso al frente. Si Mahoma no iba a la montaña, la montaña debía ir a Mahoma, y esta frase tópica y sobada la hizo sonreír mientras sacaba el móvil, buscaba el contacto, «Ignacio arquitecto Madrid», y escribía: «Qué hacéis luego, me gustaría verte», para borrar enseguida lo de «me gustaría verte» y cambiarlo por un «podríamos vernos».

También suprimió lo de «hacéis» porque no se acordaba si llevaba acento o no. Borró también «podríamos vernos» y se limitó a escribir «Qué haces luego, un beso». Lo miró unos segundos y borró «un beso», quedaba de niña pequeña, o de cosa entre amigas, no se adecuaba a ese pedazo de hombre que vislumbraba entre nubes de polvo como una aparición. Dijo solo «Qué haces luego» y le dio a enviar y se sintió como una idiota, se creerá que lo solicito para algún trámite de trabajo, una firma, una reunión con el rey, cualquier chorrada de esas, y estuvo a punto de enviar otro mensaje complementario, «Te lo decía por si quieres ir a tomar algo», pero ya vio que arriba ponía «Escribiendo, escribiendo...» y que aparecían las letras mágicas, «Te paso a buscar a las siete por tu casa».

Venid aquí, humanidad entera y los fabulosos animales, planetas, sol, lluvia, continentes, selvas y mares... Inclinaos ante mí porque el amor ha vuelto (ojo, acordarme de sacar el parche analgésico que llevo en la espalda).

23

La voz adulta, grave y varonil de Ignacio puso en pie en su interior un puñado de sensaciones, siempre nuevas y siempre repetidas, aunque las palabras fueran vulgares.

—Ya estoy frente a tu casa.

Rápidamente Andrea preguntó, antes de que le diera tiempo a arrepentirse:

—¿Por qué no subes a tomar una copa?

Este «por qué no subes a tomar una copa» había sido el producto de una larga deliberación, no solo consigo misma, sino con Maca.

—Hija, ahórrate todo el rollazo de buscar un restaurante, coger un taxi, llegar, pedir mesa, el abrigo, esperar a que te traigan la carta, consultar con el camarero, masticar, tragar y hablar a la vez y toda esa mierda que tan bien conocemos. ¡Cuando te das cuenta ya han pasado dos horas, habéis acabado con los temas de conversación y estáis pensando que aún falta el segundo plato y el postre! Pedís otra botella de vino, vuestra alegría inicial se ha esfumado y empezáis a mirar el reloj con disimulo. Andri, ahora estoy bostezando al pensar en ese patético camino a ninguna parte.

—Pero ¿cómo le voy a decir que venga a casa? Se creerá que soy una fresca y que me acuesto con todo Dios.

La otra levantó una ceja.

—Qué más quisiéramos, reina... —Con paciencia franciscana recapitulaba—: Eso era en nuestra época, cuando el mundo era gilipollas; ahora sois dos personas maduras que preferís estar en casa hablando tranquilamente mientras la lluvia cae.

—¿Esa no es una canción de Mari Trini?

Maca puso voz de infinito hastío. Si la hubiera tenido delante y no por teléfono la habría sacudido por los hombros, a Andrea no le cabía ninguna duda.

—Y qué más da si es de Mari Trini o Mari Trino. A ver, Andri, ¿qué preguntamos cada vez que hablamos de un hombre que conocemos? ¿Estará vivo aún? ¡Pues este no solo está vivo, algo cada vez más difícil, sino que además camina sobre sus dos piernas, rige bien de la cabeza y no lo tienes que mantener! Aprovecha la ocasión, quizás no se te vuelva a presentar nunca.

Andrea gimoteó mientras se retorcía las manos (estaba con altavoz).

—No me presiones, qué horror, me siento fatal. Mira, ¿sabes qué? No va a funcionar, voy a dejarlo.

—¡Ni dejarlo ni hostias!

—Pero creerá que me insinúo si le digo de subir a casa.

—Pues claro que sí, de eso se trata... De que te vea como una mujer y no como una profesional con cara de pedo todo el día.

—Muchas gracias, no hace falta ser tan sincera.

—Andri, por favor, atrévete a hacer algo distinto una vez en la vida.

—Ya. Y, una vez que suba a casa, ¿qué?

—Una copa, os sentáis en los sofás de rayas blancas y verdes, que esos son más íntimos que los otros, y os ponéis a hablar de la mar y de los peces, ¡yo qué sé! ¡Anda que no tienes rollo cuando te da la gana!

Una última advertencia:

—Ni hablar de los hijos ni del exmarido...

La otra se quejó.

—Te supongo enterada de que soy viuda.

—Pues mejor me lo pones... Nada de hablar de tu difunto Rolf, ni de prótesis, ni de enfermedades. Y ten todo el kit a mano... Vase...

—¡Cállate!

Ahora Ignacio estaba subiendo en el ascensor y ella, detrás de la puerta, sin saber si abrirla o esperar a que llamase. Lo primero denotaba impaciencia y lo otro negligencia. Cuando oyó el timbre abrió tan rápido que su compañero casi se echó hacia atrás creyendo que iba a salir alguien y levantó las manos.

—Ay, perdona, es que pasaba por delante de la puerta.

—No, no, perdona tú.

Entró con naturalidad, dio un vistazo rápido y profesional a la casa.

—Me gusta esa forma de colgar los cuadros.

Seguía sin abrigo ni gabardina y unas gotas de agua brillaban en su pelo canoso, que llevaba muy corto. Se quedó de pie en medio del salón, con las manos en los bolsillos, frente al pequeño Picasso. Para evitar cualquier comentario, Andrea se fue corriendo a un carrito de quirófano antiguo que Maca había convertido en un pequeño bar y que ofrecía una infinita variedad de botellas, algunas de ellas sin abrir desde hacía años.

Ignacio advirtió que Dana estaba en su cojín y se agachó para acariciarla. La perrilla levantó la cabeza, lo miró sin curiosidad —otro más— y volvió a tumbarse con un gran bostezo.

Como si tocara el piano, Andrea tecleó sobre los tapones de las botellas y preguntó:

—¿Qué te apetece?

Él la miró sonriendo.

—Nada.

Ella perdió pie.

—¿Prefieres vino? —Visualizó la nevera, en la puerta, al lado de la leche de soja y del Vichy, creía recordar que descansaba desde la Navidad del año anterior una botella de cava—. ¿O *champagne*?

Él negó de nuevo y miró a su alrededor. Andrea le señaló el sofá de rayas; era de tres plazas y ella pensaba sentarse en otro igual, pero más pequeño, con el que hacía ángulo.

Ignacio se sentó con aplomo y cruzó las piernas. Ella siguió con su retahíla de propuestas como si fuera un servicial camarero.

—Hay cerveza... —Estaba tan nerviosa que le salió la vena payasa sin querer y gritó como si estuviera en la playa—: ¡Bombón helado, polos de naranja y de limón para el niño y para la niña!

Ignacio echó la cabeza hacia atrás y soltó una risa tan espontánea que también la hizo reír a ella. Se le arrugaba solo un lado de la nariz y cuando la volvió a mirar tenía los ojos alegres y chispeantes.

—Bueno, venga, va, a lo grande, tráeme un vaso de agua.

—Pues vaya ruina, que sepa usted, señor, que no le voy a invitar más. ¡Agua, nada menos! ¡Como si una fuera Alicia Koplowitz!

Rápidamente pensó si quedaría bien que ella se pusiera un copazo. Le parecía imposible poder hilar una conversación sin tener algo de alcohol corriendo por sus venas, pero, claro, en estas circunstancias...

Él debió de adivinar sus pensamientos porque le dijo mientras señalaba el carrito, que parecía haberse hecho tan grande como un camión de la basura.

—¿Quieres que te sirva una copa? —Se puso de pie—. ¿Qué te pongo?

Ella, aunque se habría tomado una botella de *whisky* entera, quiso hacerse la femenina.

—Me voy a hacer un té. Siéntate, por favor.

En la cocina se amorró a la botella de vino y le dio un buen trago mientras calentaba el agua en el microondas. Antes de volver al salón, otro lingotazo y después salió con su taza, en la que bailaba una bolsita de té verde.

Ignacio hizo amago de levantarse, ella se sentó y puso la taza sobre la mesa, al lado del vaso de agua de él. No pudo evitar decir con voz sombría:

—Viva la juerga.

Dana se subió al sofá de un salto, se enrolló sobre sí misma y puso el morro bajo la cola.

—Soy alcohólico.

Andrea estaba distraída acariciando a la perra y no comentó nada. Después pensó que bromeaba.

—Yo un poco también. —Como advirtió que la miraba serio y alerta, se dio cuenta de que iba de verdad—. ¿Alcohólico?

Él abrió las manos y asintió sin palabras. Ella se tranquilizó.

—Ah, quieres decir que has sido alcohólico.

Ignacio se tomó su tiempo para contestar y Andrea comprendió que no lo hacía porque desconociera la respuesta a una pregunta que le habían formulado miles de veces, sino porque trataba de contarlo de una forma que no resultara ni pedante ni dramática.

La miró con las aguamarinas profundas de sus ojos. Andrea quería naufragar en ellos y por un instante dejó de escuchar su voz.

—Tú no dices expadre aunque se haya muerto, ¿no?

Es una condición que va a tener siempre... Así nos pasa a los alcohólicos, que siempre lo somos aunque no probemos una gota de alcohol.

Ella sacudió la cabeza para liberarse del hechizo de su mirada y preguntó con timidez:

—¿Cuánto tiempo hace que no bebes?

Sin dejar de mirarla y sonreír dijo:

—Veintiocho años.

Maca defendía la teoría de que, si le confesabas a un hombre en los tres primeros meses de relación los secretos más escondidos, desde que eras una asesina a que de nacimiento te llamabas Paco, él lo aceptaría todo sin rechistar porque las dosis tan elevadas de oxitocina que se disparaban las primeras semanas de enamoramiento lo convertían en un ser bondadoso y estúpido cuya única actividad era asentir, follar, sonreír y decir «te amo» sin ton ni son:

—Andri, tienes que aprovechar entonces para decirles tu auténtica edad y que llevas peluca, ¡no hay otra oportunidad mejor que esa! Cuando pasen esos tres meses de gracia, la oxitocina baja y ya deberás callar hasta la tumba.

¿Estaría Ignacio haciendo lo mismo?

Al ver que ella callaba, él se levantó, fue a la cocina, lo oyó trastear y, cuando ya se iba a levantar para ver qué necesitaba, apareció con un vaso de vino.

—Vamos a dejar las cosas claras desde el principio. Como comprenderás, a mí, después de tanto tiempo, no me importa nada que bebas, no tienes por qué hacerlo a escondidas.

Andrea, con un poco de vergüenza, se abalanzó sobre el vino con la sed del dromedario que acaba de cruzar el desierto, pero con una sonrisa boba en la cara porque él había dicho un «desde el principio» cargado de promesas.

Apuró la copa hasta el final, se limpió delicadamente los labios con la punta de los dedos —su obsesión de siempre era que no le quedaran «bigotes»— y se disculpó.

—Perdona, es que no he conocido nunca a ningún alcohólico. Bueno, debo de haber conocido a muchos, pero sin saber que lo son. —Él la miraba divertido y ella temió que creyera que era una frívola incapaz de tomarse nada en serio e indigna de su confianza—. ¿Tú caíste por...?

—Caí porque era adicto, no porque fuese desgraciado.

—¿Cómo te diste cuenta? Aunque no tienes que hablarme de eso si es doloroso.

Él se recostó en el sofá y se tocó el bolsillo de forma maquinal. Andrea se apresuró a decirle:

—Puedes fumar, eh, no me importa. Porque yo no fume no tienes que dejar de hacerlo delante de mí.

—Qué gilipollas eres.

Lo dijo meneando la cabeza de una forma tan simpática que Andrea tuvo ganas de darle con el codo y guiñar un ojo como si fueran amigotes. Sacó un cigarrillo e hizo el ademán de brindar con la copa de Andrea, ahora lamentablemente vacía. Aspiró con fruición y luego lanzó una larga voluta de humo hasta el techo mientras cerraba los ojos. Llevaba el primer botón de la camisa desabrochado, su nuez fue arriba y abajo, sonrió de nuevo y habló en tono resuelto.

—No me importa hablar de eso. De hecho, doy conferencias sobre el tema, soy de Alcohólicos Anónimos y tenemos el compromiso y el deber de ayudar a otros a salir de este infierno. —Ella se estremeció—. Lo siento, es que poca gente conoce los efectos letales del alcohol en el organismo.

Ella movió la cabeza disculpándolo, pero se dio cuenta con sorpresa de que el tema le interesaba. Se puso cómoda. Llevaba pantalones y un jersey negro de cuello alto. Cogió un cojín, se lo puso en la espalda, se descalzó y se sentó sobre sus piernas.

—¿Alcohólicos Anónimos? Yo creí que eso era solo en las películas americanas.

El otro rio a carcajadas.

—¡Pues vaya cultura tiene la señora arquitecta!

Andrea fingió enfadarse.

—Disculpa que nunca haya necesitado los servicios de esos señores.

Él meneó la cabeza.

—Cuando me vine contigo en el tren fue para contactar con el grupo de Barcelona precisamente. Grupos, mejor dicho, ¡no sabía que aquí había nueve centros de AA, como los llamamos nosotros! Nunca me voy a curar, siempre voy a necesitar ayuda de otros enfermos como yo para mantenerme sobrio.

Este hombre grandón, bronceado, con aspecto deportista, quizás un poco pasado de peso, aunque con hombros anchos y brazos fuertes y musculados, no parecía uno de esos borrachines de nariz roja que caricaturizaban los tebeos. De pronto quiso saber más.

—Entonces tú ¿cómo te diste cuenta de que eras alcohólico?

Él miró la punta de su cigarrillo y después levantó sus ojos hacia ella.

—Ya te conté que volví de Francia a los trece años... Cuando llegué aquí me tropecé con la cruda realidad porque, a pesar de que yo creía que hablaba muy bien el español porque era el idioma de mis padres, en realidad nadie me entendía. Yo tenía otras costumbres, hablaba con las chicas de otra manera, me parecían todas tontas y creía que se burlaban de mí. Me sentía muy solo en el colegio. Y me di cuenta de que, si me tomaba un vaso de vino antes de salir de casa, el día iba mejor.

—Pero qué edad tenías...

—Catorce, quince... Después ya no fue solo un vaso, sino varias cervezas y coñac. Como el nivel de la enseñanza era tan bajo, vivía de las rentas del liceo al que había ido en París y sacaba buenas notas. Así pude optar a una beca para ir a la universidad. Y veía a todos esos pijos con sus jerséis Lacoste, con familias ricas, mientras que mi padre era portero y mi madre costurera, aunque en su vida anterior los dos habían sido maestros. Quería tener amigos con desesperación, salir con ellos. Empecé a beber en el bar de la escuela e iba a todas las clases completamente borracho, pero lo conseguí.

—¿El qué?

—¡Hacerme popular, que era lo que quería! Cuando montaban una fiesta, allá iba Ignacio a divertirlos. Si había que conseguir priva, porros, condones, lo que fuera, yo me encargaba. ¡Me puse de moda, pobre imbécil! Hasta tenía un alias: el Francés. Era el proscrito, el peligroso, el marginal, el Pijoaparte de Juan Marsé.

—Cómo me gustó ese libro.

Él sonrió. Compartir la admiración por el mismo libro es una de las cosas que más unen en la vida.

—A mí también. Salía todas las noches, a mis padres les decía que era normal, que iba con mis amigos... Todavía no me explico cómo pude mantener la beca porque además me metí en todos los follones políticos que pude, sobre todo para no tener que ir a clase. Cuando acabé la carrera mis padres estaban tan orgullosos que se empeñaron en hacer una gran fiesta en casa para celebrarlo con mis amigos, todos esos con los que salía hasta las tantas de la noche. Querían conocerlos por fin..., pero no vino nadie.

Andrea se llevó las manos a la cara.

—¡No puede ser!

—¿Cómo iban a venir a una portería a celebrar el título junto con su camello? Porque eso era, al fin y al cabo, ¡un camello de poca monta! ¡Un mindundi! —Ahora tenía los ojos furiosos, contra el mundo o contra sí mismo—. Mis padres no entendían nada y yo no sabía cómo explicárselo. ¡Con la de sacrificios que habían hecho ellos! Sobre todo, el de abandonar su militancia comunista para no perjudicarme.

Una infinita tristeza veló sus ojos y Andrea sintió deseos de darle un tierno beso de desagravio, solo un beso. Ya se iba a inclinar hacia él, pero el momento había pasado. Ignacio se repuso y resumió:

—Acepté un trabajo en Brasil, donde estuve quince años. —Apagó con saña el cigarrillo en el cenicero—. Fin de la historia.

—No, por favor. —Andrea juntó las manos en ademán de súplica—. Sigue, por caridad.

La expresión de Ignacio se endureció y respondió, molesto:

—Oye, que esto no es una película, es mi vida.

Andrea se ofendió y se le llenaron los ojos de lágrimas, se levantó bruscamente y, como se le había dormido una pierna, estuvo a punto de caer. Él la agarró por la muñeca. Cuando trató de soltarse, Ignacio, cogiéndola aún más fuerte, le dijo entre risas:

—Quieta, fierecilla.

24

Trató de desasirse, pero él la atrajo hacia sí y Andrea cayó sobre sus rodillas. Sus rostros quedaron a pocos centímetros el uno del otro. La pasión naciente borró la sonrisa burlona de Ignacio, irguió la cabeza, sus fosas nasales se dilataron, una oleada de calor desmesurado rodeó sus cuerpos, que parecieron entrar en ignición, y quedaron una fracción de segundo ojos contra ojos. ¿Quién salvó la distancia? ¡Nunca lo supieron! Chocaron sus labios, él la agarró con delicadeza por la nuca para ladearle la cabeza y que sus bocas encajaran bien, su lengua sabía a tabaco. Fue un beso largo, lento y enamorado, que ninguno de los dos iba a olvidar nunca.

Se separaron, volvieron a mirarse, menearon la cabeza con incredulidad por lo bien que había salido y él volvió a besarla con sabiduría, con cariño, con confianza. Y fue como si hubieran pasado años desde el primer beso.

Andrea, asustada ante esta presencia abrasadora, lo empujó y trató de alejarse. Se puso de pie, le zumbaban los oídos, todo iba demasiado deprisa y, al mismo tiempo, sabía que era inevitable. Era inevitable desde que lo había visto en el despacho, en Madrid, poniendo el pulgar en la parte trasera del pantalón, con la americana arrugada.

Ignacio se levantó a su vez, la abrazó, le acarició el pelo y le dijo al oído con voz enronquecida:

—No puedo dejar de pensar en ti.

Andrea asintió, ya lo sabía; si no, no habría sido tan fácil.

Notó contra su pierna la erección de él y de pronto temió que todo se volviera vulgar y que esta noche fuera igual que tantas noches. Cobardía, inseguridad, el decepcionante día después.

Contárselo a Maca entre risas.

Cuando se echó hacia atrás, él la cogió por los hombros y trató de adivinar la expresión de sus ojos.

—Eh, ¿qué te pasa? —Ella negó sacando el labio de abajo en un puchero infantil y él la apretó de nuevo contra su pecho—. Ya lo sé, tienes miedo... Yo también.

¿Cómo llegaron a la cama? ¡No se sabe tampoco! Andrea solo lo recordaba de espaldas, sacándose la camisa por el cuello sin desbotonarla, momento que ella quiso aprovechar para ir al cuarto de baño a ponerse el lubricante, pero él la atajó con una sonrisa sabia:

—No hace falta.

Y no hizo falta porque, después de besarle los pechos, bajar hasta su ombligo y lamerle el sexo, Andrea sintió, primero asustada y después fascinada, que le brotaba de las entrañas un río secreto y subterráneo. Y tuvo un orgasmo tan fuerte que primero no lo reconoció y creyó que era un infarto, porque sintió retumbar los latidos de su corazón, le costaba respirar y le temblaban las piernas. Él se levantó un momento, sacó un condón del bolsillo de la americana y se lo puso con movimientos febriles y a la vez precisos. Andrea tuvo el tiempo de pensar, «Venía preparado o es que lo lleva siempre», antes de que la cogiera por las muñecas, la clavara en la cama y la penetrara primero suavemente, con un balanceo de caderas que le proporcionaba un placer gustoso y calmado, después cada vez más rápido, más salvaje. Ella, que estaba con los ojos cerrados, los abrió y lo vio observándola, con un gesto duro en la cara por el esfuerzo. Ignacio le levantó las piernas, se las puso en los hombros y luego salió, le dio la vuelta, se tumbó sobre su espalda y le preguntó al oído:

—¿Te gusta esto?

Ella se movió un poco para colocarse bien. Él esperó y, hasta que Andrea no emitió un apagado «sí» contra la almohada, no siguió. Después le dijo con voz oscura:

—No sabes las ganas que tenía.

Sintió su peso centímetro a centímetro. Se dio cuenta de que iba a eyacular, pero se contenía. Vio que ella aún no estaba preparada y volvió a salir, le dio la vuelta otra vez, le lamió los pezones y el placer la atacó de nuevo en oleadas feroces y solo cuando ella empezó a correrse Ignacio entró y eyaculó con roncos gemidos apagados.

Se quitó rápidamente el condón y lo dejó con cuidado en el suelo. Se echaron boca arriba, los dos respiraban de forma agitada, como si hubieran escalado una montaña muy alta.

Al contrario de lo que se leía en los manuales sobre el placer femenino, a Andrea no le gustaba que la abrazasen después de hacer el amor. Prefería recuperarse a solas y en silencio de ese acto sagrado que era el orgasmo, que la conectaba con una dimensión de sí misma tan recóndita que afloraba muy pocas veces en la vida. Una cadena misteriosa que la unía a los millones de mujeres que lo habían sentido desde el principio de los tiempos. Ricas, pobres, hermosas, feas, jóvenes, viejas, ahí, ¡en ese torbellino mágico, habían caído todas!

La mayoría de los hombres, que habían leído esos manuales también, intentaban besarla aunque tampoco tuvieran ganas, pero Andrea se daba la vuelta con cualquier excusa. Ignacio debió de entenderlo porque solo al cabo de unos minutos simplemente extendió la mano, tomó la suya y dijo sin mirarla, más para sí mismo que para ella:

—Qué bien nos entendemos.

Y ella sabía que no se refería solo al sexo.

Al amanecer volvieron a hacer el amor, el roce de sus pieles secas y tibias poseía un efecto apaciguador, primero, y después poco a poco fue surgiendo el deseo de forma natural. Fue una alegría penetrante y nítida como ninguno de los dos había sentido desde hacía tiempo.

Mientras la luz se colaba por la ventana, él se apoyó en el codo y le repasó las cejas, la nariz, los labios, la barbilla; le besó las sienes y ella, que nunca salía a la calle con las cejas sin delinear, sin pintarse lo labios, sin un poco de maquillaje y colorete, se dejaba admirar porque se sabía embellecida por el amor, segura de sí misma como una diosa.

Un rayo de luz polvoriento incidió en un retrato de ella y de Rolf que reposaba sobre la cómoda. Se dio cuenta de que Ignacio lo miraba porque le dijo espontáneamente:

—¡Cómo se parece a tu hija!

—Sí, la verdad es que son muy alemanes los dos... —Se armó un lío, confusa—. Bueno, Rolf lo era, alemán, quiero decir.

—¿Ha pedido la nacionalidad española?

—No, es que está muerto.

—Ah.

Se instaló entre ellos un silencio que al final Ignacio rompió.

—¿Estabais juntos cuando murió?

A ella le extrañó su pregunta.

—Sí, claro, llevábamos diez años casados.

Él parecía interesado de verdad.

—¿Y cómo os conocisteis?

Andrea sonrió en la oscuridad recordando aquel día.

—Como hablo alemán, a veces hacía de intérprete de mi padre, que era abogado... Él vino para un asunto de su empresa y ahí lo conocí, en el despacho familiar.

Ignacio se puso cómodo, cogió una almohada y la dobló en dos para apoyarse.

—¿Hablas alemán?

—Sí, fui a las monjas alemanas. Aunque no te creas que lo hablo muy bien. —Rio, porque se acordó de un detalle en el que no había pensado en años—. Rolf después me dijo que lo traduje todo el revés, pero que no había chistado porque le hizo gracia.

—¿Y a ti?

—También, Era muy distinto de los chicos con los que iba, me intrigaba, me gustaba y después me enamoré. —Resumir así años de dudas, idas y vueltas, incertidumbres, otros amores contingentes...—. La empresa lo trasladó aquí y, cuando aprendió el español suficiente, me preguntó si quería casarme.

Fueron al Tibidabo, Rolf no lo conocía. Subieron a la atalaya, el viento gemía, el avión de juguete llamaba a los pasajeros con una sirena de melancólica nota, Barcelona quedaba oculta por la neblina húmeda que un rayo de sol pugnaba por romper. La atalaya oscilaba majestuosamente. Rolf la abrazó y su chaquetón olía a leña, a casa. Resumió todo eso con sencillez.

—Le dije que sí.

—¿Lo querías mucho?

Rolf, sus manos, su forma de hablar, tranquila, sin alterarse, la forma en que le decía a Loti «Mamá se va a trabajar, mira qué contenta está, ahora tú harás los deberes y también los harás muy contenta». Por las noches le cantaba con voz desafinada:

—*Brüderchen, komm tanz mit mir, beide Handë Reich ich dir.*

Lo quería mucho.

—Sí.

—¿Y no te has vuelto a casar?

—Pues no. He estado a punto un par de veces, pero al final, no sé..., algo ocurría, nos peleábamos, decía algo de Loti que no me gustaba, el trabajo se interponía, me aburría, yo qué sé. ¡O me dejaban! Con el tiempo, Nieves me ha ido enseñando a hacer cosas por mí misma: a cambiar una bombilla, a viajar sola, a configurar el nuevo teléfono... ¿Sabes qué era lo que más me costaba al principio?

Él se divertía y la miraba con ojos centelleantes.

—¿Qué?

—Abrir latas, desenroscar tapones, abrir botellas de *champagne*, ya sabes, esas tareas pequeñas que antes arreglaba con un «Rolf, por favor».

Él se rio y luego le preguntó como si no le importara, aunque era evidente que sí:

—¿Y ha habido muchos hombres?

—Hombres de verdad muy pocos.

Ella no quería preguntar, ya habría tiempo, pero pudo más la curiosidad que la prudencia y soltó como si nada:

—¿Y tú qué? ¿Estás casado? —Él negó en silencio y ella pidió más precisión—: ¿Lo has estado?

Ignacio se puso a juguetear con su pelo, le cogió un mechón, lo estiraba y lo dejaba suelto para que se rizase y repetía.

La penumbra de esa mañana que se adivinaba clara y

fría favorecía las confidencias. Estaban desnudos y ella descansaba la cabeza sobre el triángulo equilátero de sus clavículas y cruzaba con su pierna las de él como una escuadra.

—Aquí en España, antes de irme, tuve varias amigas; mejor dicho, compañeras de juergas, y, cuando me fui a Brasil huyendo de mis demonios, no sabía que los demonios me seguirían hasta allí. Trabajaba en el estudio de Paulo Mendes da Rocha...

Andrea se sorprendió.

—¿El premio Pritzker?

—Sí, era un genio que fumaba tres paquetes de tabaco al día. Le decían que se iba a morir de cáncer de pulmón. Y es verdad, se acaba de morir de cáncer de pulmón... a los noventa y dos años. —Miró su chaqueta y ella adivinó que estaba pensando en sus cigarrillos. No se movió... Andrea tuvo un cariñoso recuerdo para el preservativo, que debería estar tirado en el suelo mientras los espermatozoides trataban de abrir un túnel en el parqué a fin de escaparse, cuando él le dio un pellizco suave para que atendiese y se olvidó de todo excepto de su voz—. En esos años estaba medio proscrito por la dictadura militar, le prohibieron dar clases, pero seguía manteniendo su estudio y los arquitectos jóvenes lo mirábamos como si fuera un dios.

—El pabellón de Brasil en la Expo de Osaka fue brutal.

—¡Mi niña es la primera de la clase y lo sabe todo! —Luego se puso serio—. Cuando yo llegué ya lo había construido. Lo celebramos con una gran fiesta, como todo. Y es que la noche de São Paulo era una fiesta continua y todo te incitaba a beber, desde el calor hasta la sociabilidad de la gente. Y a nuestro jefe le gustaba llevarnos a las cantinas a hablar mucho con una copa y un cigarrillo.

Su voz se había animado. Andrea sintió un poco de celos retrospectivos porque le hablaba de ese territorio no compartido que se llama «juventud». Y si estaba celosa era porque adivinaba que ahí, en ese recodo de sus recuerdos, había una presencia femenina.

—Y ella, tu mujer, ¿era arquitecta también?

Decir «tu mujer» le costó bastante. Él le contestó con naturalidad:

—¿Larissa? No, daba clases en un colegio. Era una chica estupenda, lo tenía todo, era buena persona, generosa, simpática, y no bebía.

La pregunta más difícil:

—¿Estabas muy enamorado de ella?

—Sí, buf..., hasta el fondo. —Voz sombría, segundos de silencio—. La quería tanto que llegué a creer que me sacaría del pozo. Mientras salíamos, más o menos me contenía y ella no se daba cuenta de mi problema. Y cuando nos casamos me estuve portando bien una temporada, pero luego...

—Luego qué.

Él movió la cabeza con incredulidad.

—No sé cómo contarlo, y eso que lo he hecho muchas veces. A pesar de todo lo que ella representaba, a pesar de mi trabajo, que era cojonudo, la vida sin alcohol me parecía triste y aburrida, me oprimía, me pesaba. Volví a beber y todavía más que antes. Salía todas las noches y cuando regresaba a casa me esperaba escondido a que ella se fuera a trabajar para que no me viera en ese estado. Empecé a tener problemas en el estudio y con los compañeros. Para ellos beber era una diversión, para mí era una adicción... De ser el más divertido me fui convirtiendo en un coñazo del que todos huían. Susceptible, agresivo, creía que, igual que en Madrid, se burlaban de mí y era capaz de pegarme con cualquiera porque creía que me miraba mal. Luego por la mañana no me acordaba de nada.

Ella le tocó la nariz.

—Esto es un recuerdo, supongo.

—Sí, me cogieron entre dos con los que había estado bebiendo y me dieron una paliza en un callejón para robarme el reloj. Solo el reloj. Y, total, era un Swatch de esos de plástico que costaba cuatro duros.

—¿Y ella se enteró?

—Claro, tuvo que ir a buscarme al hospital y me dijo que o dejaba la botella o ella me dejaba a mí. Le hacía promesas que no cumplía nunca. —Ahora su voz se había empañado, la abrazó más fuerte, empezó a cantar un pájaro—. Incluso me injerté una pastilla en la espalda que se llamaba Antabus, me acordaré siempre de ese maldito nombre. Te hacía repeler físicamente el alcohol, pero yo estaba tan metido que luchaba contra la pastilla, bebía hasta que la vencía... Al final me la tuvieran que extraer; si no, me habría muerto.

Andrea no se atrevía a mirarlo, este Ignacio le daba un poco de miedo. Él se calló y ella murmuró contra su pecho velludo y canoso:

—Sigue.

—Mi madre se murió y yo vine a España para enterrarla. Mi padre no sabía nada de mi problema. Eso creía yo. Cuando iba a regresar me metió algo en el bolsillo y me dijo: «Vete a verlos... Hazlo por tu madre».

Ella se emocionó porque él se había emocionado también.

—¿Y qué era?

—Un papel con la dirección de un centro de Alcohólicos Anónimos en São Paulo. ¡Se había molestado en buscarlo! —Aquí casi se le rompió la voz—. Estuve bebiendo durante todo el vuelo y llegué en un estado tan lamentable que mi mujer, que me estaba esperando, se bajó del taxi y me dijo que no aguantaba más.

—¿Y qué hiciste?

—La busqué por todo São Paulo con desesperación y me puse de rodillas suplicándole una última oportunidad; me la concedió a regañadientes. Me fui a Alcohólicos Anónimos, asistí a sus charlas y, cuando llevaba quince días sin beber, una enormidad para mí, ella vino a casa y me dijo que no quería engañarme. Que, tanto si recaía como si no, me abandonaba porque había dejado de quererme.

—¿Y qué hiciste?

Él se encogió de hombros con fatalismo.

—Llevaba razón, no la culpo. Ahí toqué fondo. Pensé en subirme a la azotea del edificio Martinelli, que es adonde iban todos los suicidas. Al final, no sé, decidí seguir. En el centro te dicen un día más, un día más. Y así fue, un día más y hasta ahora.

Sin transición se miró el reloj.

—Pero, bueno, ¡si son las ocho! Tengo que ir a una visita de obra con los ingenieros y en Madrid esta tarde estoy con otro tema, pero antes debo pasar por el hotel.

Ella improvisó porque no quería ser menos.

—Yo tengo una reunión con el concejal de urbanismo en el ayuntamiento. —Le pareció poca cosa y subió la apuesta—. Con el alcalde, quiero decir.

—¿Te importa que pase antes a la ducha?

—Aunque no te lo creerás, ¡en esta casa hay dos cuartos de baño! ¡A ducha por cuarto de baño!

—¡Casa rica, coño! ¿Qué será lo próximo? ¿Que hay... café?

Cuando Ignacio se levantó, ella se arrastró con cuidado sobre su barriga para asomarse por el borde de la cama, ¿estaría el preservativo?

Él le gritó con desenfado desde el cuarto de baño:

—No te preocupes, ya lo he tirado.

Se sentían tan cómodos como un viejo matrimonio y tan eufóricos como unos amantes de un día, que es lo que eran en realidad. Mientras desayunaban en la cocina, inundada de una luz radiante que pedía a gritos gafas de sol, se miraron por encima de las tazas de café con leche y sonrieron. Él alargó la mano para hacerle una caricia torpe en la mejilla y ambos quisieron volver a la cama, abrazarse, hablar y hacer el amor hasta que el mundo se rompiese en añicos.

Pero en ese momento apareció Mariel, que tartamudeó al verlos.

—Buenos días, señora.

A sus pies, a una despeinada, legañosa y rabiosa Dana, muerta de celos, solo le faltaba levantar la pata para señalarla mientras le decía al mundo mirad mi ama, qué golfa es.

—Buenos días, Mariel. Hola, Danufi.

Dana la ignoró olímpicamente.

La filipina, sin atreverse a mirarlos, caminando de puntillas, descolgó el collar de la perra, se lo puso y la alzó en brazos. Dana los fue mirando por encima de su hombro con ojos furiosos, presa de santa indignación, hasta que salió a la calle. Les pareció que en un momento dado incluso había dicho «puta».

—¿Ha dicho «puta»?

—Ha dicho «puta».

Andrea e Ignacio soltaron una carcajada y eso los unió más que todo lo que había pasado hasta ese momento.

25

Cuando entró en su despacho, Andrea se quitó las gafas negras con gran efecto dramático y dijo:

—Ya estoy aquí.

El zumbido laborioso de las abejas la rodeó como un edredón y miró a su alrededor con orgullo. Lo habían hecho ellas, esto era un cuartucho trastero hasta que Capdevila y Novoa pusieron sus aladas manos sobre los ladrillos y lo convirtieron en un estudio. «El buen perfume va en frascos pequeños», le decía siempre su madre, y ellas dos se lo habían creído. Y, como se lo habían creído, lo habían conseguido.

Y seguía al frente del equipo, era la capitana. Los dos años que había estado jubilada se le habían borrado de la memoria, eran un paréntesis, una nota al pie de página del libro de su vida. ¿Cómo había llegado a pensar que se iba a acostumbrar a estar lejos de una maqueta? ¿A fingir que este estudio ya no tenía nada que ver con ella?

Nadie le contestó y ella se alegró. Todas estaban ocupadas con sus ordenadores, en videollamadas o hablando por teléfono. Las maquetas se amontonaban en una de las mesas y en la sala de reuniones un matrimonio de futuros clientes hablaba con una de las arquitectas júnior recién contratadas. El Departamento de Interiorismo, hacía poco desmantelado, funcionaba ahora a pleno rendimiento.

No, no nos engañemos, se dijo Andrea con una sonrisa que le ocupaba solo una comisura de la boca, esta euforia que sientes, esta plenitud interna no es solo el estudio, no es solo el estudio... Al caminar sentía un delicioso entumecimiento en la parte alta de los muslos y, sobre todo, el corazón alborotado como una bandera al viento. Amor, tú sí que haces milagros.

Gaudí fue el único que contestó a su saludo. Movió pesadamente la cola, levantó la cabeza y después la volvió a dejar caer agotado por el esfuerzo.

Su hija estaba con un chico que de espaldas le pareció familiar. Ambos miraban con gran atención una imagen que aparecía en la pantalla de su ordenador.

Se acercó a ellos con curiosidad. ¿Qué sería eso tan interesante? Quizás la zona en el parque de la colonia en la que pensaba instalar algunos juegos para niños. El chico debía de ser uno de los aparejadores; como eran empleados externos, no los conocía a todos.

Pero de pronto se giró y no puedo evitar una explosión de alegría, ese gozo que se siente cuando sabemos que esa persona está asociada a un acontecimiento venturoso, a pesar de que en los primeros segundos no recordemos cuál es exactamente.

—¡Floren!

—¡Andrea!

Se abrazaron. No se habían visto desde aquel día lluvioso en el despacho de Salmerón, cuando se había resuelto su futuro y disipado la nube negra que pendía sobre madre e hija, aunque habían hablado muchas veces por teléfono. Por un momento temió una mala noticia, la alegría se convirtió en miedo y se llevó la mano al corazón.

—¿Es que...?

Él negó, sonriente. Iba muy bien vestido, con un traje

de *tweed* y camisa azul claro con botones en el cuello, parecía más maduro.

—No, no, todo está olvidado. Archivado. Los amenacé con hacer una denuncia y desistieron, aconsejados por Salmerón. Él no se lo creyó, por supuesto, pero me parece que se los quería quitar de encima. —Puso ojos picarones—. Por cierto, que me ha preguntado por ti varias veces, creo que le gustas.

Andrea se sopló el flequillo con suficiencia.

—Oye, que no estoy tan desesperada... Todavía tengo mi parroquia.

Floren se rio, mientras que la hija le dirigió una mirada de suspicacia que no le pasó desapercibida.

Le dijo con renuencia:

—Ha avisado tía Nieves que te espera para comer en el Bistró.

—Qué bien, por fin da señales de vida esa descastada.

—Ayer te estuvo llamando y no cogiste el móvil.

Ella parpadeó con falsa inocencia mientras Loti la observaba de arriba abajo. A veces esta hija parecía tener rayos equis en los ojos. Andrea carraspeó. Aun así, le salió voz de falsete.

—Pues qué bien que hayas venido a visitarnos, Floren, ya ves que estamos a tope. —Hizo un gesto como si centenares de obreros con taparrabos y trapos en la cabeza estuvieron levantando una pirámide, pero cambió de tema rápido—. ¿Vas a aceptar la oferta de trabajo de Salmerón?

El chico sonrió.

—Bueno, era lo que quería comunicaros. —Las miró con pillería y ojos brillantes—. Al final voy a trabajar con Márquez.

—¿Con Antonio Márquez? ¿Nuestro Márquez?

—Pues sí, Antonio Márquez. Nos hicimos muy amigos

mientras preparaba vuestro asunto, me quedaba a comer casi todos los días en su casa. Hace unas semanas me dijo que quería hablar muy seriamente conmigo.

—¿Pero no se quejaba de que estaba tan mayor?

El otro rio.

—Te diré aquí entre nosotros que está mejor de lo que imaginamos. Me ha propuesto entrar como socio en el despacho y hacerme cargo de sus clientes, ya sabes, familias que están con él desde hace tres generaciones y que se sienten desamparadas. Poco a poco quiere que se acostumbren a mí. Como no tiene hijos, estaba desanimado pensando que el bufete se iba a perder, aunque ahora se ha vuelto a poner las pilas y no sabes la marcha que lleva. ¡Hasta se ha apuntado a un gimnasio!

Andrea estaba boquiabierta.

—¿Gimnasio?

—Dice que le aburre mucho porque los socios solo hablan de exmujeres y de temas inmobiliarios. Lo hace para conseguir clientes.

—¡Si su mujer me dijo que estaba medio muerto!

Floren dijo con familiaridad:

—Marina está muy contenta también, se le hacían muy largos los días. Hemos cogido un pasante y una secretaria, y vamos a renovar la decoración.

—¿Podéis quitar el cuadro ese de los cazadores persiguiendo al ciervo? Siempre me ha horrorizado.

Floren rio, un impensable hoyuelo se le formó en la mejilla.

—Ha sido el primero en caer.

Andrea meneó la cabeza aún con incredulidad.

—No, si está visto. ¡Márquez al ataque! ¡Los viejos al poder!

La hija comentó con su causticidad habitual:

—Sí, mamá, lo mismo que tú con nuestro estudio.

La madre se picó.

—Oye, niña impertinente, que Márquez tiene... nue... ¡veinte años más que yo por lo menos! —Se volvió a Floren y le pegó un abrazo—. No sabes lo que me alegro. ¿Qué ha dicho tu tía?

—Está muy contenta. Mi abuelo dice que me he pasado al enemigo, pero lo he desarmado cuando le he contado que no vamos a aceptar solo casos de ricos, que también trabajaremos por la justicia social. Ya me ha traído media docena de casos desesperados.

—Tu tía también te conseguirá clientes, ¡con la cantidad de millonetis que pasan por sus manos, y nunca mejor dicho!

—Qué va, dice que eso es tráfico de influencias y por encima de su cadáver.

Andrea mantenía todavía la mano en el hombro de Floren, aunque le costaba porque era mucho más bajita. Hoy se sentía bendecida por Dios y todos eran sus hijos. Loti la escudriñaba con la nariz arrugada, sin duda tratando de desentrañar su olor y de dónde le venía ese halo de luz que parecía nimbarla y esa sonrisa irresistible.

La madre ya volteaba la tapa del ordenador para ver lo que miraban con tanto interés. La hija la volvió a girar y las dos estuvieron unos minutos manoteando, hasta que Andrea dijo exasperada:

—Pero qué estabais mirando, ¿porno?

Nadie se rio y fue Floren el que le contestó:

—Es la portada del libro de Loti.

—A ver.

Se inclinó mientras advertía sobre sí la mirada de su hija, entre tímida y orgullosa. En la portada, de colores crema y bajo el título, *Omas Kúche* (*La cocina de la abuela*), salía uno de los dibujos que había hecho su abuela: el de Loti, con sus largas trenzas, con un rollo de amasar en la mano. Abajo el nombre: Charlotte Schneider.

Se dio cuenta de que la hija esperaba su respuesta, aunque fingía contemplarse una uña con gran interés.

—Me encanta, qué bonita. —Era sincera—. Qué ganas da de comprarlo. Es que los alemanes para estas cosas relacionadas con el hogar son unos hachas.

Tosió, la voz le salió menos firme de lo que pensaba.

—Y tu nombre ahí, ¡si pudiera verlo tu padre! ¡Y la abuela!

La hija se animó al ver su reacción y una enorme sonrisa iluminó su rostro. Empezó a explicarle con entusiasmo, ampliando detalles de la imagen:

—Sí, es el dibujo original de la abuela, pero está algo cambiado. ¿Ves aquí? —señaló un punto de la portada—. Han añadido una ventana con esta cortina a cuadros como si fuera el futuro, ¡y lazos en las trenzas!

Ella protestó.

—Yo nunca te hubiera puesto esa cursilada.

—¿A que queda bien? —Su voz estaba llena de alegría—. Me ha dicho Klara que en la editorial están muy satisfechos, que lo quieren sacar por Navidad. Mira esto.

Iba cambiando de pantalla para enseñarle las distintas ilustraciones del libro, la primera página, los créditos, la pequeña nota biográfica de la contraportada. Muy bonito, repetía Andrea.

Floren preguntó con segundas intenciones:

—¿No le enseñas la dedicatoria?

Andrea se giró hacia él.

—Se lo habrá dedicado a Gloria. —Como Floren no le decía nada, se volvió a su hija—. ¿No?

La hija manejó el ratón para cambiar de página y se apartó. Se hizo el silencio mientras Andrea achicaba los ojos.

Incrédula, se volvió a uno y a otra.

—¿Me lo dedicas a mí?

La hija dijo con voz húmeda:

—Claro, mamá, como te digo ahí, tengo la suerte de que la mujer más buena del mundo me haya tocado como madre.

Andrea contuvo la respiración y cerró los ojos.

Cuando los abrió Floren la estaba mirando con una sonrisa, mientras que Loti permanecía encorvada delante del ordenador sin querer dar muestras de emoción ni de debilidad —«¡Loti sola!»— y Andrea abrazó a Gaudí y sintió un agradecimiento alegre y triste a la vez. Alegre porque su hija estaba contenta; triste porque nunca la había visto así en nada relacionado con la arquitectura, y esos minutos fueron un poco el principio y el final de un sueño.

A media mañana recibió una llamada de Ignacio. Cuando vio su nombre en el móvil, le cambió el rostro, sus movimientos se hicieron más lánguidos y se convirtió en una tímida jovenzuela de quince años. Bajó la voz hasta un susurro íntimo y se puso de cara a la pared para que nadie la escuchara. Total, para decir un simple:

—Sí.

El otro tardó en contestar, notó que le daba una chupada al cigarrillo.

—¿Cómo estás?

—Muy bien... —Le pareció soso ese «bien», a ver si la iba a tomar por una insustancial—. ¡De puta madre! ¿Y tú?

—Pensando en ti toda la mañana. —Bajó la voz—. Esos

tíos se deben de creer que soy sordo o gilipollas porque estoy en la luna.

Ella iba a decir algo ingenioso —no se le ocurría nada— cuando él la interrumpió, con voz urgente.

—Oye, estoy a punto de irme a la estación y he pensado algo.

—Dime.

—¿Por qué no te vienes?

Ella apeó por un momento la sonrisita estúpida.

—¿Cómo? ¿Ir? ¿Adónde?

Él se rio fingiendo despreocupación.

—A Madrid, conmigo. —Pausa, el tono serio sustituyó al tono frívolo—. Me cuesta mucho separarme de ti.

Ella rio complacida. Fingió que no había entendido.

—¿Qué quieres decir?

Él, cortante:

—Lo que has oído perfectamente. Ve a tu casa, coge un par de cosas y en media hora te paso a recoger. —Voz tierna—: Por favor.

Ella siguió haciéndose la tonta.

—Pero si nos acabamos de separar.

—¿Acabamos? ¡Por lo menos hace dos horas!

Ella no tuvo más remedio que reír y estuvo a punto de aceptar y él lo notó. Sus palabras portaban ahora una nota persuasiva que hacía muy difícil oponer resistencia.

—Va, no te hagas la difícil conmigo, que estás tan colada como yo. Te enseñaré mi casa. —Como el mago que presenta todos sus trucos, añadió—: Tengo un árbol en el jardín, un olivo de cuatrocientos años, en cuyo tronco, si apoyas la oreja, escuchas cómo circula la savia.

Ella lanzó una risotada, como si los olivos no tuvieran secretos para ella.

—Sí, hombre, ¿y qué más?

—¿Te parece poco?

En este punto se dio cuenta de que todo el despacho la estaba mirando. Debió de gritar más de lo que pensaba, a ver si sería verdad que tenía problemas de audición. ¿Cómo iba a oír entonces al árbol de Ignacio? Tendría que fingir que sí, pero antes debería saber en qué idioma hablan los olivos para no meter la pata.

Loti la miraba levantando una ceja. Hasta Gaudí se había sentado y ladeaba la cabeza para seguir todas las inflexiones de la conversación.

Estuvo a punto de decir, sí, amor, llévame en tu caballo blanco lejos de todo esto. Se acordó, sin embargo, de su cita con Nieves y dijo con pesar:

—Aunque me gustaría mucho, he quedado para comer con Nieves. Llevo semanas intentando localizarla y no ha habido manera, así que si hoy quiere quedar es porque debe de tener algo importante que contarme.

Él volvió a ser el hombre educado de siempre.

—Ah, en ese caso, nada, dale muchos recuerdos... A ver si vamos a su finca un día.

—Te encantará.

Él bajó el tono, se oían voces detrás.

—Perdona, están empezando a levantar una grúa... Adiós, Andri.

Que la llamara con su nombre de infancia fue como si le dijera «te quiero». Cortó y apretó, soñadora, el aparato contra el pecho mirando el infinito cuando la voz de su hija, tan desagradable en estos momentos como la tiza sobre la pizarra, la trajo al presente.

—Mamá, me ha llamado tía Nieves, que ya está en el Bistró, debe de ser urgente.

—Qué raro.

Su amiga la esperaba en un pequeño restaurante francés cerca del Turó Park al que iban desde que abrieron el estudio. Había pasado por varias manos, pero ellas continuaban siéndole fieles porque, aunque pequeño y ruidoso, se sentían como en casa. La actual dueña, una vasca alta y rubia, le señaló una mesa al fondo del pasillo, apartada, cerca de los lavabos, un lugar en el que nunca se sentaban. Mientras sorteaba las mesas abarrotadas de oficinistas y dependientas de las tiendas de lujo del barrio, pudo contemplar a su amiga sin que ella se diera cuenta.

Le llamó la atención lo escuálida que estaba. Un cuello largo y desamparado surgía de un jersey que le quedaba muy grande, las manos estaban sobre la mesa como una niña buena y eran muy delgadas y pálidas. Se sentó con todas las frases banales que le venían a la cabeza atascadas en la garganta. Nieves la miró. Tenía el blanco de los ojos de color amarillo. No amarillento, sino completamente amarillo. Parecía tener frío, aunque la temperatura del local era calurosa. Se miraron en silencio.

¿Qué había en la expresión de Nieves? Compasión; no por ella, sino por Andrea. ¿Por qué? ¿Qué cosa terrible e irreversible iba a pasar?

Andrea preguntó casi con enfado mientras se deshacía del abrigo:

—¿Qué te pasa? —Y luego medio gritó, con una especie de graznido—: ¿Te encuentras mal?

No quería tomárselo en serio, prefería pensar que era una broma pesada y que de dentro de esta Nieves quebrantada iba a surgir su amiga de siempre, llena de energía y de planes. «¿Ha estado bien esta vuelta? Has apretado las piernas y el caballo se sentía inseguro».

Nieves, la que no se quejaba nunca. Nieves, que era tan fuerte que cargaba con *packs* de agua de doce botellas en cada mano. Una vez la había visto levantar una nevera y llevarla a un contenedor a pulso. Nieves, esa Nieves, su Nieves, dijo en voz baja y muy suave para no hacerle tanto daño:

—Sí.

El miedo empezó a recorrer el interior de Andrea como una vena.

—¿Estás enferma?

Esta vez Nieves solo asintió con la cabeza mientras la miraba con una gran dulzura. Sabía el dolor que le estaba causando. Con un hilo de voz, con pánico, sin querer mirarla, Andrea le preguntó:

—Pero no es grave, ¿verdad? —Suplicante, miró sus tristes ojos amarillos—. Te curarás, ¿no?

Y Nieves alargó su mano descarnada hasta coger la suya y se la apretó.

—No me curaré, Andri. Lo siento.

26

No, no, que los relojes den marcha atrás. Que las palabras vuelvan a meterse de un salto en la boca. Que rebobinen la película.

La propietaria del restaurante se acercó con unas pequeñas cartas en la mano, las puso sobre la mesa y dijo:

—Este es el menú del día. Hay cocochas.

Andrea no podía apartar la mirada de Nieves, que estaba con los ojos bajos, como si hubiera confesado un crimen. Su Nieves. Su cabeza parecía más pequeña, sus arrugas más acentuadas, quedaba un resto de bronceado en la punta de la nariz y en las mejillas. Iba muy abrigada y las mangas le llegaban hasta los nudillos. Era la de siempre, pero ya era distinta para siempre, la enfermedad la había marcado y apartado del rebaño, y una parte infinitesimal de ella ya no pertenecía a este mundo.

Durante muchas noches, Andrea habría de tener la misma pesadilla recurrente: Nieves alzaba el vuelo en vertical, ascendía a los cielos pataleando como si nadara y ella trataba de inmovilizarla abrazándose a sus piernas, la retenía, la retenía, hasta que la otra tomaba fuerza y levantaba incluso a Andrea unos centímetros del suelo hasta que la dejaba caer y se despertaba y Nieves se perdía entre las nubes.

La vasca volvió a aparecer con un bloc de notas y un bolígrafo. Fue Nieves la que rompió el silencio.

—Pues cocochas, Amaia, y después un pescado, ¿no, Andri?

Andrea asintió sin atreverse a abrir la boca y la mujer les propuso dorada, sí, vale, dorada, ¿a la sal? A la sal. Para beber, agua.

Cuando se quedaron a solas, Andrea no intentó quitarle importancia a la enfermedad, ni repetir como un loro, te curarás, hoy en día la medicina tal y tal, yo conozco un caso. Su amiga tenía demasiada categoría para eso. Le cogió la mano de nuevo y señaló su cuerpo con la barbilla.

—¿Dónde está?

Las dos sabían a qué se refería. Nieves se encogió de hombros, como si no tuviera importancia.

—En el colon. Cuando abrieron ya tenía el páncreas, los ovarios y el hígado con metástasis... No se puede hacer nada.

—¿Te operaron? ¿Cuándo? ¿Desde cuándo lo sabes?

Ahora comprendía los continuos viajes a Barcelona, su silencio de estas últimas semanas.

—¿Te acuerdas de cuando viniste a Zabriskie para contarme que el estudio se iba a la mierda? —Habían hecho tantas bromas con eso que una pálida sonrisa cruzó por el rostro de ambas, aunque eso provocó que a Andrea se le llenaran los ojos de lágrimas—. Ya me encontraba mal, estaba muy cansada, pero nunca tenía tiempo de bajar a Barcelona. Bueno, al final fui al Hospital de San Pablo para ver al doctor Torrego porque creía que les pasaba algo a mis pulmones. Él me derivó a Oncología y me ingresaron de inmediato. Cuando me abrieron, ya no había nada que hacer.

Andrea no pudo evitar la pregunta.

—¿Nada nada? Hoy en día... Inmunoterapia... Nueva York.

Sonriendo plácidamente, Nieves negó con la cabeza.

—No, nada.

—¿Y cuándo...?

—Unos meses.

Necesitaba saber:

—Unos meses ¿desde cuándo?

—Se cumplirán pronto.

Andrea apoyó los codos en la mesa y hundió la cabeza en las manos. Un carraspeo le indicó que el camarero estaba con los platos en alto. Nieves le tocó con suavidad el hombro a su amiga. Ambas callaron hasta que el hombre se fue y después Andrea se echó a llorar tan silenciosa como pudo.

El restaurante estaba abarrotado y los que iban al lavabo no dejaban de dirigir una mirada furtiva a esas dos mujeres tan elegantes que parecían tan tristes. Nieves se acercó a su amiga y le dijo con voz firme, un remedo de la voz de otros tiempos:

—Andri, por favor, no es tan importante, de verdad. Yo no estoy asustada.

—¿Te duele?

Nieves negó lentamente.

—Ahora me dueles tú.

Andrea asentía dando grandes suspiros, se secó las lágrimas y comieron en silencio. Después les retiraron los platos, pusieron otros, presentaron la dorada a la sal, rompieron la costra con un martillito, oh, qué bien, gracias, qué buena pinta, las palabras surgían de su boca sin pensar, cumpliendo todos los rituales que la buena educación ha impuesto en la mesa, aunque tuvieran el corazón destrozado.

Ninguna de las dos tocó el pescado.

Andrea movía la cabeza con incredulidad.

—Cómo pudiste hacerlo todo sola, no lo entiendo. ¿O te acompañaba tu hermana?

—Sí, a veces, pero casi siempre venía Maca.

—¡Maca! —Se enfadó como una cría—. ¡Si yo soy más amiga tuya que ella!

Nieves se echó a reír por esta salida tan infantil y la miró con tierno afecto.

—Andri, tú tenías todas las complicaciones del estudio, que se estaba hundiendo, te recuerdo. No quería cargarte con esto, además.

—Esto era lo importante, lo más importante.

—¿Ves? Por eso no quería decírtelo, para que no te desentendieras de nuestro chiringuito. Tenías que arreglarlo todo con tu varita mágica y con esa potra que Dios te ha dado.

Se rieron. Aunque parezca imposible, se rieron y la camarera también mientras retiraba los platos intactos. Sin preguntar les llevó arroz con leche de postre.

Ninguna de las dos tenía hambre, pero se lo comieron. Todo. Después de la última cucharada Nieves se secó los labios con la servilleta y colocó las manos en la mesa con gesto resolutivo. Así se ponía cuando hablaba con los clientes, el plan era «Vamos a dejarnos de tonterías y a tratar lo que nos interesa y por lo que nos pagan». Si la reunión se celebraba cuando estaban a punto de finalizar la obra, el gesto indicaba «No me des por el culo y yo tampoco te daré a ti». Todos se acojonaban.

—Andri.

—Dime.

—Esto que te voy a decir es muy importante.

La otra se sulfuró.

—¡Sí, claro, como lo que me has dicho ahora es una bobada...!

Nieves sonrió.

—Calla, estúpida. Escúchame.

—Te escucho.

—Estos días he estado muy ocupada.

—Ya.

Nieves hizo un gesto como si lo de su salud ya estuviera archivado en la papelera.

—No por eso, sino para dejarlo todo arreglado.

Andrea volvió a hacer un puchero y la otra la atajó con impaciencia:

—No seas pesada con tus lloriqueos, venga, a Maca no la he visto llorar ni una vez.

¡Solo le faltó eso a Andrea! Se puso roja como un tomate y sintió tanta rabia al hablar que se le escaparon unas gotas de saliva y estuvo a punto de coger bolso y abrigo y largarse.

—¡Pues habla con ella!

—Deja eso, tonta.

Andrea se quedó. Miraba el suelo, enfurruñada aún.

—Maca no llora porque no tiene corazón.

La otra la riñó secamente.

—No digas eso. Es muy buena persona y lo sabes, además de ser una tía superinteligente que nos da cien mil vueltas a todas.

Andrea reconoció a regañadientes:

—Es verdad. Es que me da coraje que ella haya podido estar contigo y consolarte y yo no.

Nieves le hizo una caricia en la mejilla y la miró fijamente.

—Nadie ha tenido que consolarme, Andrea. Es un gran privilegio disponer de tiempo y tener la cabeza clara para dejarlo todo arreglado. Y disponer de dinero para favorecer la vida de mucha gente. No puedo imaginar una forma mejor de... irme.

—¿Qué quieres decir?

La otra se metió los pulgares en la sisa del jersey como

haciéndose la chula. Debía ser un gesto cómico, pero no lo consiguió. Estaba plana, sin pecho, tan delgada como un niño depauperado. Andrea advirtió de qué manera el mal había avanzado de forma aviesa y corrosiva, destruyendo a la muchacha fascinadora e impredecible y dejándola convertida en tan solo un montón de huesos. Huesos refinados, eso sí, huesos de marca de tienda del paseo de Gracia.

Ajena a los pensamientos de Andrea, un resto de la antigua Nieves intentó bromear.

—Que aquí donde me ves, tu amiga la *hippy* va a crear una fundación como una ricachona cualquiera.

—¿Cómo? —Andrea volvió en sí y sacudió la cabeza como si tuviera un grillo dentro—. ¿Para evadir impuestos?

Nieves lanzó una risotada.

—¿Qué dices? ¿Está usted borracha, amiga? —La miró con incredulidad—. ¿Tú crees que eso me importa? ¡Parece mentira que una bruta como tú haya llegado a tener formación universitaria! —Se fue al móvil, tecleó y recitó como un loro y con voz gangosa—: «Una fundación es una sociedad sin ánimo de lucro que tiene como fin mejorar la sociedad».

Andrea se picó.

—Sí, claro, ya sé lo que es. Perdona que me haya quedado impresionada por la noticia de que una íntima amiga, la mejor, aunque yo para ella no lo sea, está gravemente enferma y que en consecuencia la cabeza no me rule muy bien.

—Te perdono.

—Pues sigue, por favor.

Nieves cogió su chaqueta y se la puso por los hombros con un estremecimiento. Andrea la ayudó y las dos sonrieron a la vez.

—Verás, Andri, déjame contarte desde el principio... ahora que todavía puedo. —La amiga le apretó la mano—. Mi padre era un tío cojonudo y quería hacer cosas por los demás. Se trajo a todo su pueblo a Barcelona a trabajar en la construcción, pero más allá de eso no sabía cómo ayudar... Siempre nos repetía a Isabel y a mí, «No seáis como yo, que soy tan burro que lo único que sé es hacerme rico».

Andrea se acordó del hombre de la obra.

—Ya lo sabía que decía eso.

—¿Cómo?

—Ya te contaré.

—¡Secretos en reunión son de mala educación!

—Qué morro tienes, después de haberme ocultado todo. Cerda.

—Va, calla. —Y, abriendo el bolso, preguntó—: ¿Aquí se podrá fumar?

Sacó un porro en forma de trompeta, Andrea se apresuró a cogerlo y volverlo a su lugar.

—¡Estás loca! ¿Cómo vas a fumarte un canuto aquí?

La otra puso voz melindrosa.

—Ay, perdone usted, señora policía de la brigada antidroga, por otro nombre DEA, es que tengo cáncer y estoy autorizada a fumar marihuana. —Pero se echó a reír—. Ya me lo fumaré en casa.

—¡Estás desatada!

Soñadora, Nieves se recostó en el asiento. Sus mejillas adquirieron un poco más de color y sus ojos se animaron. La dueña se acercó con la nota. Al ver sus rostros retrocedió como si no se atreviera a dársela.

—Papá lo dejó todo en nuestras manos para que hiciéramos el bien por él. Isabel, como sabes, se hizo monja y yo ahora tengo la oportunidad de cumplir su sueño.

—Llevas tiempo haciéndolo. Zabriskie es...

—Zabriskie ha ido creciendo de forma desorganizada, sin planificación. Este verano elaboré un esbozo de proyecto para desarrollar una zona de la finca, la que está cerca del bosque, para hotel rural y restaurante, para que mis chicos...

—¡Siempre tus chicos!

Las mejillas de Nieves se colorearon un poco más.

—Sí, todos esos muchachos que a los dieciocho años salen de la tutela estatal porque ya son mayores de edad, pero que en realidad son unos críos, son mis hijos, Andrea, los que están ahora y los que vendrán después. La fundación servirá para darles un oficio y será el paso intermedio entre la infancia y la vida adulta. Cocineros, camareros, mozos de cuadra, auxiliares de veterinaria... Habrá un refugio para animales abandonados, promoveremos la adopción y continuaremos con la hípica y con la parte de los caballos; se entrenará y se albergará a los mayores, como Bertinet, ¿te acuerdas de ella?

—Claro que sí.

Fue la única vez en la que a Nieves se le rompió la voz.

—Eso sí que me sabe mal... Mis animales dejarán de verme y creerán que los he abandonado. No podré explicarles por qué me he ausentado.

Se rehízo enseguida.

—Será un complejo enorme y ambicioso. Espero que dure mucho tiempo y que sea muy útil.

—Pero eso costará mucho dinero.

La otra la miró sin parpadear, con sus ojos amarillos que ya habían dejado de importarle, ni siquiera se daba cuenta.

—Hay mucho dinero. Bien gestionado, el capital seguirá produciendo rentas para varias generaciones. Mi hermana también dejará su parte a la fundación cuando llegue el momento.

Andrea se emocionó.

—No solo te recordaremos tus amigas, sino la humanidad entera.

La otra estalló en carcajadas.

—¡Cómo te pasas! Te confieso que estoy entusiasmada por poder hacer esto, ni me acuerdo de que me voy a morir.

Morir. Esa palabra era la primera vez que se pronunciaba en ese día. Fue como si a Andrea le hubieran dado una bofetada. La amiga, que se dio cuenta, se apresuró a desviar el tema.

—Llevará el nombre de mi padre, Fundación Jacinto Novoa. Los estatutos están redactados y se aprobarán cuando esté constituida. Ya te los dejaré leer. Básicamente, es lo que te he dicho, solo que en lenguaje jurídico.

Andrea intentó parecer animada.

—Ha sido muy rápido, ¿no? Creía que era muy complicado crear una fundación.

—No es que sea complicado, ¡es que es la hostia de complicado! Hemos luchado contra el tiempo y ahora solo nos falta un requisito para poder registrarla. El último, y el más importante. Por eso te necesito a ti.

Andrea trató de tirar de ironía.

—¿Y Maca? Pobrecita, tu nueva mejor amiga se va a ofender. —Pero ahora a Nieves se la notaba sin fuerza para bromear. Andrea volvió al tono serio—. Dime.

La otra tomó una gran bocanada de aire para aguantar lo que le quedaba de conversación.

—Yo soy la fundadora y tengo que escoger tres patronos que se hagan cargo de la administración de los fondos y de su correcta utilización. Que el proceso sea transparente y que no se derroche ni un solo euro. Hasta que no hable con ellos y ellos acepten, no podemos aprobar los estatutos y registrarla. Y el tiempo apremia, como comprenderás.

Andrea se irguió, presentía lo que su amiga iba a pedirle y se sintió conmovida por tan gran responsabilidad.

—Entiendo.

—Uno de los patronos será mi hermana, la otra será Maca. —Andrea se dejó de ironías y bromas, y asintió, sabía que, bajo su aparente frivolidad, Maca era una persona honrada, trabajadora y muy responsable—. Las dos han aceptado. La tercera quiero que sea...

Andrea le cogió la mano y se la llevó al corazón.

—... Lo haré encantada, Nieves, pondré todo mi interés. —Trató de quitarle solemnidad al momento—. Esto es como casarse, ¿no?

Nieves se recostó en el asiento, cerró los ojos y una mueca de dolor la desfiguró. Andrea pudo ver la devastación de su rostro al desnudo, los huecos debajo de las mejillas, las órbitas oculares hundidas, los pómulos puntiagudos, los labios antes jugosos y rientes convertidos en un paréntesis hacia abajo rodeado de arrugas verticales. Abrió los ojos y levantó la mano como pidiendo permiso para hablar, no me interrumpas, por favor.

—No, perdona, Andrea, tú tienes mucho trabajo en el estudio y yo sé lo que es eso... —Haciendo un gran esfuerzo, sonrió—. Me refiero a Loti.

Una estupefacta Andrea preguntó después de unos segundos:

—¿Cómo Loti? ¿Loti qué?

—Mira, me gustaría que Loti fuera el tercer patrono. Y no solo eso. Me gustaría que fuera la gestora también, que lleve a cabo los proyectos que justifican la fundación. Es un trabajo remunerado, como es lógico. Quiero que sea yo, en fin, pero joven, llena de fuerza... y viva.

Se olvidó por un momento de que hablaba con una moribunda y se enfadó.

—¿Cómo se te ocurre? —tartamudeaba, no sabía por dónde empezar—. Loti tiene su vida aquí y su profesión, no sé si te acuerdas, ¡mi hija es arquitecta!

—Le irá muy bien serlo porque así no tendrá que recurrir a nadie y podrá desarrollar ella misma el proyecto del restaurante, el hotel y la hípica.

—Estás loca, ¿cómo va a dejar el estudio?

—A ver, Andrea, ¿cuándo te vas a enfrentar al hecho de que a tu hija no le gusta la arquitectura? Y no me vengas con eso de que nosotras odiábamos a los clientes y las visitas de obra, etcétera, etcétera, porque es verdad que las odiábamos, pero ¡cómo disfrutábamos también! Ella estudió la carrera para complacerte, está ahí para complacerte. ¡Parece mentira que una persona tan sensible como tú no se dé cuenta de que es profundamente desgraciada!

Andrea trató de protestar aún.

—Eso era por lo de la demanda del hombre muerto y por las dificultades financieras. Ahora todo se ha arreglado.

Nieves negó con la cabeza, con un cansancio infinito.

—No, no, ahora todavía es peor, porque se ha quedado sin excusas y se tiene que enfrentar al hecho de que sigue sin gustarle y de que vive una vida que no es la suya.

Se acordó de la expresión de su hija cuando miraba la portada de su libro, *La cocina de la abuela*; esa ilusión nunca se la había visto, era cierto. La tenía por una chica fría, incapaz de grandes emociones, aunque empezaba a descubrir que, cuando algo le gustaba de verdad..., ¡ay, cuando algo le gustaba!

Comprendió que su amiga estaba en lo cierto, pero siguió protestando, aunque ahora era un enfado impostado, que no convencía a nadie.

—Y ¿tú qué sabes? ¿Cómo sabes todo esto? —La miró con sospecha, fue cruel—. Le habrás ido con el cuento de la lágrima y como ella es una pánfila...

—No, no seas tonta, no le he dicho nada, primero quería hablar contigo. —Ni siquiera se enfadó—. Con quien sí he hablado es con su mujer.

—¿Con Gloria?

—Sí, me viene a poner inyecciones a casa, mira, ahora la acabo de ver. —Intentó bromear—: Gracias a ella me pego unos colocones que ni en Chauen, ¿te acuerdas?

—Me acuerdo. —Una sonrisa leve cruzó sus labios—. Cómo triunfabas allí...

—Nos decían «Tú quedar aquí cuidando a mi madre y durmiendo en el suelo con ella y yo ir a España a vivir en tu casa con un contrato de trabajo». Eso es que nos encontraban viejas.

—¿Cuántos años teníamos? ¿Veinte?

Unos segundos de silencio en memoria de aquellas dos muchachas locas que, con sus mochilas y sus provocativos pantalones cortos, se habían aventurado con mucha inconsciencia en las montañas del Rif.

El recuerdo pareció fortalecerlas a ambas, como si hubieran bebido unas gotas de la fuente de la eterna juventud. Andrea preguntó, ya resignada:

—¿Y qué te ha dicho Gloria?

—Pues lo que tú también verías si la miraras de verdad. Loti es desgraciada, no le gusta el futuro en el estudio, aborrece eso que a ti te gusta tanto y no sabe cómo decírtelo.

Se desplomó. Su Loti tenía miedo de ella. Su Loti, que creía que era la mejor persona del mundo, lo había puesto en la dedicatoria de su libro, ¿verdad? En el fondo la temía.

—Y le has contado tus planes a Gloria, claro.

—Con la advertencia de que no le dijera nada a Loti todavía, primero quería hablar contigo.

—¿Y qué te ha dicho ella?

Nieves, que miraba la mesa mientras jugueteaba con las migas del pan, le dirigió una rápida mirada en la que luchaban la pena por la amiga y el orgullo por haberlo conseguido. Triunfó este último.

—¡Que ya tenía la maleta preparada! ¡Que Gaudí estaba de acuerdo!

—¿Cómo? ¿Se irían a vivir a Zabriskie?

—Pues claro, aquello no se puede llevar a distancia. ¿Qué me dices?

—Qué voy a decir... ¡Si no contáis conmigo para nada! ¡Ya es mayorcita!

Nieves le intentó dar un pellizco en el brazo; con tan poca fuerza que a Andrea se le volvieron a llenar los ojos de lágrimas.

—Si te ve así no lo va a hacer nunca; dejarte y dejar el estudio, digo... Gloria seguirá a su lado, claro, pero pudiendo ser felices en Zabriskie, ocupadas con una labor útil, no van a estar encerradas en un pisito sintiéndose desgraciadas. —Echó mano de sus últimos cartuchos—. Yo nunca la he visto tan contenta como cuando venía a pasar los veranos. ¿Sabes que muchas noches dormía en la cuadra?

Andrea esgrimió su último argumento.

—¡Ahora que está tan ilusionada con lo del libro!

—Sí, es verdad, su prima le ha dicho que, si funciona en lo que respecta a las ventas, le encargarán otro.

—No será la cocina de su madre.

—La cocina de su madre es el repartidor de pizzas a domicilio, ya sabes que durante muchos años mantuviste tú sola la empresa pizzera. —Andrea le sacó la lengua—.

Creo que es sobre postres catalanes y podrá escribirlo en Zabriskie. Entre Gloria y ella harán un gran trabajo allí. ¿No te das cuenta?

Otra vez Andrea enterró la cara en las manos y los codos en la mesa. Sí, se daba cuenta, claro. Como un rayo atravesó su mente una idea egoísta, ahora se tendría que poner en solitario al frente del estudio. Nieves pareció adivinarlo.

—Tú eres perfectamente capaz de llevar sola el estudio. En realidad, lo has hecho siempre. ¿Te acuerdas de que llegué a estar seis meses en Australia entrenando? —La otra asintió—. ¿Y cuando me iba al circuito europeo?

Andrea añadió de forma débil:

—Y cuando lo de la peste equina te fuiste a vivir a Holanda.

—¡Un año entero! Y el estudio tan pichi.

—Y a Normandía. Y a Portugal.

—Hija, qué rencorosa —fingió bromear—, tampoco era para tanto.

¡Andrea sola! Sí, sola.

—Además, tú no te das cuenta, pero desde que has vuelto...

—Por tu sagrada intercesión.

—¡Por lo que sea, puñetas! Pues desde entonces Loti se ha mantenido al margen de todas las decisiones.

¡Era verdad! ¡Aunque no se había dado cuenta, era verdad!

¡Un momento! Una luz empezó a encenderse en su mente. ¿No sería que...? Andrea abrió los ojos y se llevó, horrorizada, la mano a la boca.

—¡Oye, tú! ¡Farsante! Tú ya sabías que estabas enferma cuando me obligaste a dejar la jubilación y volver. —La señaló con el dedo—. ¡Para birlarme a Loti me obligaste a ponerme al frente del estudio!

—Anda que me costó mucho. ¡Llevabas una vida tan glamurosa!

Pero Andrea no la escuchaba y levantaba las manos al techo en plan italiano.

—Todo lo urdió ella, la bruja, tendiendo sus trampas... Que si me veía perdida, que si Loti necesitaba ayuda... ¡Mala pécora! Todo formaba parte de un plan maquiavélico.

Cogió un trozo de pan y se lo tiró a la cabeza. Nieves intentó esquivarlo sin éxito mientras reía a carcajadas.

—Si la señora está obnubilada por cierto arquitecto buenorro madrileño yo no tengo la culpa. —Se golpeó la frente con el dedo—. Neuronas, amiga, haz funcionar esas neuronas en estado comatoso.

Andrea estaba con una sonrisita extasiada sumamente estúpida.

—¿Está buenorro?

—Idiota.

—¿Has visto qué ojos tiene?

—Pues dos, como cualquiera.

Se rieron tanto que el camarero decidió llevar la cuenta porque al fin y al cabo el restaurante se había vaciado y ellas eran las últimas clientas. La presentó en una bandeja, claramente admirado de que antes lloraran tanto y ahora se rieran como las locas. ¡Mujeres! ¡No hay quien las entienda!

Andrea engalló la cabeza mientras su amiga tendía la tarjeta de crédito sin mirar el importe. Claro que se veía capaz. Es más, ¡le gustaba! ¡Andrea sola!

Nieves estaría muerta, perdóname, Nieves, pero ella estaba muy viva.

—Entonces de acuerdo, ¿no? —Nieves levantó la mano como un jugador de la NBA, otro gesto que ambas detestaban, y las dos se echaron a reír y se fundieron en un abrazo. Le susurró al oído—: Andri, te quiero mucho.

—Cerda, por qué me haces esta putada.

Y las dos sabían que la putada era morirse. No lo dijeron.

Necesitaba ir a casa. No pasó por el despacho, no podía ver a Loti ahora, que hablaran con ella Nieves o Gloria.

Ya tendrían una larga conversación. Debían hablar de muchas cosas. O no.

Estaba agotada, sentía las piernas cansadas, respiraba con dificultad. Su asma se estaba enfadando. No tenía pitos, sino una orquesta entera en los bronquios. La humedad ponía un halo de colores como una mancha de gasolina en las farolas recién encendidas y un vigilante con bata gris cerraba la verja del parque infantil que estaba cerca de su casa y la miraba con curiosidad. Se estaba haciendo de noche, pero el crepúsculo era largo y lento. El día se resistía a irse y el último sol se agarraba a los pisos más altos de los edificios más altos de la Diagonal, como el niño que no quiere irse a dormir todavía.

Esta ciudad que sin Nieves le parecería vacía.

Nieves, Nieves, por qué me haces esta putada... Eres mi hermana, eres mi otro yo, el mundo seguirá girando y tú ya no estarás. No te has casado, no has tenido hijos. Y, a pesar de todo, dejarás una familia enorme que bendecirá tu nombre durante eras. Y eso es muy grande. Sin embargo, a mí me gustaría que fueras más pequeña y que no te murieras.

Hacerse a la idea. Si se hiciera a la idea no le importaría tanto. A lo mejor a la larga dejaría de dolerle. El milagro más inmenso de su vida había sido la amistad de Nieves, y el más triste, perderla.

Abrió con su llave, cerró la puerta y se apoyó en ella sin aliento. La perrilla se puso de patas queriendo subirse, gemía por su prolongada ausencia, se iba y volvía celebrando su regreso, y Andrea se dio cuenta de que llevaba algo en la boca.

Uno de sus habituales obsequios, se agachó y vio que era un calcetín de cuando Loti era niña. Como tenía unos pompones muy graciosos, lo había atado al asa del cajón de la mesa de noche.

Se lo pasó por la cara, le dio un beso, adiós, Loti arquitecta. Perdóname, hija.

Abrazó a Dana, que se acurrucó, feliz, en su regazo. Las dos en el suelo.

Le hizo esa caricia debajo de la «barbilla» que tanto le gustaba y la diminuta levantaba la cabeza si paraba y abría los ojos exigentes.

—Dana, ¿quieres ser mi socia en el estudio? Yo me dedicaré a las casas de personas y tú a las casetas para perros, ¿qué te parece?

No sabía cuánto tiempo había transcurrido, la casa estaba sumida en sombras porque no había encendido la luz. ¿Qué hora sería?

Le pareció que llamaban a la puerta.

¿Sí? Se levantó, estaba entumecida, llevaba aún el bolso colgado del hombro y el abrigo puesto. Dana se cayó al suelo con un chillido de protesta, pero se fue corriendo y vio que no se había hecho nada. Llamaron de nuevo.

Abrió. La cruda luz del descansillo la deslumbró y casi identificó el olor antes que la imagen.

Ignacio cerró la puerta a sus espaldas y avanzó la mano hacia su mejilla y a su nuca mientras la miraba intensamente. Andrea se apretó contra su cuerpo, sus hombros se desplomaron y se abandonó al llanto y a la pena por su amiga del alma.

27

Habían decidido ir a pasar el día a Sitges. En invierno era cuando esta localidad costera, a cuarenta kilómetros de Barcelona, más le gustaba a Andrea. Ignacio la conocía por unas jornadas de arquitectura a las que había ido hacía unos años y recordaba un paseo lleno de gente y la larga fila de palmeras.

La plata del cielo se reflejaba en el mar, o era al revés, y sobre la solitaria arena de la playa, húmeda y oscura, se veían las huellas triangulares de las patas de las gaviotas. Su graznido afónico hendía el espacio. Muchas personas paseaban, todas confortablemente abrigadas; algunas, con aspecto extranjero, se apoyaban en bastones de marcha y tenían el aire resolutivo del que está cumpliendo una misión sagrada. La mayoría, sin embargo, caminaba de un modo relajado, aunque el tiempo no acompañaba; se notaba que eran jubilados que vivían allí todo el año y estaban hechos a las inclemencias del tiempo.

Algunos iban en anticuadas bicicletas y hacían sonar el timbre para anunciar su paso. Un matrimonio de ingleses llevaba unos perritos tullidos o ancianos en un carricoche, como si fueran bebés. Dana, humillada porque le habían puesto un llamativo abrigo de cuadros tipo Sherlock Holmes, con orejeras, le dirigió una mirada de reproche a

Andrea; ella también quería uno de esos carricoches para así no tener que caminar como si fuera un perro.

—Mira, Ignacio, allí estaba nuestra casa. Era una construcción bastante fea.

—Qué bien situada. ¿Era vuestra?

—Sí, pero mis padres la vendieron cuando me casé, porque Rolf y yo, y luego la niña, pasábamos los veranos en Alemania. Hace un par de años la tiraron para construir esos apartamentos. Resultan estupendos, ¿verdad? Tienen movimiento.

—¿De quién son?

Se acercaron y leyeron en una plaquita el nombre de las arquitectas. CO Arquitectura.

—Las conozco. Son jóvenes y muy buenas.

Había solo cuatro apartamentos. Debían de estar recién acabados porque las ventanas llevaban tiras de papel en forma de equis como si se esperara un inminente bombardeo y un cartel muy discreto en inglés facilitaba un número de teléfono.

Andrea acarició la verja, lo único que se conservaba de la casa original, y atisbó el cuidado jardín.

—Me hace gracia que la mayoría de las veces sea más grande la piscina que la construcción... Cuando yo era pequeña no era de buen gusto tener piscina en casa, era de nuevo rico.

Él la llevaba cogida por el hombro y le dio un estrujón.

—Yo de esas sutilezas no sé, me tendrás que enseñar un poco.

—Me parece que ya estás bastante enseñadito.

—¿Ah, sí?

Él no pudo evitar una sonrisa embaucadora y después intercambiaron esa mirada cálida y sensual que solo tienen los amantes.

Caminaban contra el viento. Andrea, con el gorrito de punto encajado hasta las cejas, las manos en los bolsillos del anorak, e Ignacio, con su chaquetón azul marino y el cuello levantado, podrían despertar comentarios de admiración entre los jóvenes del estilo de «Mirad ese matrimonio, deben de llevar cincuenta años de casados y parece que se llevan bien» y los añosos los observarían incluso con envidia, «No todo el mundo se divorcia». Pocos se imaginarían que en realidad les había bastado un mes para enamorarse.

Aunque nadie había hablado de amor todavía y no se habían pronunciado las palabras sagradas.

En un momento dado de la larga noche, hablando en la oscuridad, exhaustos pero insomnes, Andrea le preguntó con triste coquetería:

—¿Podrías vivir sin mí?

—Claro que podría... Y no me da la gana.

Ignacio se había enterado de lo de Nieves por Loti. Al ver que Andrea no cogía el teléfono, se había preocupado y llamado a la hija. Pudo viajar en el último avión, el de las diez y media.

Así que Loti ya lo sabe, se dijo Andrea pensativamente. ¿Se lo habría dicho Gloria? ¿O la propia Nieves?

¿Qué habría decidido?

Conociéndola, seguro que esperaba a hablar con ella, que su madre le dijera *ego te absolvo*, puedes irte en paz. Todo lo aguerrida que parecía, e independiente, y después no sabía hacer nada sin el visto bueno de mamá.

Hijita, pues te voy a hacer esperar, concédeme ese último capricho antes de alzar el vuelo y dejarme tirada como una colilla.

Necesitaba unas horas de tiempo libre, de asueto, sin pensar, como si no tuviera una sola preocupación en el mundo.

Iban en silencio. Andrea se sentía como cuando era niña y había llorado mucho, y, después de unos suspiros tan profundos que parecía que le fueran a partir el pecho, se hundía en una calma sideral, igual que si se sumergiera en ese mar lechoso de invierno.

¿Por qué lloraba tanto cuando era niña? Intentaba recordar la razón y no podía, solo alguna vez atisbaba como entre puertas un sentimiento desgarrador, el miedo al abandono. Duraba solo un parpadeo, pero la devastación que le producía ese miedo podía sentirla aún a veces como una ráfaga de viento en el alma. De adulta no podía comprender el motivo porque sus padres eran dos personas muy cariñosas y vivían pendientes de ella. Cuando nos hacemos mayores nos olvidamos de la profundidad de los sentimientos de los niños y que la idea de la muerte, de la ausencia y del abandono ya va a convivir con nosotros desde la infancia hasta la tumba.

Se adentraron en el pueblo, aunque Dana rezongaba porque estaba harta de caminar. Se detuvieron delante de una tienda de moda. Él le señaló una blusa que estaba en el escaparate con gesto entendido.

—Mira, vamos a entrar y te la pruebas, seguro que te queda muy bien.

Tocó la tela como un experto, Andrea recordó que su madre era costurera. Y su ropa, bajo un aparente descuido, era impecable: telas buenas, colores discretos, camisas hechas a medida. Era la primera vez que lo veía de *sport*, con jersey oscuro cerrado que solo dejaba asomar el cuello de la camisa y chaquetón.

—Tú nunca sientes frío.

—Pues no, tú sí, ¿verdad?

Tenía el pecho amplio. Cuando estaban en la cama ella hundía los dedos en su vello de color gris mientras miraba de reojo cómo se iban destacando las lamas de las persianas contra el día que empezaba. Nunca había experimentado esa sensación tan poderosa de estar en su patria, en su país, en su lugar.

¿Nunca? Andrea, no te engañes. ¿Cuántas lamas de persianas has mirado desde una cama con un hombre al lado? ¿Cuántas veces has dicho nunca he querido a nadie como a ti, te quiero como nunca he querido? ¡Demasiadas, ojalá poder borrarlas, eran como velas descoloridas y desgarradas atadas al mástil de un barco fantasma! Pero todas esas veces era verdad, ¡ella los amaba! Todas las Andreas sucesivas habían conocido el amor más grande de todos los tiempos y siempre había sido verdad.

Salieron de la tienda poco después y se detuvieron frente a una papelería que mostraba ejemplares del diario local, el *Eco de Sitges.* Era imprenta, distribución y venta a la vez. Andrea le contó entre risas:

—Gané un concurso de tamuré a los quince años en una discoteca que se llamaba Pepe's Club y lo publicaron. ¡Mi padre llevaba el recorte en la cartera y se lo enseñaba a todos sus amigos! ¡Me daba una vergüenza!

Él la miró con la sorpresa y el alivio del que ha desentrañado un jeroglífico muy complicado.

—¡Por eso tienes esta pasión por el baile! —Ella lo miró como si estuviera loco—. Sí, mujer, cuando me preguntaste en el tren el día en que nos conocimos si prefería bailar suelto o agarrado.

Andrea enrojeció violentamente.

—Oh, vaya, aquello...

Él la interrumpió.

—Me extrañó, eh, no te lo niego, pero ahora me lo explico. —Ella estaba pensando en cómo podría conseguir que la tierra se la tragara, mientras que Ignacio ya se olvidaba del tema y la cogía por el brazo—. ¿Entramos a ver si nos enseñan el artículo?

¡No! ¿Cómo? ¡Línea roja! Andrea se asustó.

—No, no, por favor, si hace mil años.

Y es que hace mil años ya había nacido y él se iba a enterar de su edad, tema tabú del que nunca habían hablado.

Él insistió.

—Va, que me hace gracia, seguro que tienen los ejemplares guardados a la antigua. Encuadernados.

Sin hacer caso de su oposición entró en el local. Un chico joven les atendió, sí, tenían todos los *Eco de Sitges* publicados desde su fundación, hacía ciento treinta y ocho años.

Andrea recordó la voz de Maca, su gurú en los asuntos prácticos de amor, «Los tres primeros meses de relación la oxitocina está en su pico más alto y puedes confesar cualquier cosa, por fuerte que sea, porque todo se lo tragan y lo perdonan. Pero después de los tres meses no te pasan ni una».

—Fue en el verano de 1965.

El chico no se hizo esperar y apareció portando un grueso volumen encuadernado en granate con la fecha en el lomo.

¿Julio? No, fue en agosto. «La señorita Andrea Capdevila, de Barcelona, ha resultado ganadora del concurso de tamuré organizado en los jardines de la discoteca Pepe's Club de esta localidad. Andrea, que llevaba un bonito vestido de reminiscencias orientales, dijo estar muy contenta y que le dedicaba el premio a su grupo de amigos».

—¿Qué premio era?

—Creo que una botella de champán hecho en Badalona.

—Caray, a los catalanes a rumbosos no os gana nadie. ¡Qué pena que no haya foto de esas reminiscencias orientales!

—Sí, lástima.

Andrea se imaginó a sí misma con el pelo crepado como la Pompadour y pantalones pirata, y se sintió aliviada.

Ignacio debió de notarlo porque depositó un beso distraído en su mano.

Se despidieron del chico dándole las gracias e Ignacio volvió a cogerla por el hombro, como si hubieran caminado así desde el principio de los tiempos. La cicatriz en el labio hacía que su sonrisa siempre tuviera una carga sensual insoportable. Sus ojos estaban llenos de vida.

—Me tienes que enseñar qué es eso del tamuré.

—Ya te lo he bailado esta noche.

—Ah, ¿eso? En Madrid lo llamamos «joder» o «follar».

—Qué ordinarios sois, aquí preferimos «hacer el amor» —dijo doña Palabrotas.

—Porque traducís del francés y sois un poco cursiletas, ¿no?

—Fenomenal.

Él se detuvo y la miró, extrañado.

—¿Qué dices?

—Que en Madrid estáis todo el día con el fenomenal por arriba, fenomenal por abajo.

—Y por detrás, tontaina. —Y la volvió a arrimar hacia su cuerpo y sus partes convexas se ajustaron a sus partes cóncavas y se detuvieron un momento a respirar cada uno el aroma del otro.

—En Brasil se dice «foder», ¿lo sabías?

Ella se vio acometida por unos furiosos celos retrospectivos.

—¡La vuelta al mundo en ochenta camas!

—¿Solo ochenta?

¿Cómo se podía reír así, cuando el día anterior había llorado tanto?

Se detuvieron en un restaurante con el comedor acristalado, frente al mar, justo delante de la estatua del Greco. Andrea le tuvo que contar qué demonios hacía una estatua del Greco en Sitges y cuando se dieron cuenta ya estaban en el segundo plato.

Dana se había dejado caer en el suelo muerta de cansancio y de vez en cuando exhalaba un ronquido inaudito para un cuerpo tan pequeño.

Entonces Andrea se acordó de cuando invitaba a Nieves a pasar unos días a su casa en verano e iban a un bar que estaba al lado, al pie de la iglesia. El bar se llamaba Gustavo y hacía años que no existía. Iban a ligar con franceses y allí había conocido a Lionel, el primer chico con el que se acostó. Oh, dioses del Olimpo que regís nuestros destinos, ¡el primero, francés, y el último el Francés! Un escalofrío la recorrió de los pies a la cabeza. ¿Por qué había dicho «el último»?

Pero después no pensó en el chico, sino en Nieves, que le comentaba, llena de horror, «¿Te figuras si cada vez que nos acostáramos con un tío se nos pusiera el pelo verde?».

Seguro que se quedó callada y triste porque Ignacio alargó su mano a través de la mesa para coger la suya y acariciarla. Y le dijo como si le hubiera adivinado el pensamiento:

—Lo que te ha pasado con Nieves estuvo a punto de pasarme con mi socio, mi mejor amigo. Hace un año tuvo un infarto masivo y casi la palmó, o sea, que te entiendo perfectamente.

—Pablo Cullen.

Les trajeron los cafés. En el restaurante no había nadie salvo el dueño, que, sentado en una mesa con el ordenador delante, parecía no tener prisa.

—Sí, el gran Pablo.

—¿Cómo lo conociste?

—Cuando volví de Brasil estaba hecho una ruina. Sin un duro, sin mujer, sin expectativas profesionales... Tenía síndrome de abstinencia, no físico, sino psicológico, y socializar me resultaba imposible. Me fui a vivir con mi padre. Yo, además de comprarles un piso en la calle Doctor Esquerdo, les enviaba una cantidad todos los meses, pero mi padre me contó que ese dinero no lo habían tocado y que estaba a mi disposición en el banco.

—¿En serio?

Ignacio se acodó en la mesa y prosiguió en tono pausado y grave.

—Sí, ya puedes figurarte cómo me sentó... Me hizo mierda. Iba a las reuniones de Alcohólicos Anónimos, empecé a correr por las mañanas y después me quedaba el día en casa, leyendo. Pensaba que todo se había acabado. —Meneó la cabeza con incredulidad—. ¡Si es que hasta mi padre tenía una vida más divertida que yo!

Andrea abrió mucho los ojos.

—Ah, ¿sí?

Ignacio se recostó en la silla y de pronto se echó a reír.

—Se había apuntado a un club de baile, él, que había sido el comunista más estricto y puritano del mundo mientras vivió mi madre. ¡Piensa que la tenía suscrita al periódico *La mujer soviética*! La gran noticia de portada era, por ejemplo, que se había batido el récord de la cosecha de trigo en el koljós de Alma Ata. Y cuando pudieron viajar a Moscú ¡fue una fiesta! Se acababa de morir Franco y les regalé el viaje por su aniversario de bodas. Hicieron una cola de cinco horas delante de la momia de Lenin y me contó mi madre que él se había puesto a llorar. Luego viajaron a Cuba, cómo no, y me decía con tremenda ingenuidad, eso que era una persona culta y leída, «La gente va sonriendo por la calle porque saben que lo tienen todo pagado para siempre».

Se frotó los ojos y Andrea no sabía si era por nostalgia o por cansancio. No habían dormido apenas.

—Cuando murió tu madre, ¿lo pasó mal?

—Fue un cambio brutal. Yo creía que él se iba a morir también, los dos eran del mismo pueblo de Huesca y estaban juntos desde niños. Mi madre era como su hermana gemela, cruzó con él la frontera por un paso de los Pirineos con nieve hasta las rodillas al acabar la guerra. En París no pudieron trabajar de maestros y se emplearon en mil cosas, siempre juntos. —Se pinzó el principio de la nariz, entre los ojos, y volvió a mover la cabeza—. Pues cuando volví de Brasil no lo reconocía. Iba con mujeres, novias, eh, no de pago, a veces me pedía el piso para él solo y entonces yo me iba al Museo del Prado y me quedaba toda la tarde.

—¿De verdad?

—Un día por casualidad me encontré a Pablo Cullen, acababa de dejar el estudio de Corrales y se quería establecer por su cuenta. Nos conocíamos de la escuela vagamente; mejor dicho, él me conocía bien, ¡el Francés y sus trapicheos! Aún no entiendo que me propusiera entrar de socio con él, supongo que le hizo gracia cuando le conté que debía salir de casa por las tardes porque mi padre tenía plan.

—Y él conocía tus... problemas con la bebida.

Él contestó con naturalidad.

—Sí, le conté que era alcohólico y que no sabía si iba a recaer algún día. Y él me dijo que estaba seguro de que no y mira, eso de que creyera en mí me dio fuerzas y aquí estoy.

Levantó el vaso de agua. Andrea se emocionó con su modestia.

—Se dio cuenta de que eras un buen fichaje, además. Haber trabajado con Mendes da Rocha...

—Básicamente lo hizo porque es buena persona y yo he tratado de no defraudar su confianza. Ni la de su mujer. De Carol sí que me acordaba porque era la más guapa de la clase.

—¿Te acuerdas de que yo creía que estaba casada contigo?

Él levantó las cejas.

—¡Es verdad! No me puedo creer que se me haya olvidado contárselo a ellos. Se reirán cuando se lo diga. —Le cogió la mano y le dio la vuelta y un beso en la palma—. Quiero presentártelos.

—Deben de estar hartos de conocer a mil novias tuyas.

—Si por ellos fuera, sí, porque me han presentado a todas las mujeres solteras, viudas y divorciadas de Madrid en un radio de cien kilómetros.

Ella preguntó como si no le importara:

—¿Con alguna fuiste en serio?

Ignacio la miró titubeante.

—Yo tenía el recuerdo de Larissa muy metido, pero con alguna sí que pensé que... —Hizo un gesto en el aire—. Pero vivía con mi padre, no quería dejarlo y ellas se cansaban y se iban con otro.

—Y ¿por qué seguías con él?

—Supongo que en el fondo era mi coartada, porque la verdad es que él se espabilaba muy bien solo. —Jugueteaba con el sobre del azucarillo, se notaba que estaba a gusto hablando con Andrea mientras la luz desaparecía más allá de los cristales—. Se lio con una colombiana; mejor dicho, perdón, se enamoró de una colombiana y fue a su país a conocer a la familia. Además de que llevó dos maletas llenas de regalos, compró ordenadores para medio pueblo. Adquirió tantos que le hicieron hijo predilecto, con banda, discursos y orquesta. ¡Estaba encantado, vivía una segunda juventud! ¡No una segunda, sino una primera, porque nunca había sido joven! ¡Yo no hacía más que pensar en mi madre y en todos los números de *La mujer soviética* que había tenido que tragarse!

Sus risas hicieron que el dueño levantara la mirada de la pantalla de su ordenador. Los dos se pusieron a remover las tazas con la cucharilla como chiquillos cogidos en falta, aunque el café hacía tiempo que se había acabado.

—Pero ¿no se aprovechaban de él?

—O él de ellos... Cuando se jubiló empezó a colaborar de forma altruista en una cooperativa obrera. Pues cuando le dio por la colombiana pasó de la cooperativa, del comunismo y de todo. Tenía un venerado busto de Lenin en una estantería que había comprado en Moscú y la novia le puso una gorra de jugador de béisbol. Yo llegaba por la noche del despacho hecho polvo y él había montado una fiesta de bachata con sus nuevos amigos y la música y las risas se oían desde la calle.

A Andrea le hacía gracia su forma de contarlo, como si no fuera divertido.

—La bachata era su tamuré.

Él soltó una carcajada e hizo oscilar una mano.

—Sí, era algo así, aunque sin reminiscencias orientales.

—Por supuesto.

Ignacio guardó silencio unos segundos y después le salió la voz distinta.

—Yo estaba contento, después de todo lo que le había pasado... Me compré la casa del Viso donde vivo ahora, pero comíamos todos los días juntos. Aunque era un hombre de pocas palabras, poco antes de morir me dijo: Ignacio, piensa que la vida está hecha de cosas buenas y cosas difíciles, y que siempre va a ser así. No te creas que un día se va a terminar lo malo, no esperes eso porque cuando te des cuenta lo que se habrá terminado es la vida. —Cruzó el dedo medio sobre el índice—. Siempre irán juntas, aprende a convivir con ello y a disfrutar hoy ya de lo bueno.

—Él al final lo hizo.

Un espasmo de dolor centelleó en su rostro.

—Cuando fue al hospital me dijo que quería casarse con la colombiana para poder dejarle una pensión de viudedad.

—¿Y a ti te pareció bien?

Él la miró con extrañeza.

—¡Claro! No se la quitaba a nadie y él había sido feliz con ella. Los casó un juez de paz y al día siguiente se murió sonriendo con una mano en la mía y la otra entre las de ella.

Sin pedirla, el propietario les llevó la cuenta. Las horas habían pasado sin sentir porque conversar les resultaba fácil y natural, y hasta los silencios tenían significado.

Se levantaron. Había un viento frío y húmedo. La poca gente que se veía por la calle iba con la cabeza gacha y los abrigos apretados contra el pecho. Las ventanas se iluminaron en las casas y de repente el pueblo pareció distinto, más íntimo y doméstico.

Andrea sabía que tenía un mensaje de Loti en el móvil. No lo había leído, pero la realidad se imponía. Cogió a Dana en brazos e Ignacio le subió el cuello del anorak y la cremallera hasta arriba en un gesto que la conmovió, nadie se lo había hecho en muchos años. Una ternura limpia y buena los envolvió a los tres.

Él dijo espontáneamente, con su voz ronca y profunda:

—Qué bonito es este sitio.

Andrea asintió sin palabras. Qué pena irse.

Suspiró. Se acercaba el momento de hablar con Loti, ya era inevitable.

Caminaron hacia el coche en silencio. Ignacio, antes de abrirle la puerta, le dijo:

—Se me ha ocurrido una idea.

Ella levantó los ojos.

—Qué.

—Me parece que voy a comprar ese apartamento que hemos visto. —Ella abrió los ojos, incrédula—. El de tu casa, ¿qué te parece?

Ella tartamudeó.

—Cómo, qué, ese, por qué.

—Porque me ha gustado mucho. Porque tendríamos algo de los dos, que no sería ni tu casa ni la mía, sino nuestra. Y porque así podríamos empezar esto en serio. —Se señaló a ella y a él mismo—. No vamos a dejar que se pierda, ¿no?

Cuando llegaron a Barcelona era noche cerrada ya. Ignacio la dejó lo más cerca de la casa de Loti que pudo. La calle era peatonal, como casi todo Gracia, y eso le daba al barrio el aspecto de un pueblo, como si la ciudad se hallara muy lejos.

Andrea le dio un beso a Dana.

—Danufieta, ahora te vas a ir con este señor, es bueno, aunque no lo parezca, y va a ser tu papá. Te va a dar de comer de la lata que tienes abierta en la nevera mezclada con un poco de aceitito. —Se dirigió a Ignacio—: Solo ponle dos cucharadas, que, si no, vomita, y mira que tenga agua fresca en el cuenco.

La perrilla, cogida a pulso, pataleaba para liberarse de sus manos e Ignacio se lo tomaba con humor.

—Calla, ya lo he entendido bien. Pondré a Dana en la nevera y yo me comeré la lata, aunque no sé si con dos cucharadas tendré bastante. —Andrea no se rio porque ya tenía la cabeza puesta en el encuentro con su hija—. Lo primero que voy a hacer es quitarle este abrigo de payaso.

Bajó del coche sin contestar. Un gélido viento se colaba por el cuello abierto de la chaqueta, la luz amarilla de las farolas y las sombras que los árboles proyectaban en las paredes convertían las calles del antiguo barrio gitano en un plató de cine.

Se encaminó al portal. Llamó desde abajo, le abrieron sin preguntar.

Hoy no llevaba ni manteles ni sábanas como obsequio, pero esa no era la razón por la que se sentía más ligera. Ni siquiera se paró en el rellano del primer piso para recuperar aliento. Tampoco entendía cómo se había empecinado en que su hija hiciera algo para lo que no estaba dotada, no entendía cómo no se había dado cuenta, cuando ahora lo tenía tan claro. Diez escalones más y el mundo de su hija ya no volvería a ser el mismo. Y el suyo tampoco.

Gloria estaba en la puerta. La miró tratando de desentrañar su expresión y después se apartó. Detrás de ella, Loti, grandota, torpe, desmañada, se secaba las manos con una toalla y la miraba con miedo y aprensión. Tenía los ojos enrojecidos y un círculo blanco alrededor de la boca.

Madre e hija se quedaron frente a frente. Andrea había pensado decirle muchas cosas. Cosas sabias, que deberían guiar su vida para siempre. Cosas que debía recordar cuando ella se muriera, como recordaba Ignacio los consejos de su padre. Sin embargo, las olvidó todas y solo supo abrirle sus brazos. Loti se acercó lentamente, se secaba las manos con gesto obsesivo hasta que al final tiró la toalla a un lado, se frotó la nariz y se dejó abrazar y luego fue ella la que se agarró a su madre con tanta fuerza que Andrea solo pudo decir con voz ahogada:

—Os iré a ver todas las semanas.

La hija se separó y la miró a los ojos y no se sabe qué vio en ellos porque solo dijo:

—Gracias, mamá.

Y Andrea sintió como si la hubiera dado a luz dos veces.

28

Era una mañana clara y luminosa, primaveral. Los árboles empezaban a verdear para ofrecer su mejor tesoro y el aire tenía un efecto vivificador y efervescente. La gente caminaba por la calle al alegre ritmo de los cantos de los pájaros, a las mujeres se les notaban las ganas de ponerse ropa más ligera y se advertían colores llamativos bajo los chaquetones.

Loti acababa de llamarla al coche desde la casa de Nieves.

—Mamá, ¿has visto qué día tan bonito? Ahora llegarán los camareros y la música. ¡Tengo muchas ganas de verte!

Andrea enrojeció de placer. Si se lo hubiera dicho Brad Pitt no se habría sentido más emocionada.

Detuvo el coche justo delante del portal de Maca, cerca del campo del Barça, con un frenazo estridente. Se inclinó y abrió la puerta del pasajero para que entrara su amiga, vestida como si fuera a un safari en la selva africana: sahariana, pantalón cargo y botas camperas. Llevaba a cuestas un pesado paquete.

Andrea juntó las manos con gesto suplicante.

—Perdona, perdona, perdona.

Maca levantó la cabeza con aire de majestad ultrajada, dejó el bulto en el asiento de atrás y saludó a Dana.

—Buenos días, única persona de este coche que me interesa.

Y apuntó la naricilla respingada al techo del coche. Andrea le dijo mientras reanudaba la marcha:

—Lo siento mucho, he tenido que pasarme por la obra para comprobar unas catas y después...

—Calla, no me importa lo que estás contando.

Maniobró bruscamente para girar en un sitio no autorizado.

—... y después tuve que hacer un montón de llamadas y... —La otra se puso a tararear—. Oye, qué maleducada, no es para tanto. Me he dado prisa.

Maca estalló.

—¡Una mierda te has dado prisa! Llevo aquí esperando plantificada desde hace una hora y media. ¡Y, claro, creían que era puta y ya he recibido dos proposiciones sexuales!

—¿Solo dos? No me extraña que estés cabreada, antes habrías recibido una docena por lo menos, ¡y pagando!

Maca sustituyó el enfado por la añoranza y suspiró.

—Ahora creo que pretendían que pagara yo.

Las dos se rieron y el clima de tensión del coche descendió varios grados. Andrea se apresuró a hablar para que no volviera a complicarse la situación.

—¿Y qué llevas en el paquete?

La otra contestó, ufana:

—Un galán de noche, sí, es una antigualla, pero Loti me dijo que siempre le había hecho ilusión tener uno en su habitación.

—Nosotras no nos vamos a quejar en cuanto al tema galanes de noche en la habitación.

—Y de día también.

—Y tampoco eran muy galanes, no nos vamos a engañar. —Y, adivinando lo que la otra le iba a preguntar, cambió de conversación—: Ahora solo serán cinco minutos para ir a buscar a Espe y a Manolo, los padres de Gloria, y directos a la autopista.

—¿Las niñas están ya en Zabriskie?

—Sí, claro. Llevan casi dos meses allí, ya lo sabes.

—Ay, sí, qué tonta. ¿Y qué tal?

—Pues mira, tristes, como todos. —Movió la cabeza—. Aunque se apañan mejor de lo que pensaba. No me imaginaba que les fuera lo rural.

Maca le advirtió con severidad:

—Este tipo de comentarios no ayudan a tu hija en estos momentos tan complicados.

—Anda, maja, corta el rollo.

Al mismo tiempo soltó el volante e hizo ademán de tijeras con el dedo índice y el medio. El coche dio un bandazo, Maca lo enderezó empujando a Andrea mientras gritaba, las dos agarradas al volante:

—¡Somos Thelma y Louise! ¡Vamos a estrellarnos contra el Camp Nou!

Porque en ese momento estaban pasando justamente frente al estadio del Barça.

—Qué loca eres.

—¡Y con el tanatorio ahí mismo! Vaya chollo tendrán nuestros deudos. —Dana ladró—. Tú calla, que también estarías en nuestra tumba, como una reinona.

Andrea sonrió.

—Mi madre me contaba que, cuando era pequeña y se morían los perros, hacían una alfombra para tenerla como recuerdo.

—Pues con Dana podrías hacer un posavasos como máximo, Andri, claro que el vaso no tendría mucha estabilidad con tanto pelo.

Y así, entre risas, como siempre y a pesar de todo, recogieron a Espe y a Manolo. Vivían al lado de El Pescadito, su restaurante.

Tuvieron que poner el galán de noche en el maletero y ellos se acomodaron como pudieron porque llevaban una bolsa con táperes con salmorejo y escalivada de elaboración propia. Manolo, que era algo redicho, les explicó:

—Ya sabemos que les van a servir la comida de ese sitio tan bueno de Vic, pero queríamos rendir homenaje a nuestra tierra de nacimiento y a la de acogida. —Luego cambió el tono de voz—. Menos mal que nos has avisado de que ibas a llegar tarde, consuegra.

Andrea ignoró la mirada de furia de Maca y les contestó:

—Cómo voy a teneros ahí en la calle esperando, eso solo es para la gente de quinta categoría... —Maca se dio una bofetada en la propia cara abriendo los ojos exageradamente—. No os preocupéis, no llegaremos tarde, en una hora estamos en Zabriskie.

El hombre corrigió.

—Una hora y media, que nosotros fuimos el último fin de semana.

—Ya... ¿Y cómo las visteis?

Fue la madre la que contestó con animación:

—Mejor de lo que esperábamos. No sabíamos cómo iba a salir el experimento, pero, oye, nosotros también nos vinimos a Barcelona sin saber qué nos iba a pasar y felices que estamos. —Su voz fue bajando el tono—. Claro, que es muy triste todo.

Andrea quiso animarla.

—La intención de Nieves siempre ha sido que no estemos tristes, de ahí esta fiesta.

Espe apretó los labios.

—Ya sé. —Se rehízo respirando hondo—. Gloria quiere montar una especie de consulta, ahora se ha puesto en contacto con un médico de Palafrugell para que visite unos días a la semana... Tienen muchos planes.

Maca apoyó el brazo en su respaldo para poder hablar con ellos.

—Sí, de repente todos tenemos muchos planes. También me han dicho que les ayude con el interiorismo del hotel que quieren construir y esta —señaló a Andrea— me ha pedido de rodillas que me incorpore al estudio. ¡Ya era hora, por cierto!

Andrea apartó un momento la mirada de la carretera.

—Es que era lo más lógico. Si quieres hacer la casa de Inma Alfarrás en la Costa Brava y los autores de la reforma van a ser Capdevila y Novoa, lo más cómodo es que trabajemos en equipo. —Parpadeó y bajó la voz un tono—. En realidad te lo pidió Nieves, dijo que ya era hora de que te tomaras la vida en serio.

Sin poder contestar, Maca miró por la ventanilla con ojos emborronados: el paisaje amarillo, las casas de piedra, el restaurante con las vasijas romanas en la entrada, el anuncio de piscinas con una de verdad puesta de pie, los centros de muebles de jardín, el bar de putas, siempre habían estado allí, pero hoy parecían diferentes.

Espe preguntó:

—¿Vas a seguir llamando Novoa al estudio?

—¡Por supuesto!

Andrea dirigió a la mujer una mirada tan furiosa por el espejo retrovisor que la pobre Espe se abrazó a Dana para que la protegiera.

Adelantó imprudentemente a tres camiones, a cual más grande, y Manolo se llevó las manos a la cabeza. Después abandonó la autopista para meterse por una carretera secundaria. Cuando a la altura de Palamós divisaron la línea plateada del mar, centelleando como si alguien hubiera diseminado lentejuelas sobre su superficie, Andrea tuvo que bajar la visera.

Espe preguntó queriendo ser amable:

—¿E Ignacio?

—Va con Floren y su grupo de *rock* en la furgoneta, no tenían quien la condujera. —Movió la cabeza con incredulidad—. Este Floren es una caja de sorpresas.

Espe asintió.

—¡Su grupo de *rock*! ¡Se llama Los Legales porque hay dos abogados, un procurador y un secretario de juzgado! —Todos rieron—. El procurador es su pareja. Vienen a comer mucho a nuestro restaurante.

Maca y Andrea preguntaron al unísono:

—¿Floren es...? —Se miraron la una a la otra y rectificaron con rapidez—. ¿El procurador es la pareja de Floren?

Espe aclaró bondadosamente.

—Sí, claro, qué raro que no supierais que estaba comprometido. —Maca levantó las manos y Andrea las cejas—. Su tía María Dolores y el abuelo también van con ellos en el coche. Ayer comieron en El Pescadito y me contaron que Floren, como en el bufete tiene trato con familias tan clásicas, se ha de vestir como un señor mayor, lleva chaleco, zapatos de cordones y reloj de bolsillo.

Andrea se rio.

—Espero que hoy no se ponga el chaleco.

Maca contempló a su amiga de reojo, sin duda admirándose, como siempre había hecho, de que hubiera sido tan hábil para desviar la conversación. Le lanzó una mirada con la que parecía indicarle que no merecía su ayuda. Aun así, le echó una mano.

—¿No me notas nada distinto?

Se señaló la cabeza. Andrea la miró, el coche culebreó,

pero las amigas escucharon con indiferencia las protestas apagadas del matrimonio andaluz.

—¿Te has cambiado el peinado?

—No, no, frío.

—Te has hecho la queratina.

—Que no, frío, pesada, es algo más profundo.

—¡Te han realizado una trepanación y te han quitado toda la tontería!

—Ay, no das ni una. —Le dio un golpe en el brazo, lo que hizo que el coche estuviera a punto de estamparse con un camión que venía de frente. En consecuencia, Espe se tapó la cara y Manolo soltó un «carajo» que intentó disimular con una tos—. Mírame.

Se retiró el pelo de la cara y le enseñó la oreja. Por mucho que se fijaba, Andrea no veía nada, el coche casi se salió de la carretera y esta musitó un contrito:

—Perdón.

Espe y Manolo no dijeron nada, pero se persignaron devotamente.

—Andri —canturreó Maca—, hoy quiero confesar... ¡que llevo audífono!

—¿En serio?

—Sí, hija, sí. Ahora soy patrono de la Fundación Jacinto Novoa y he tenido que ordenar mi vida y resetearme. —Se recostó en el respaldo, satisfecha. Tomaron un camino de tierra que las alejaba de la costa y el coche saltó como una peonza—. Yo pensaba que todos hablabais mal para fastidiarme. Que formabais parte de una confabulación mundial para hundirme y dejarme fuera de la vida profesional y conducirme poco a poco al otro barrio. Mis nietas me decían que me olvidaba de las cosas, ¡pero era que no las oía, aunque fingía que sí! Deberías mirártelo, en serio. He rejuvenecido más que con dos *liftings* seguidos.

—¡Si te acabas de hacer uno!

—Mema, esto es porque todavía no me lo había puesto y además creí que el doctor me iba a sacar simplemente una muela.

—Yo oigo bien.

—¡Decía lo mismo! No lo entiendo, todos admitimos que no vemos bien y nos ponemos gafas. Lo de la pérdida de audición, sin embargo, nadie quiere reconocerlo. —Se volvió y vio a Dana nerviosa, se había puesto en pie porque sabía que el breve viaje llegaba a su fin—. ¿La puedo coger?

—Sí, claro.

El camino era cada vez más estrecho y laberíntico, solitario. Las grandes casas, las más importantes del Bajo Ampurdán, rodeadas de inmensos jardines, quedaban ocultas detrás de los altos setos de cipreses.

Andrea abrió la ventanilla y respiró a fondo.

—Huele bien.

—Sí, a dinero.

El indicador de Zabriskie Point se adornaba con globos de colores para guiar a los invitados y, cuando llegaron, la verja de entrada estaba abierta de par en par. Andrea se dio cuenta de que era la última porque el lugar estaba lleno de coches. Derrapó para conseguir un sitio, levantó una nube de polvo, se abrieron de golpe las puertas de atrás y Manolo y Espe salieron pálidos y desorientados, dando trompicones como si estuvieran borrachos.

El lugar no podía estar más animado. Los «chicos de Nieves» formaban grupos, los más jóvenes se pegaban puñetazos y correteaban como cachorros en libertad; otros llevaban a cabo las tareas propias de la finca, transportaban balas de paja para las cuadras, sillas de montar; otros cargaban con neveras portátiles para el hielo o cajas de bebidas. Las chicas, que teóricamente tenían que hacer de aparcacoches, pasaban de todo y se habían sentado en el muro enseñándose los nuevos tatuajes las unas a las otras.

Andrea cogió su bolso y a Dana. El primer rostro conocido que vio fue el de Ángeles.

Se lanzó a sus brazos; iba vestida de montar y había lágrimas en sus ojos, pero también risa.

—¡Ayer fuimos a la colonia con Sergio y cómo nos hemos emocionado!

Andrea había decidido llamar al pequeño parque que iría en el centro de las edificaciones colonia Recoder e iban a poner una placa conmemorativa en recuerdo del abuelo de Sergio.

—Se puso a llorar como un chiquillo. Cuando era pequeño se escapaba de casa para ir a jugar a la colonia, aunque eso le costaba un bofetón por parte de mi aborrecible suegra, que en paz descanse.

Andrea se llevó la mano a la boca.

—¿Fefa Recoder ha fallecido?

La otra rio.

—¡No! ¡Quiero decir que en paz descanse bien lejos de nosotras!

Ambas se cogieron por los hombros y se observaron con complicidad. Andrea se acordó de su primera entrevista en el bar de al lado del despacho y cómo Ángeles había decidido que entrara en el proyecto de edificación de la colonia Recoder. Gracias a Nieves.

Ahí empezó todo.

Musitó:

—Casi todo lo bueno que me ha pasado en la vida ha sido gracias a Nieves.

La otra la abrazó de nuevo y le dio las gracias porque la entendió perfectamente. Después se separó y la miró con picardía.

—Oye, que he conocido a tu Ignacio.

Andrea se hizo la despistada.

—Ah, ¿ya han llegado?

—Sí, están descargando los instrumentos en la parte de atrás.

En ese momento María Dolores y su padre se materializaron como si los hubiera llamado. Andrea los presentó, aunque no hacía falta porque también Ángela era clienta de la esteticién, que le miró las uñas (mal) pintadas de verde y le dijo con cierta suspicacia:

—Hum, este color no te lo he puesto yo.

La otra comentó, risueña:

—No, ha sido mi hija. Para tener tres años no lo ha hecho mal, ¿no?

Todos rieron y María Dolores comentó fingiendo secarse la frente:

—No sabéis el viaje en la furgoneta que nos han dado este —señaló a su padre, que bajaba la cabeza algo avergonzado— e Ignacio.

Ángeles se frotó las manos.

—¿Ah, sí? Cuenta.

—Pues se les ha ocurrido cantar todas las canciones revolucionarias que conocían, desde *Bella ciao* hasta *La internacional*... Los del grupo de Floren han contraatacado con ¿sabéis qué?

—El *Cara al sol*.

—¡El *Virolai*! Y mi padre se ha cabreado como una mona y ha dicho que a él a respetar los sentimientos religiosos nadie lo ganaba y se ha puesto a berrear «*Rosa d'abril, morena de la serra*» más alto todavía... Tengo la cabeza como un bombo, voy a pedirle una aspirina a Gloria.

El padre protestó.

—¡Para un día que me divierto!

La hija se le encaró.

—Calla, calla. Y tú ¿no eras agnóstico?

El otro rezongó.

—Una cosa es ser agnóstico y otra no creer en la Moreneta. Eso sí que no.

Andrea miró a su alrededor buscando a Ignacio. En ese momento Isabel, la hermana monja de Nieves, llegaba con una camioneta descubierta con un grupo de niños tutelados, que primero se comportaron con timidez y enseguida se desparramaron en todas direcciones. Camareros con comida y copas de cava y vino sobre bandejas en alto como malabaristas circulaban entre grupos de gente del pueblo y también de Barcelona, los amigos de Nieves de toda la vida, que observaban la actividad eléctrica e incesante del lugar con curiosidad. Los perrillos se metían entre sus piernas al mando de Gaudí, el gigantón de su hija, y desde lo alto del tejado media docena de gatos observaban con parsimonia a los forasteros.

Andrea vio que Inma Alfarrás la saludaba desde lejos. Los últimos días se habían visto a menudo para hablar de la reforma de su casa de la Costa Brava. Arrastraba a su marido, Lito, que iba con gafas Ray-Ban y decía que a él el cava no le gustaba, que quería *gin-tonic*.

El día seguía siendo soleado y fresco, olía a estiércol y a cuero, a romero y a espliego, y por el cielo pasaban nubes veloces. Todo tenía el aspecto laborioso, espontáneo y provisional de un circo o de un campamento.

Ignacio, ¿dónde estaba?

Ah, sí, ahí, en el porche de la casa, apoyado en el quicio de la puerta, con una mano detrás, en el cinturón, y en la otra una botella de agua.

Ignacio, ¿qué eres? ¿Novio? ¿Amante? ¿Amigo? ¿Compañero de trabajo? ¿Ave de paso, como tantos otros?

Apenas habían conseguido verse últimamente; el día a día de Andrea era tan complicado que una tarea se ensartaba con la otra como un collar de perlas. Estudio, proyectos, Nieves, Loti... Volvía a ser la jefa y era como si nunca se hubiera marchado.

Pero en los escasos momentos en que estaba sola, cuando llegaba a su casa, a veces a medianoche, y tiraba el bolso al suelo, lanzaba los zapatos al aire y se echaba encima de la colcha de la cama mientras Dana daba vueltas sobre sí misma de alegría, el corazón le palpitaba alborotado y febril, sentía piedras ardientes en las entrañas y el deseo insoportable de sus manos nobles y hábiles. Y hundía la cabeza en la almohada y gemía Ignacio, Ignacio.

Era lo que quería, ¿no? Volver al estudio, levantar planos, llevar adelante proyectos. Sentirse parte del tejido productivo de la sociedad. Sin embargo, también quería lo otro.

«Lo otro» ahora estaba hablando con Gloria. Le pareció que reían y todo. Incluso, a la distancia que estaban, Andrea podía advertir el esplendor insoportable de sus ojos.

Entre ambos, echada en una camilla, cubierta por una manta de *patchwork* bajo la cual asomaban unos pies pequeños y desahuciados metidos en unos calcetines muy gruesos, estaba Nieves.

Andrea habría querido besar esos pies pequeños y mecerlos como si fuera un niño.

Se acercó lentamente, le costaba caminar.

Gloria la fue a buscar y le dijo en voz baja:

—Te estaba esperando. No quería retirarse sin despedirse de ti.

Cuando Nieves reparó en ella centellearon sus ojos por un instante. Llevaba una bufanda que le envolvía la cabeza y su carita triangular estaba tan consumida que parecía un zorrito. Sus ojos habían dejado de tener ese espantoso color amarillo, pero, una vez pasado ese chispazo, tan pequeño que no sabía si se había producido en realidad, se cubrieron con una especie de velo de gasa, como si los anegara una cascada de agua turbia.

Miró al suelo y Andrea supo que buscaba a Dana. En silencio la levantó en brazos y se la tendió. Ignacio y Gloria la observaban. Aunque Gloria era enfermera, había contratado a otra profesional, que iba con uniforme y se mantenía en un discreto segundo plano. Con gran esfuerzo Nieves intentó acariciar a Dana levemente con sus dedos pálidos como una radiografía. Sin embargo, no pudo llegar y una lágrima, solo una, descendió por su mejilla.

Luego la miró a ella, consciente, habló con los ojos, me voy a morir, y Andrea asintió. Sí, amiga, no voy a fingir ni a malgastar palabras que las dos sabemos que son mentira. Ya lo sé, y hemos venido a despedirte porque te queremos.

Gracias por todo.

No pudo evitarlo. Aunque la enfermera trató de detenerla, se inclinó y posó los labios sobre su frente, cubierta de sudor frío. Con trabajo, en un esfuerzo inaudito, Nieves se llevó las puntas de los dedos a la boca.

Consiguió besarlos, aun cuando lo que quería era besar a Andrea.

Exhausta, dejó caer la mano sobre el regazo y los párpados sobre los ojos. La enfermera empujó la camilla hacia dentro de la casa e Ignacio cogió a Andrea por el codo y la apartó.

La abrazó con ternura y le dijo al oído:

—No llores, ahora no llores, tienes el resto de tu vida para llorar, pero ahora no. Debemos reír, cantar y bailar, como ella nos ha pedido. Es lo que ha de escuchar desde su habitación, no podemos fallarle en su último deseo.

No, llorar ahora no, movió la cabeza, no, no y no.

El sol calienta, cantan los pájaros, esto está lleno de gente y ella forma parte del mundo aún. Su corazón sigue latiendo, como laten los nuestros. Pronto tendremos que empezar a vivir sin ella, pero ahora aún no.

Loti se acercó, le puso la mano en el hombro y le dijo con serenidad:

—Hola, mamá. Ya falta muy poco, por desgracia.

—Lo sé.

Señaló el ambiente festivo y a la gente como disculpándose.

—Ya sabes que fue ella la que se empeñó en organizar todo esto, la fiesta de primavera la llamaba, porque no quería apenarnos diciendo fiesta de despedida. Al final tuvimos que adelantarla; ya veíamos que no llegaba.

Andrea intentó consolarla.

—Ya lo sé, hija, no hace falta que me des explicaciones.

—¡Ha estado tan bien hasta ahora! Y, pese a ello, el lunes me di cuenta de lo cerca que estaba el final porque se quiso despedir de todos los animales. Primero de los gatos, después de los perros. Los metíamos en su habitación y los queríamos dejar un rato para que los viera jugando. Fue impresionante, porque los perros apoyaron la cabeza en la cama y no se movieron hasta que nos los llevamos. Después los gatos se subieron al alero y están allí desde entonces. Solo bajan a comer de noche, cuando no los vemos.

—Ellos lo saben.

—Y a los caballos les dijo adiós uno a uno, en sus cuadras. La llevaban los chicos en brazos. Ella no solo quería verlos, quería tocarlos, pasarles la mano por el lomo. Fuimos a la cuadra que está más lejos, la de Marlon, ¿te acuerdas de ese poni para pasear turistas al que dieron un martillazo en la cabeza porque ya no podía trabajar más? El que rescataron unos niños suecos.

La madre repuso, suspirando:

—Sí, pobre Marlon.

—Ahora está muy bien, aunque le falta un ojo y es muy mayor. Yo sabía que Nieves, a ese en especial, quería decirle que, aunque ella no esté, nosotros vamos a cuidar de él. Le presentó a Ahmed, pero Marlon no podía apartar los ojos de Nieves y avanzaba la cabeza para que lo acariciara.

La hija suspiraba, su madre le apretó el brazo.

—Loti, es muy duro.

—Es algo que ninguno de los que estábamos allí vamos a olvidar nunca. Marlon estiraba el cuello, ¿entiendes? Luego dio con la pata en el portón, quería salir, irse con ella, y cuando nos íbamos lo oíamos gemir. —Cerró los ojos—. Aún ahora lo oigo, ¿no lo oyes tú?

—¿Y qué hacía Nieves?

—Me pareció que sonreía, una sonrisa triste, no sé si me entiendes. Esta mañana también sonreía con los primeros coches que iban llegando, quiso saludar a todos, creía que estaba más animada, y ya ves...

Nieves en su habitación, escuchando las risas y las voces de los amigos.

Andrea solo podía acordarse de la mano extenuada de Nieves y de su propia mano, huérfana de amiga ya para siempre.

—No sé qué me ha pasado, no he podido llegar antes. Me voy a arrepentir toda la vida.

—Deja eso. Ahora ¿qué más da? Te ha visto y ya está, es lo que cuenta. —La madre se lo agradeció con una mirada—. En los dos meses que llevamos aquí la he observado sonreír mucho. Y reírse, a carcajadas, cuando me contaba lo gamberras que erais.

La madre se sorprendió y preguntó con algo de vergüenza:

—¿Te contó cuando el exhibicionista...?

—Sí, y las perneras que llevaba.

—¿Y lo de...?

De pronto un grito atronador rompió la tarde.

—¡Probando, probando! ¡Uno, dos, uno, dos!

—Eh, ¿qué es eso? —dijeron al unísono madre e hija, y se taparon los oídos. Todos se sobresaltaron por el rugido pasado de decibelios. María Dolores se acercó a Andrea.

—Ya verás lo artista que es mi sobrino.

La voz de Floren a través de unos altavoces bastante malos resonaba con un trémolo espantoso en toda la finca. Estaba irreconocible, iba vestido con una chupa de cuero y llevaba tupé. El procurador iba como él; el secretario de juzgado y el otro abogado, de negro con cadenas, pulseras y anillos de plata. Con tono engolado de cantante de fiesta mayor, gritó:

—¡Buenos días, amigos! Aquí Los Legales. Hemos venido para celebrar la vida y les vamos a ofrecer un concierto que ni los Rolling. ¡Empezamos! ¡*Mambo number five*!

¡Sabía que los pies no podrían quedarse quietos cuando escucharan este ritmo endiablado! Poco a poco fueron consiguiendo que la gente les prestara atención; más que nada porque era imposible hablar con tanto ruido. Los niños que había llevado Isabel empezaron a saltar y después se sumaron los chicos de Nieves, algunos adolescentes y otros más maduros. Muchachas con *piercings*, pieles de todos los colores, tatuajes, cabezas rapadas o rizos exagerados, muchos de ellos llevaban sobre sus cuerpos las atroces señales del maltrato y el abandono. Pero, gracias a Nieves, tenían la oportunidad de empezar el libro de su vida de otra manera. ¡Nacer de nuevo!

¡Como ella! ¡Como todos ellos!

Los mayores, animados por el cava y el vino, se decidieron a dar palmas e intentaron corear la letra.

One, two, three, four, five...

Era lo único que sabían.

El abuelo de Floren sacó a bailar a Espe después de pedir permiso a su marido y se agarraron como si fuera un pasodoble, moviendo mucho arriba y abajo los brazos. Entonces el padre de Gloria sacó a María Dolores. Cada uno iba con una copa en la mano y reían porque no querían soltarla. Inma y Lito incluso empezaron a trenzar unos pasos mitad *rock* mitad *twist* con complicados florilegios y todos se apartaron para hacerles coro dando palmas.

Maca se acercó a Andrea y le dijo al oído:

—Creo que voy a sacar a bailar al galán de noche.

Los camareros redoblaron sus esfuerzos, las bandejas se vaciaban rápidamente, el cava y el vino corría como si nadie tuviera que conducir de vuelta. Sacaron licores más fuertes. Los caballos, contagiados, relinchaban con alegría en sus cuadras y los perros se perseguían y alborotaban.

En la habitación donde sabían que estaba Nieves, alguien abrió un poco la ventana para que el sonido entrara mejor.

Su hermana Isabel se acercó a Andrea fumando un cigarrillo.

—¿Cómo estás, Andrea? —Le dio un abrazo afectuoso—. Gracias por prestarnos a Loti, mi hermana se puede ir tranquila. Fue lo último que me dijo ayer. Me cogió la mano y me dijo lo hemos conseguido. Y levantó el pulgar.

Andrea, que sabía que levantar el pulgar era uno de los gestos que Nieves más odiaba, disimuló una sonrisa. Isabel prosiguió.

—Es una gran prueba de amor por tu parte animarla a ayudarnos.

Andrea se emocionó.

—No, por favor. —Mintió un poco—: Yo encantada. Además de que Loti está feliz, ha encontrado lo que le gusta de verdad y para lo que vale. Su padre estaría muy orgulloso.

—Fui a vuestra boda. Siempre he pensado que Rolf era un buen marido.

—Sí, me quería mucho.

—Te quería bien, que es de lo que se trata.

Isabel miró a su alrededor, la delicada melancolía del crepúsculo lo iba impregnando todo y las largas sombras empezaban a cubrir la casa. Pronto esto quedaría desierto y las estrellas y los animales nocturnos establecerían un diálogo tan eterno como el tiempo.

—La fundación va a ser muy importante, podremos cuidar de estos chicos, que llegan aquí en condiciones terribles, y darles un futuro.

Andrea se interesó para evitar emocionarse.

—Llegan al país de forma ilegal, ¿no?

—Muchos sí, otros son de familias desestructuradas... —Dio una chupada profunda a su cigarrillo y movió la cabeza con incredulidad—. Debería estar triste porque se va a morir mi hermana, pero en realidad estoy contenta porque todo lo que mi padre soñaba se va a cumplir.

La otra dijo con amargura:

—Tú no estás triste porque crees en Dios y porque crees que Nieves se va a ir a un lugar mejor, ¿verdad?

—Andri, ¿en serio piensas que los católicos no sufrimos cuando mueren las personas a las que queremos? —Ahora tiró de ironía—. ¿Porque se van al cielo, a jugar con los ángeles y a tocar la lira?

Andrea se rio con vergüenza.

—Algo así.

—Yo no sé si mi hermana irá a un lugar mejor, lo que sí sé es que el mundo será mejor gracias a ella.

—¿Es que no crees en el cielo?

—El cielo son las buenas personas, ¿no te parece?

Andrea se quedó pensando en las palabras de Isabel y no se dio cuenta de que Loti e Ignacio aparecieron juntos. Él sonreía, llevaba un cigarrillo entre los dedos y la camisa arremangada a medio brazo. Su hija le dijo, excitada:

—Mamá, ya nos ha contado Ignacio que la semana que viene os darán las llaves del apartamento de Sitges.

Andrea no lo sabía.

Intercambiaron una mirada intensa, cargada de palabras que no hacía falta pronunciar. Le pareció que la rotación del mundo se detenía lentamente y al final se paraba en una foto fija. Árboles, personas, animales, inmovilizados en un gesto banal, su Pompeya particular. Así lo recordaría siempre.

O sea, que sí. Era que sí.

Mundo, venga, no exageremos, ¡andandito, que es gerundio! ¡En marcha! ¡Sigue girando! Total, ¿qué ha pasado?, ¿qué es?, ¡un hombre y una mujer enamorados! Vaya cosa pequeña, pero ¡qué grande, qué grande!

Cerró los ojos. Juntos. Ignacio y ella se asomarían a la terraza y verían el mismo paisaje de su infancia. Se cogerían las manos y seguirían el vuelo quebrado de las gaviotas y la música del mar lamiendo la playa. ¡Queriéndose bien! Sintió una ola tibia e inocente que le anegaba el alma.

Pero la semana que viene Nieves ya no estará.

Ignacio la abrazó por detrás y la besó en la cabeza.

Le dijo al oído:

—Te quiero.

Era la primera vez. La música más bella del universo.

Ella se volvió, jadearon los dos, pecho contra pecho.

Sin embargo, no estaban solos, un barullo de gente los rodeaba y Maca, que apareció cojeando, porque las camperas le hacían daño, los interrumpió con voz chillona.

—Cuidado, que yo soy patrono de la Fundación Jacinto Novoa y tengo que velar por la moral de este lugar. —Les dio un golpe con el bolso—. ¡Esas manos! ¡Que luego van al pan!

Espe y Manolo se echaron a reír. Gaudí trotaba con sus «abuelos» como protegiéndolos. Cuando vio a Dana se acercó a olisquearla.

Ignacio y Andrea se sentían embriagados el uno del otro, y sonrieron al sentir sangre corriendo por sus venas juvenil y tumultuosa.

Loti estaba alerta a los cambios de humor de su madre, como siempre, y se puso a su lado con tranquila confianza. Ignacio la cogió por el hombro y le dijo a Andrea:

—Aquí la sensacional autora de *La cocina de la abuela* tiene una novedad que ofreceros.

La hija enrojeció, tan reacia a los elogios como siempre.

—Ay, sí, me ha dicho la prima Klara que van a hacer una segunda edición del libro y quieren que vaya a Hamburgo porque me han invitado a una entrevista en un programa televisivo. ¡Aún me voy a hacer famosa! ¿Qué te parece, mamá?

—Pues muy bien.

Cuando fuera a esa televisión, Nieves ya estaría muerta.

En ese momento la música estridente se detuvo de golpe, María Dolores y su padre sonrieron con complicidad, se hizo el silencio y el guitarrista empezó a puntear unas notas que le eran familiares.

—¿Qué? ¿Qué pasa?

Y después la voz de Floren, desafinada y al mismo tiempo voluntariosa:

> Vini vini vini vini
> Vana vana vana vana.

Ignacio la miraba con risa en los ojos. Ella enrojeció.

—Pe... pero ¿y esto?

—¡El complot de la furgoneta! Hemos sacado la letra de Google.

> Tamuré, yo canto con mucha pasión
> Sabiendo que tu corazón
> Es mío, tamuré.

Cuando Ignacio le hizo un gesto para que saliera sola a la pista improvisada, ella se negó rotundamente. Entonces la cogió entre sus brazos. Bailaron, el mundo estaba iluminado como en los sueños y es que ahora empezaba el resto de su vida. A Andrea le brillaban los ojos. Tal vez eran lágrimas.